Mirjam Pressler

Nathan und seine Kinder

Nathan und seine Kinder kam auf die Auswahlliste zum Deutschen Jugendliteraturpreis und wurde mit dem internationalen Buchpreis Corine ausgezeichnet.

Mirjam Pressler

Nathan und seine Kinder

Roman

BELTZ
& Gelberg

Dieses Buch ist auch als E-Book erhältlich
(ISBN 978-3-407-74312-1)

MIX
Papier aus verantwortungsvollen Quellen
FSC® C089473
FSC
www.fsc.org

www.beltz.de

Lektorat: Frank Griesheimer
Neue Rechtschreibung
Einbandgestaltung: Rothfos & Gabler, Hamburg
Einbandbilder: akg-images (Jerusalem, Granatapfel),
New York Public Library (Granatapfelmuster, Kacheln)
Gesamtherstellung: Beltz Bad Langensalza GmbH, Bad Langensalza
Printed in Germany
ISBN 978-3-407-81186-8
1 2 3 4 5 6 7 8   19 18 17 16 15

Der Herr liebt die Tore Zions mehr
als alle Wohnungen in Jakob.
Herrliche Dinge werden in dir gepredigt,
du Stadt Gottes.
Psalm 87,2

Lasst lächelnd wenigstens ihr einen Wahn,
In dem sich Jud' und Christ und Muselmann
Vereinigen; – so einen süßen Wahn!
Daja, in: *Nathan der Weise*

Personen

Sultan Saladin
Sittah, *dessen Schwester*
Abu Hassan, *ein Hauptmann Saladins*
Nathan, *jüdischer Kaufmann in Jerusalem*
Recha, *dessen Tochter*
Daja, *eine Christin, Rechas Gesellschafterin*
Geschem, *ein Junge im Haus Nathans*
Elijahu, *Verwalter Nathans*
Jakob, *Gehilfe Nathans*
Zipora, *Köchin im Haus Nathans*
Curd von Stauffen, *später* Leu von Filnek, *ein junger Tempelritter*
Al-Hafi, *ein Derwisch im Dienst Saladins*
Der Patriarch von Jerusalem

1

Geschem

Ich muss unter dem Maulbeerbaum eingeschlafen sein, wo ich mich am späten Nachmittag, als die Hitze unerträglich wurde, zum Ausruhen hingelegt hatte, denn ich wurde von Schreien geweckt. Es waren hohe, schrille Schreie, und ich hob unwillkürlich die Hände, um meine Ohren zu schützen. Erst verstand ich nicht, dass es ein Mensch war, der da schrie. Doch dann sah ich sie, Daja, die Herrin, wie sie sich drehte und wand und versuchte, sich aus dem Griff der Köchin zu befreien, ich sah ihr verzerrtes Gesicht und den aufgerissenen Mund. »Recha!«, schrie sie. »Recha! Recha!« Doch Zipora und eine Magd hielten sie fest und lockerten den Griff auch nicht, als Daja wie wild um sich schlug und schrie: »Lasst mich los, ich muss zu Recha! Nathan ist nicht da! Gott steh uns bei, wenn Recha etwas passiert.« Ihre Schreie übertönten das Prasseln der Flammen.

Ich wollte aufspringen, ich wollte mich in die Flammen stürzen, ich wollte der tapfere Held sein, der die Tochter des Herrn rettet, ich, ich, ich! Das war die Gelegenheit, die Gott mir bot, Gott oder Allah, um meinen Mut zu beweisen. Alle sollten es erfahren, vor allem er, Nathan, der Herr, dass ich mehr war als nur ein armseliger Krüppel. Aber die Hitze des Feuers drang bis zu meinem Platz unter dem Maulbeerbaum, und in meinem Körper brach der altbekannte Schmerz auf, ein stechender Schmerz, der mir von der linken Seite durch den ganzen Körper fuhr. Ein Schmerz, den ich eigentlich nicht fühlen durfte, denn längst vernarbte Wunden schmerzen nicht mehr, warum taten es meine dennoch?

Ich kauerte unter dem Maulbeerbaum und hatte nur einen Gedanken: Ich muss die Herrin herausholen, ihr Vater ist nicht da, es ist meine Pflicht, sie zu retten. Aber als ich aufspringen wollte, gehorchte mir mein Körper nicht, die Narben brannten, mein linker Arm und mein linkes Bein krümmten sich, wie sich verkohlende Äste im Feuer krümmen, sie wurden steif und unbeweglich. Das Hundezahngras zerkratzte meine Haut, als ich anfing zu kriechen, Rauch drang mir in Nase und Mund, meine Augen brannten und ein schrecklicher Husten schüttelte meinen Körper. Mir wurde schwarz vor den Augen.

Doch bevor es mir gelang, in die ersehnte Bewusstlosigkeit zu versinken, tauchte plötzlich eine hohe Gestalt vor dem Feuer auf. Scharf hob sich ein breiter, weißer Rücken gegen die Flammen ab, die Arme bewegten sich aufwärts, die Ärmel fielen auseinander, schwangen wie die Flügel eines riesigen weißen Vogels auf und ab. Der Fremde zögerte nur kurz, aber lange genug, dass ich das große, rote Kreuz auf seinem Gewand erkennen konnte, dann machte er einen Satz, hinein in das Feuer, und wurde von den Flammen verschluckt.

Schlaf senkte sich auf mich, ein hässlicher, bedrohlicher Schlaf mit einem hässlichen, bedrohlichen Traum. Das Erste, was ich sah, war der Rauch, immer sieht man zuerst nur den Rauch. Er drang aus der Tür, kletterte als dünner Faden an der Hauswand nach oben, kräuselte sich, verdichtete sich zu Schwaden, stieg in den Himmel, sammelte sich zu einer drohenden Wolke. Ich brauchte nicht zu überlegen, was der Rauch bedeutete, ich wusste es, und noch bevor ich mich gegen den Schmerz wappnen konnte, züngelten bereits die ersten Flämmchen unter dem Rauch hervor und wurden schnell zu lodernden Flammen, die sich mit dem Rot der untergehenden Sonne mischten, sodass es aussah, als brenne der Himmel. Und dann kam sie endlich, die Bewusstlosigkeit.

Als ich das nächste Mal aufwachte, stand der Mond hoch über der Zitadelle. Erst war ich ganz verwirrt, wusste nicht, wo ich war, ich spürte nur, dass ich nicht auf meinem üblichen Fell in der Küche lag, unter dem Tisch, auf dem Zipora Hühner und anderes Fleisch koscher* macht, schneidet und zum Kochen herrichtet. Der Boden unter mir war uneben, ich spürte Steine, die mich in den Rücken drückten, und meine Finger ertasteten raues Hundezahngras. Erschrocken riss ich die Augen auf und sah die Krone des Maulbeerbaums über mir. Durch das Blätterdach blitzten Sterne, und der Mond, der fast voll war, schien hell genug, dass ich drüben, vor dem Haus, eine Gruppe Menschen zusammensitzen sah, Menschen, deren Stimmen mich geweckt hatten. Die Stimmen wurden lauter, über mir im Baum schrie ein Nachtvogel, in den Olivenhainen hinter der Stadtmauer heulten Schakale, Ameisen krabbelten über meine Hand. Der bittere Geruch von verbranntem Holz stieg mir in die Nase. Aber ich brauchte diesen Beweis nicht, um zu wissen, dass ich nicht geträumt hatte. Ein Schauer lief mir über den Rücken,

* Fremde Wörter sind am Ende des Buches in einem Glossar kurz erläutert.

die Haut in meinem Nacken zog sich zusammen, eine Erkenntnis stieg in meiner Kehle auf und erfüllte meinen Mund mit Bitterkeit: Es war wirklich passiert. Und mit dieser Erkenntnis packten mich die Scham und die Reue darüber, dass ich meine Herrin nicht gerettet hatte, dass ich versagt hatte. Ich war ein Nichts, nur ein armseliger Schwächling, ein Krüppel, zu nichts zu gebrauchen. Unfähig, eine große Tat zu vollbringen, sogar unfähig, Dankbarkeit zu beweisen. Nicht wert, das Brot zu essen, das ihm gewährt wurde. Recha war tot, die Tochter des Herrn, sie war ein Opfer der Flammen geworden, während ich untätig und nutzlos unter dem Baum gelegen hatte. Und wie ein Blitz traf es mich, dass dies nur eines bedeuten konnte: Ich musste das Haus Nathans verlassen, das mir seit über zwei Jahren zur Heimat geworden war.

Und dann erst drang es mir langsam ins Bewusstsein, dass die Stimmen, die ich von dort drüben hörte, zwar laut und erregt waren, aber niemand schrie, niemand weinte und klagte, niemand zerriss sich die Kleider und rief Gott zum Zeugen seines Leides an. Hoffnung stieg in mir auf, eine zaghafte Hoffnung, dass der Todesengel an unserem Haus vorbeigeflogen sein könnte. Außerdem fiel mir auf, dass ich Männerstimmen hörte, und vorhin, bevor mir die Sinne schwanden, waren nur Frauen da gewesen, Daja, Zipora, die Mägde. Der einzige Mann war der Fremde gewesen …

Vorsichtig hob ich den Kopf. Drüben, vor dem Haus, hatte man offenbar ein Lager aufgeschlagen, Öllichter brannten, Fackeln, und in ihrem Schein konnte ich erkennen, dass ein Diener etwas aus einem Krug in einen Becher goss und ihn einem Mann reichte. Mein Herz begann wie wild zu klopfen. Ich kroch über die trockene Erde ein Stück näher, bis zum

Rand des gepflasterten Vorplatzes, spürte die vom vergangenen Tag noch warmen Steine unter meinen Händen und Knien und konnte den Blick nicht von dem Mann wenden, der den Becher an den Mund hob und trank. Er war es wirklich, Nathan, der Herr. Er musste nach Hause zurückgekehrt sein, während meine Seele sich vor Angst in einem Mauseloch verkrochen hatte.

Nathan saß auf einer purpurfarbenen Decke und hielt Recha im Arm, Recha, seine Tochter, die ich tot geglaubt hatte. Ihr Gesicht konnte ich nicht sehen, sie hatte den Kopf an der Schulter ihres Vaters vergraben, aber ihre hellen Haare flimmerten im flackernden Licht der Lampe wie das rötliche Gold der Brokatdecke, in die sie gehüllt war. Nathan hatte den einen Arm um sie gelegt, mit der anderen Hand streichelte er immer wieder ihren Kopf. Ihnen gegenüber saßen Daja und al-Hafi, der Derwisch, Nathans Freund. Ich wunderte mich nicht darüber, ihn zu sehen, er taucht immer auf, wenn unser Herr von einer Reise zurückkommt. Er scheint die baldige Ankunft der Kamele schon zu spüren, wenn diese beim Anblick der Stadtmauern ihre Tritte beschleunigen. Er saß da, mit überkreuzten Beinen, die offenen Hände auf den Knien. Mir fiel auf, dass er ein neues Gewand und einen neuen Turban trug, prächtiger, als der alte gewesen war, eigentlich viel zu prächtig für einen Derwisch, und als er den Kopf zu Daja drehte, sah ich, dass sich seine vollen Lippen zu einem Lächeln verzogen. Inzwischen war ich auch nahe genug, um zu verstehen, was sie sprachen.

»Beruhige dich, Daja«, sagte Nathan. »Was bedeuten schon diese kleinen Unbequemlichkeiten, was bedeuten schon die paar verbrannten Möbel? Das Wichtigste ist doch, dass meiner geliebten Recha nichts passiert ist. Bald haben die Diener so weit Ordnung geschaffen, dass wir schlafen gehen können. Beruhige dich, Daja, keiner darf heute weinen, wir müssen Gott danken, dass er Recha gerettet hat. Sie lebt. Was macht es schon, dass ihre Haare angesengt sind, Haare wachsen nach. Was macht es schon, dass ihr Kleid zerrissen und voller Brandlöcher ist, ich kaufe ihr neue Kleider, schönere und kostbarere als dieses da. Auch die Wunde an ihrem Arm wird mit Gottes Hilfe heilen, jung und gesund, wie sie ist. Mich bedrückt etwas ganz anderes. Hast du den Mann wirklich nicht erkannt, der sie aus dem Feuer gerettet hat?«

Recha hob den Kopf. »Es war ein Engel, Vater«, sagte sie mit einer zittrigen Stimme, der die Todesangst noch anzuhören war. »Es war kein Mensch, es war ein Engel des Herrn.«

Nathan strich ihr beruhigend über die Haare und zog die Brokatdecke höher über ihre Schultern.

Daja beugte sich vor. »Das Mädchen ist nicht bei Sinnen«, rief sie. »Das Feuer hat ihren Verstand verwirrt. Höre, Nathan, ich habe dir doch gesagt, es war ein Tempelritter.«

Nathan nahm einen Schluck aus dem Becher, der vor ihm auf der Decke stand, stellte ihn wieder ab und wischte sich mit dem Handrücken über den Mund, bevor er nachdenklich sagte: »Es gibt keine Tempelritter mehr in Jerusalem. Der Sultan hat sie alle töten lassen, manche sagen sogar, er habe sie eigenhändig umgebracht.«

Jetzt mischte sich al-Hafi ein. »Du irrst dich, Nathan, mein Freund. Er hat sie umbringen lassen, das stimmt, aber nicht alle. Einen nicht. Ich weiß es, ich war dabei, und ich habe gesehen, wie er diesen einen angestarrt hat und ganz blass wurde. Diesen einen hat er am Leben gelassen.«

Nathan hob den Kopf. »Wirklich?«, fragte er ungläubig. »Er hat einem Tempelritter das Leben geschenkt? Warum?«

Al-Hafi zuckte mit den Schultern. »Woher soll ich das wissen? Muss der allmächtige Herrscher der Gläubigen jemandem Rechenschaft über das ablegen, was er beschließt?«

»Es war ein Tempelritter«, sagte Daja laut.

Dann brach das Gespräch ab, denn nun wurden die Kamele herbeigeführt. Vor den Eingängen zu den unterirdischen Lagerräumen entstand Gedränge, die Treiber schnalzten mit den Zungen und stießen Befehle aus, die Vorderbeine der Kamele knickten ein, ihre Knie berührten den Boden, und bis sie endlich auf dem Bauch lagen, schwankte die Ladung auf ihrem Rücken gefährlich hin und her. Elijahu und Jakob, die Gehilfen des Herrn, die ihn auf seiner Reise begleitet hatten, lösten die Riemen und Schnüre und machten sich daran, die Ballen und Packen abzuladen. Stück für Stück schleppten sie ihre Last hinunter in die Keller. Die Kameltreiber, in schwarze Gewänder gehüllt und mit glänzenden Krummschwertern bewaffnet, standen bewegungslos und schweigend daneben. Erst wenn alles abgeladen war, würden sie, nach einer kurzen Verneigung vor dem Herrn, ihre Tiere zu den Zelten vor der Stadt führen.

»Was hast du mitgebracht, Nathan?«, fragte al-Hafi. »War deine Reise erfolgreich?«

»Gott hat es gewollt, dass mir jeder Handel zum Nutzen geriet«, sagte Nathan. »Mit seiner Hilfe bin ich reicher denn je zuvor. Mit Olivenöl und duftenden Essenzen aus Jericho bin ich nach Damaskus gezogen, mit Damast, Brokat und Gold komme ich zurück.«

»Gott ist groß in seiner Güte«, sagte al-Hafi, »und dem Gerechten gelingt alles zum Segen.«

Dem Gerechten, dachte ich, ja, ihm schon. Der Gott der Juden liebt den Gerechten. Auch Allah, der Gott der Muslime, liebt ihn. Dann fiel mir der Tempelritter ein, und ich dachte, bestimmt liebt auch der Gott der Christen den Gerechten. Es kann gar nicht anders sein. Jeder Gott muss ihn lieben, Nathan, den Herrn, der für seine Gerechtigkeit bekannt ist.

Zwei Diener trugen einen halb verkohlten Sessel aus dem Haus und stellten ihn auf einen Haufen Gerümpel, den sie in gebührender Entfernung aufgeschichtet hatten, dann holten sie weitere vom Feuer zerstörte Möbelstücke. Als sie die vom Rauch schwarze, an einer Ecke angebrannte Tischplatte herausschleppten, war ihr Keuchen bis zu mir zu hören. Die Platte fiel krachend zu Boden, das Splittern zerberstenden Holzes zerriss die nächtliche Stille. Recha hob die Hände und legte sie schützend auf ihre Ohren. Die beiden Männer richteten sich auf, dehnten ihre Körper und schauten zu, wie andere immer wieder Krüge anschleppten und Wasser über die rauchenden Gegenstände kippten, um vielleicht noch vorhandene verborgene Funken zu löschen und ein erneutes Ausbrechen des Feuers zu verhindern. Zipora fegte mit einem groben Besen Asche und Ruß vor die Tür und über den Vorplatz bis hin zu dem Stück Brachland mit dem Maulbeerbaum.

Ich lag noch immer am Rand des Vorplatzes, unschlüssig, was besser wäre, hinüberzugehen und zu bestätigen, dass der Fremde wirklich ein Tempelritter gewesen war, oder mich unauffällig den Helfern anzuschließen. Während ich noch mit mir kämpfte, sah ich, wie Daja sich erhob und ihre Kleidung glatt strich. »Ich werde Zipora beauftragen, uns noch ein leichtes Essen herzurichten, damit wir uns nicht mit hungrigen Mägen niederlegen müssen«, sagte sie. »Geduldet euch noch eine Weile.« Sie verschwand im Haus.

Damit war klar, dass ich Zipora helfen musste. Ich stand auf und ging, noch immer mit zittrigen Beinen, auf das Haus zu. Dabei merkte ich, dass ich stärker hinkte als sonst, mein linkes Bein schmerzte und wollte sich nicht strecken. In der Tür blieb ich stehen und betrachtete die von Lampen nur schwach erhellte Eingangshalle. Hier hatte das Feuer gewütet, von den kostbaren Möbeln waren nur verkohlte Trümmer zurückgeblieben, und da, wo die Tür zum Seitenflügel war, in dem sich auch Rechas und Dajas Zimmer befinden, gähnte ein schwarzes Loch, und der Lichtschein reichte nicht aus, um zu sehen, ob das Feuer auch dort etwas angerichtet hatte. Der Gestank war schrecklich. Daja kam aus der Küche, ich trat einen Schritt zur Seite, in den Schatten einer Säule, und sie lief an mir vorbei, ohne mich zu bemerken.

»Wo hast du denn die ganze Zeit gesteckt, Junge?«, fragte Zipora, als ich die Küche betrat. Sie stand am Tisch und zerschnitt Zwiebeln und Knoblauch. »Gut, dass du hier bist. Reinige den Tisch im Innenhof und bring Datteln, Feigen, Nüsse und Käse hinaus. Und vergiss nicht die Krüge mit Sauermilch und Wein. Und Becher, hörst du, Junge? Und pflücke etwas Ysop und Minze, Junge, hörst du, sie werden helfen, unseren Geist zu reinigen und zu beleben.«

Ich beeilte mich, alles zu tun, was Zipora mir aufgetragen hatte, dann zündete ich noch zwei Öllampen an und stellte sie auf den Tisch. Zipora brachte Brot und eingelegte Oliven und mischte die zerrupften Kräuterblätter unter die Sauermilch. Dann bat sie die Herrschaften zu Tisch.

Wir, das Gesinde, aßen in der Küche, auch Elijahu und Jakob, die sonst oft mit der Familie ihre Mahlzeit einnehmen. Es war spät, alle waren ausgehungert und fielen gierig über das Essen her, besonders Elijahu und Jakob. Ich sah, wie sie sich Brot und Zwiebeln in den Mund stopften und ihre Becher hoben, hörte, wie sie kauten und schluckten, und bekam selbst keinen Bissen hinunter. Meine Kehle war noch immer wie zugeschnürt.

Zipora warf mir einen prüfenden Blick zu. »Warum isst du nicht, Junge?«, fragte sie. Ich wich ihrem Blick aus.

»Lass ihn in Ruhe, Zipora«, sagte Elijahu und trank einen Schluck Wein. »Dem armen Jungen sitzt noch der Schreck in den Gliedern, das sieht man doch.« Er lächelte mir zu, dieses gutmütige Lächeln, das seine Augen so schmal werden lässt wie die einer schnurrenden Katze, ein Lächeln, bei dem es mir immer ganz warm ums Herz wird. Ich versuchte zurückzulächeln, spürte aber genau, dass ich nur eine Grimasse zustande brachte. Immerhin ließ Zipora mich nun in Frieden.

Ich half ihr noch, den Tisch im Innenhof abzuräumen und die Nahrungsreste in der Speisekammer zu verstauen, dann gingen endlich alle zu Bett, und ich blieb allein in der Küche zurück, in der es fast ganz dunkel war, denn Zipora hatte alle Lampen gelöscht. Nur das schwache Licht des Mondes drang durch das Fenster. Ich ertastete mir meinen Weg unter den Tisch, breitete mein zusammengerolltes Fell aus und wickelte mich hinein.

Ich war so müde, dass mir alle Muskeln wehtaten, trotzdem konnte ich nicht einschlafen. Sobald ich die Augen schloss, loderten wieder Flammen hinter meinen Lidern auf und das Prasseln des Feuers erfüllte meine Ohren. Ich versuchte, an etwas Schönes zu denken, schließlich wusste ich genau, dass sich schlimme Gedanken in schlimme Träume verwandeln, das sagte ich mir immer wieder vor, jeden Abend. Aber der Gedanke an das Feuer ließ mich nicht los, weckte andere Erinnerungen an ein anderes Feuer, und mein Bein fing wieder an, sich zu krümmen, als hätten sich die Erinnerungen in meinen Muskeln und meiner Haut festgekrallt.

Schließlich stand ich auf, nahm mein Fell und schlich mich zum Innenhof. Dort, unter dem Feigenbaum, hatte ich schon oft die ersehnte Ruhe gefunden, wenn ich nicht schlafen konnte. Unter dem nächtlichen Himmel und den Sternen fühlte ich mich irgendwie sicherer als im Haus. Ich breitete mein Fell auf dem Boden aus, wickelte mich hinein und schloss die Augen. Doch dann hörte ich plötzlich eine Stimme und fuhr erschrocken hoch. Die Stimme fragte: »Was tust du hier, Junge? Kannst du auch nicht schlafen?«

Es war der Herr. Er saß unter dem Feigenbaum, mit dem Rücken an den Stamm gelehnt, vollkommen verschluckt vom Schatten.

Ich zitterte am ganzen Körper, und ohne nachzudenken, stieß ich hervor: »Es war doch ein Tempelritter, ich habe ihn gesehen.«

»Komm, setz dich zu mir«, sagte Nathan. Seine Stimme klang freundlich. »Wenn wir beide Mühe haben, Schlaf zu finden, können wir uns ebenso gut ein wenig unterhalten.«

Unterhalten? Worüber? Er hatte noch nie mit mir gesprochen, höchstens um mir einen Auftrag zu erteilen. »Hol Brot, Junge« oder »ich brauche Wasser, Junge« oder »lauf und bring diese Nachricht zu al-Hafi, Junge«. Was wollte er von mir? Seine Worte machten mir Angst, aber er war mein Herr, also stand ich auf und setzte mich in ehrerbietigem Abstand neben ihn unter den Feigenbaum.

»Wie heißt du eigentlich, Junge?«, fragte er.

Es gibt Fragen, bei denen mir das Blut aus dem Kopf strömt und mein Mund so trocken wird, dass mir die Zunge am Gaumen klebt. Diese Fragen sind: Wie heißt du? Wer ist dein Vater? Aus welcher Stadt stammst du? Wenn mir jemand solche Fragen stellt, tue ich, als hätte ich sie nicht gehört, oder ich drehe mich um und laufe weg. Aber vor meinem Herrn konnte ich nicht davonlaufen, ihm musste ich antworten. Ich senkte den Kopf. »Ich heiße Jeled«, sagte ich, »Junge.«

»Das ist doch kein Name«, sagte er. »Welchen Namen hat dir dein Vater gegeben?«

Ich zuckte mit den Schultern und wagte nicht, den Kopf zu heben. »Nun?«, wiederholte er, als ich schwieg.

Die Stimme kam mir nur mühsam aus der Kehle und die Worte brannten in meinem Mund wie Feuer. »Ich habe keinen Vater und keine Mutter«, sagte ich. »Ich habe keine Familie und keinen Namen. Ich weiß nicht, wer ich bin.«

Nun schwieg Nathan ebenfalls. Nach einer Weile fragte er: »Wie bist du in mein Haus gekommen?«

Ich hob den Kopf. »Elijahu hat mich gefunden, als ich krank war«, sagte ich. »Er war es, der mich gefunden und zu Zipora gebracht hat.«

Ich weiß so vieles nicht, aber daran erinnere ich mich genau. Es war vor zweieinhalb Jahren, an einem kalten Abend im Winter, ich lag krank in einer Nische neben der Stadtmauer und glaubte schon, die Schwingen des Todesengels zu spüren, die sich über mich senkten. Tatsächlich ging es mir so schlecht, dass ich mir nichts sehnlicher wünschte, als zu sterben, damit das Elend endlich vorbei wäre. Ich fieberte, ich hatte seit Tagen nichts gegessen und getrunken und konnte mich kaum mehr rühren. Da beugte sich auf einmal ein Mann über mich und fragte etwas, aber ich verstand nicht, was er sagte, ich wollte nur, dass er wegging und mich sterben ließ. Doch er bückte sich, hob mich einfach hoch und trug mich durch die Gassen bis zu diesem Haus. Als ich wieder zu mir kam, lag ich auf einem weichen Lager, in ein Fell gewickelt. Neben mir saß eine Frau und fütterte mich mit Hühnersuppe. Ich wusste sofort, dass es Hühnersuppe war, ich roch es, ich spürte es, ich schluckte und schluckte und war unfähig, mich zu bedanken. Dann schlief ich wieder ein. Und jedes Mal, wenn ich aus dem Schlaf oder der Ohnmacht auftauchte, saß Zipora neben mir und fütterte mich, und irgendwann spürte ich, dass meine Kräfte zurückkehrten. Ich würde nicht sterben, diesmal noch nicht.

»Zipora hat mich in der Küche behalten«, sagte ich. »Ich gehe ihr zur Hand, ich begleite sie auf den Markt, ich fege die Küche, ich schlachte die Hühner, ich hole Wasser aus der Zisterne, ich … ich …« Mehr fiel mir nicht mehr ein. Demütig und beschämt senkte ich vor Nathans forschendem Blick den Kopf.

»Gott möge es Elijahu und Zipora ins Buch des Lebens schreiben, was sie an dir getan haben«, sagte Nathan und legte mir die Hand auf den Arm. Ich zuckte zusammen, aber er zog seine Hand nicht zurück. Im Gegenteil, sein Griff wurde fester. Ich spürte die Wärme seiner Hand durch meinen Ärmel und ein seltsames Gefühl ergriff mich. So hatte mich noch nie jemand berührt. Mein erster Impuls war zu fliehen, aber ich blieb sitzen, überließ mich diesem Gefühl.

»Möchtest du einen Namen haben?«, fragte Nathan auf einmal mit einer sehr sanften Stimme.

Ich erschrak. »Was für einen Namen?«, fragte ich.

Er lachte leise. »Such dir einen aus.«

Ich zog meinen Arm aus seiner Hand und drehte verlegen das Gesicht zur Seite. »Ich weiß noch nicht einmal, ob ich Hebräer oder Muslim bin«, brach es aus mir heraus. »Oder vielleicht sogar Christ.«

Wieder lachte Nathan. »Christ wohl nicht«, sagte er. »Aber egal, wer deine Eltern waren, ein Mensch braucht einen Namen. Such dir etwas aus, was dir besonders viel bedeutet. Den Namen eines Baums oder eines starken Tieres. Oder lieber Glück? Frieden? Was magst du denn am liebsten?«

»Regen«, sagte ich. »Wasser, das vom Himmel fällt. Wasser, das jedes Feuer löscht.«

Diesmal lachte er lauter. »Gut«, sagte er, stand auf und legte mir die Hand auf den Kopf, als wolle er mich segnen. »Dann wirst du in Zukunft also Geschem heißen, Regen. Und weil wir alle Abrahams Söhne sind, heißt du Geschem Ben Abraham oder Geschem Ibn Ibrahim, je nachdem, wer dich nach deinem Namen fragt.« Er strich mir über die Haare, flüchtig, wie Elijahu mir manchmal über die Haare strich, eine Berührung, bei der es mir die Tränen in die Augen trieb und ich mich wie ein kleines Kind fühlte. Irgendwie getröstet und doch besonders verlassen. Ich senkte den Kopf noch tiefer, und Nathan sagte: »Ich muss mich jetzt hinlegen, Geschem, ich bin nicht mehr der Jüngste und ich habe eine anstrengende Reise hinter mir. Und dazu der Schreck, dass ich fast meine Tochter verloren hätte. Schlaf gut, Geschem, Gott bewahre dein Herz und gebe dir morgen früh deine Seele zurück.«

Er drehte sich um und ging mit müden Schritten und gebeugten Schultern auf das Haus zu. Ich schaute ihm nach, bis er in der Tür verschwunden war.

Dann lag ich auf meinem Fell und starrte hinauf in den Himmel, an dem die Sterne glitzerten, und lauschte dem leisen Säuseln der Blätter über mir. Ab und zu schrie ein Nachtvogel oder es bellte ein Hund und in der Ferne heulten Schakale, sonst war es still. Ich war aufgewühlt, und es dauerte lange, bis ich einen klaren Gedanken fassen konnte. So einfach war das also. Ich hatte einen Namen. In Zukunft würde ich antworten können, wenn mich jemand nach meinem Namen fragt. »Ich heiße Geschem«, würde ich sagen. »Geschem Ben Abraham.«

Es brauchte ja niemand zu wissen, dass es nicht mein Vater war, der mir diesen Namen gegeben hatte, sondern Nathan, mein Herr, den man in Jerusalem auch den Weisen nennt.

2 Daja

Ich, Daja, Erzieherin und Gesellschafterin Rechas, lag auf meinem Lager und atmete die Luft, in der noch immer ein starker Brandgeruch hing, obwohl ich die Fenster weit geöffnet hatte. Von draußen drangen manchmal die Schreie von Nachtvögeln herein, in der Ferne war das Heulen von Schakalen zu hören, die durch die Nacht streiften und nach Beute suchten, um ihre hungrigen Mägen zu füllen. Ich lauschte den unheimlichen Tönen, die aus ihren Kehlen drangen, sah die aufgerissenen Mäuler mit den kräftigen Fangzähnen vor mir, den Geifer, der über ihre verzerrten grauen Lefzen rann, und war dankbar, dass mein Bett in einem Haus mit dicken Mauern stand, nicht in einer Hütte, wie früher, wenn ich zitternd auf meinem Strohsack lag und dem Geheul der Wölfe lauschte. Das war vorbei, nun hatte ich allen Grund, ruhig und entspannt zu sein, und trotzdem konnte ich nicht schlafen.

Sobald ich die Augen schloss, sah ich Nathan vor mir, wie blass er geworden war, wie das Blut aus seinem Gesicht wich, als er von dem Brand hörte, wie er am ganzen Körper anfing zu zittern und ein sonderbares Stöhnen ausstieß, einen Ton, wie ich ihn noch nie gehört hatte. Ich hatte ihn nur angestarrt und nicht gewusst, was ich tun sollte. Es war

Elijahu, der dann zu ihm trat und die Arme um ihn legte. Wie Brüder standen sie da, lange, bis Nathan aufhörte zu zittern. Ich sah, dass Elijahu etwas sagte, konnte seine Worte aber nicht verstehen. Dann führte Elijahu Nathan zu uns, er stürzte neben Recha zu Boden, küsste sie, weinte. Erst nach einer ganzen Weile hatte er sich wieder so weit gefasst, dass wir ihm von dem Geschehenen berichten konnten. Wir konnten ihm nicht erklären, wie der Brand entstanden war, aber er machte uns keine Vorwürfe, er sagte, in unserem heißen Land brenne es oft, und wir hätten ja Glück gehabt, dass nur Möbel verbrannt seien und keine Menschen. Und dann begrüßte er auch al-Hafi, der kurz nach dem Brand zu uns gekommen war und uns damit, wie immer, Nathans baldige Ankunft angezeigt hatte.

Wie sich die Zeit doch dehnt, wenn einen der Schlaf flieht. Es war nicht das sanfte Ruhekissen, das mir fehlte, mein Lager war weich, mit seidenen Bezügen und den sanftesten Kissen, die man sich nur vorstellen konnte. Ich lag nicht auf einem groben Strohsack wie in meiner Kindheit, in Gunzenhausen, in der Hütte meiner Großmutter, mich stachen keine Halme und mich kratzte keine grobe Pferdedecke. Und es war nicht der Geruch nach Staub und Moder, der mir in die Nase drang, sondern der noch immer kindliche Duft des Mädchens, das neben mir lag, ein Duft nach Vanille und frischer Minze. Ich drehte mich auf die Seite, vorsichtig, um Recha nicht zu stören. Sie hatte unbedingt bei mir schlafen wollen, so wie früher, als sie ein Kind war. Sie war noch ganz durcheinander gewesen von der Aufregung und hatte sich geweigert, in ihr Schlafgemach zu gehen, in dem es noch nach Feuer roch. Sie wolle nach all der Todesangst und dem

Wunder ihrer Errettung nicht allein sein, hatte sie gesagt, das sei mehr, als sie ertragen könne, gerade heute brauche sie die Nähe eines anderen Menschen. Sie hatte angefangen zu weinen, ihr Gesicht bekam rote Flecken, sie ballte die Hände zu Fäusten und drückte sie gegen ihre Augen, wie sie es als kleines Mädchen schon getan hatte. Nathan schaute mich flehend an, seine Lippen bewegten sich, und ich meinte zu hören, was seine Stimme lautlos flüsterte: Daja, sag ja, ich bitte dich.

Ich unterdrückte ein Lächeln. Wie leicht sie es doch schafft, ihren Vater um den Finger zu wickeln, das hat sie schon immer gekonnt, seit ich sie kenne. Trotzdem stimmte ich sofort zu, nicht nur, weil es meine Aufgabe ist, für das Wohlbefinden des Mädchens zu sorgen, nein, ich empfand eine unbändige Freude bei der Vorstellung, dass sie in dieser Nacht neben mir liegen würde. Ich sehnte mich danach, ihren Atemzügen zu lauschen und ihre Wärme zu spüren. So viele Jahre lang hatte sie neben mir gelegen, in meinen Armen, hatte mir, wenn die Öllampe gelöscht war, in der Dunkelheit alles erzählt, was sie am Tag erlebt, gehört und gedacht hatte, sie hatte von ihren Wünschen und Ängsten gesprochen und war dann von einem Moment auf den anderen eingeschlafen, mitten in einem Satz, manchmal sogar mitten in einem Wort. Ich habe sie immer für diese Fähigkeit bewundert, übergangslos einschlafen zu können, sich in den Schlaf fallen zu lassen. Bewundert und beneidet.

Ich konnte das nie, mir ist es mein Leben lang schwergefallen, den Tag einfach loszulassen, schon als ich ein Kind war. Mich hat die Dunkelheit geängstigt, ich sah in jedem Schatten einen Spuk, und jedes Knacken der Bretter und Balken, jedes Geräusch von draußen, vom nahen Wald oder von den Häusern und Ställen der Nachbarn, wurde in meinen Ohren zum drohenden Flüstern böser Geister, jeder Windstoß zum Heulen von Dämonen. »Daran ist dein Gewissen schuld«, hat meine Großmutter immer gesagt, »das ist der Satan, der seine Krallen in dein Fleisch schlägt. Du musst gegen ihn ankämpfen, du musst beten und arbeiten, das ist es. Ein Mensch, der arbeitet und in der Furcht Gottes lebt, bewahrt sich ein reines Gewissen und braucht keine Angst vor dem Satan zu haben. Du musst beten, so lange, bis du jeden bösen Gedanken und jede Sünde aus deinem Herzen vertrieben hast. Ein Mensch, der sein Geschick vertrauensvoll in Gottes Hände legt, kann ruhig einschlafen, weil er weiß, dass der Schöpfer seine Engel schickt, um über ihn zu wachen. Bete, mein Kind, bete. Öffne dein Herz und lasse den Heiland ein.«

Wie habe ich ihre Predigten gehasst, ihre geifernde Stimme, ihren drohend erhobenen Zeigefinger, den sie immer auf mich richtete, als wolle sie ihn mir mitten ins Herz bohren. Und ich habe ihr Schnarchen gehasst, denn sie konnte immer schlafen, meine Großmutter. Kaum hatte sie ihr Nachtgebet gesprochen und den Kopf aufs Kissen gelegt, fing sie an zu schnarchen. Ihr Gewissen war rein, sie hat ihr Leben lang gearbeitet und gebetet, ohne sich dem Schicksal zu widersetzen. Sie hat sich in alles gefügt, so wie sie sich gefügt hat, als man mich nach dem Tod meiner Eltern zu ihr brachte. Sie machte die Tür auf, betrachtete mich von oben bis unten, trat einen Schritt zur Seite und sagte, ohne zu lächeln: »Komm rein.«

Die Erinnerung an meine Großmutter machte mich nicht ruhiger, natürlich nicht. Wie sollten mir die Gedanken an sie Frieden schenken, da ich doch im Unfrieden von ihr gegangen war. Gott hab sie selig, meine Großmutter, dachte ich, bestimmt war sie inzwischen zu ihrem Schöpfer eingegangen, von dem sie immer gesprochen hatte. Nur für mich hatte sie nie ein gutes Wort übrig.

Ich setzte mich auf. Die Nacht war so hell, dass ich im Licht, das durch das Fenster fiel, Recha genau sehen konnte. Sie lag auf der Seite, den einen Arm anmutig angewinkelt, die Hand unter die Wange geschoben. Rührung stieg in mir auf. So hatte sie auch als Kind geschlafen, genau so. Aber sie war kein Kind mehr. Ihr Körper, der sich unter dem Laken abzeichnete, war der einer blühenden jungen Frau, das konnte ich deutlich erkennen. Nathan hätte sie schon längst verheiraten sollen, dachte ich, wie lange will er denn noch warten? Sie war im mannbaren Alter, zwei ihrer Freundinnen hatten bereits Kinder. Aber ich wusste ja, warum er zögerte, obwohl ich es nicht wissen sollte. Nathan selbst hatte es mir nie gesagt, und als ich ihn einmal nach Rechas Mutter gefragt hatte, hatte er mich so grob zum Schweigen gebracht, wie ich ihn nie zuvor und nie danach erlebte. Es war Elijahu, der mir das Geheimnis verraten hatte, einmal, als er besonders viel Wein getrunken hatte und besonders redselig gewesen war.

Recha bewegte sich. Ihre Lider zuckten, die Lippen öffneten sich zu einem Lächeln. Bestimmt träumte sie jetzt von dem Engel mit den weißen Flügeln, der sie gerettet hatte, vor dem Einschlafen hatte sie von nichts anderem gesprochen, hatte mir immer wieder seine Schönheit beschrieben, die leuchtenden Augen, den überirdischen Glanz, der ihn umstrahlt habe.

Ich streckte die Hand aus, berührte ihre Haare, die sich seidig und weich anfühlten, und zog die Hand gleich wieder zurück, um sie nicht zu wecken. Wie unschuldig sie noch ist, dachte ich und überlegte, ob ich je so unschuldig gewesen war. Jedenfalls war ich es damals, als ich Gisbert traf, schon nicht mehr gewesen.

Es war an einem Samstag, als sich in unserem Dorf die Nachricht verbreitet hatte, dass Fremde ihr Lager aufgeschlagen hätten, auf dem Anger hinter dem Birkenwäldchen. Wir, die jungen Leute, waren sogleich zu dem genannten Ort gelaufen, denn außer Hausierern, Lumpensammlern und Kesselflickern und gelegentlich einem Gaukler oder einem Musikanten verirrte sich niemand zu uns, wir waren gierig nach ein bisschen Abwechslung. Es waren Hunderte von Menschen, Männer, Frauen und sogar Kinder, mit Wagen und Gepäck, mit Zelten, mit Kühen, Schafen und Ziegen. Henrike, die Tochter unserer Nachbarn, zog mich weiter zu einem Feuer, um das bewaffnete Ritter saßen, das Metall ihrer Rüstungen glitzerte im Schein der Flammen. Ihre Pferde, die von Knechten versorgt wurden, hatten sie am Waldrand an Bäumen festgebunden. Während wir noch da standen und das fremdartige Bild mit aufgerissenen Augen anstarrten, tauchte plötzlich ein junger Mann neben uns auf, in einem Wams aus grünem Filz und mit einem Bogen in der Hand. Über seiner Schulter hingen zwei an den Läufen zusammengebundene Hasen. Als er mich anlachte, sah ich die Grübchen in seinen Wangen, seine Augen glitzerten wie blaue Seen und seine weißen Zähne blitzten. Nie hatte ich einen hübscheren Burschen gesehen.

Das war Gisbert, und die Fremden waren Kreuzfahrer auf dem Weg zum Heiligen Land. Ihre Prediger erschienen am nächsten Morgen im Dorf und sprachen davon, dass unsere christlichen Brüder in Jerusalem unsere Hilfe brauchten, zum Schutz des Heiligen Grabes und zur Verteidigung von Gottes geliebter Stadt gegen die Ungläubigen, die schon wieder ihre heidnischen Hände nach den Heiligtümern ausstreckten. Wir sollten uns anschließen und für die Ehre des Höchsten kämpfen. »Gott will es«, sagten sie, »und Christus wird mit euch sein.« Und der Papst habe allen, die sich am Kreuzzug beteiligten, die Befreiung von ihren Sünden und die ewige Seligkeit versprochen.

Wie leicht hatte ich mich von der Begeisterung anstecken lassen, wie leicht hatte ich mich von der Idee mitreißen lassen, ins ferne Jerusalem zu ziehen. Heute war ich mir nicht mehr so sicher, dass es die Liebe zu Gott war, die uns damals angetrieben hatte, der zugesicherte Erlass aller Sünden und die Angst vor dem Fegefeuer mag bei vielen ein noch wichtigerer Grund gewesen sein. Und die Sehnsucht nach Abenteuern und weltlichem Lohn.

Überall rüsteten sich Menschen zur Reise. Alle waren von derselben Begeisterung entzündet und stachelten sich gegenseitig an, keiner wollte zurückbleiben, keiner auf das gelobte ewige Leben seiner unsterblichen Seele und die versprochene Befreiung vom Höllenfeuer verzichten. Wir würden unseren christlichen Brüdern in Jerusalem helfen, wir würden das Heilige Grab gegen jeden Angriff der Heiden verteidigen, wir würden das Reich Gottes auf Erden aufbauen. Dieses »Wir« war immer größer und umfassender geworden, es war wie ein Rausch, und ich hatte dazugehören wollen. In der Nacht, bevor der Tross weiterzog, schnürte ich mein Bündel. Ich war jung, ich war gierig nach Leben, nach Abenteuern, nach fremden Ländern, fremden Menschen, fremden Farben und fremden Gerüchen. Ich wollte die schneebedeckten Gipfel der Berge sehen, von denen die Hausierer erzählt hatten, und das blaue Meer, auf dem Schiffe wie schwimmende Häuser fuhren. Und vor allem wollte ich fort aus der düsteren Hütte meiner ständig predigenden Großmutter, die mir zwar bereitwillig ihre Tür aufgemacht hatte, aber nie ihr Herz, das öffnete sie nur ihrem Heiland.

Vielleicht hatte ich deshalb nicht richtig beten gelernt.

Unterwegs ließen wir uns von einem der Priester trauen, Gisbert und ich. Waren wir glücklich? Ich weiß es nicht mehr. Wenn ich nun an die Reise denke, ist alles ein Wirrwarr aus Bildern und Worten, aus Segnungen und Flüchen, aus Grausamkeit und Momenten des Entzückens und der Freude. Doch das Grauen überwog, und die Euphorie vom Beginn unserer Reise schwand immer mehr, je größer die Strapazen und der Hunger wurden. Wir hatten auch nicht gewusst, wie weit der Weg war und wie fern Jerusalem, ich jedenfalls hatte keine Vorstellung davon gehabt.

Wir waren viele, Hunderte gehörten zu unserem Tross, vielleicht Tausende. Ich hatte gar nicht gewusst, dass es so viele Menschen gab, nie hätte ich mir das auch nur träumen lassen, und immer wieder stießen neue Gruppen dazu. Angeführt wurden wir von Rittern, geharnischt und auf Pferden. Sie waren es, die Befehle gaben, die festlegten, wo wir unser Lager aufschlugen, wann wir uns ein paar Tage Ruhe gönnen durften. Sie waren es auch, die mit den fremden Herren um das Recht verhandelten, durch ihr Land zu ziehen und mit den Kaufleuten Handel zu treiben, und sie machten aus, auf welchen Wiesen wir unser Vieh weiden lassen durften, denn wir führten ja auch Wagen und Vieh mit, Rinder, Schafe, Ziegen.

geharnischt: sich in empörten, scharfen Worten. aufgebracht, scharf
Harnisch tragen: germanischer Reiter

Nach ein paar Wochen wurde das Vieh weniger, so viele Menschen brauchten Nahrung, und nicht immer fanden wir unter den Fremden Händler, die bereit waren, uns etwas zu einem gerechten Preis zu verkaufen. Außerdem muss ich zugeben, dass nicht nur anständige Menschen zu uns gehörten, es gab auch Gesindel unter den Kreuzfahrern, Mörder und Diebe, die sich im Schutz der Dunkelheit mit ein paar Stück Vieh davonstahlen, um sie auf eigene Faust zu verkaufen und ihr Glück zu machen. Die Priester und Mönche aus unserem Zug verfluchten sie, aber das hielt andere nicht davon ab, ihrem Beispiel zu folgen.

Unser Weg führte uns zwischen Bergen hindurch, die so hoch waren, dass auf ihren Gipfeln ewiger Schnee lag und wir die Kälte bis in die Täler spürten. Dann drückten wir uns nachts so eng zusammen wie eine Herde Schafe, um nicht zu erfrieren. Wir überwanden Berge und Schluchten und starrten fassungslos ein paar Wagen hinterher, die ins Rutschen gerieten und in die Tiefe stürzten. Wir zogen durch unwegsame Wälder und über gefährliche Moore, wir litten Hunger und Durst und froren bei plötzlich aufkommenden Stürmen. Viele Kinder und alte Leute hielten die Strapazen der Reise nicht durch, sie starben und fanden in fremder Erde ihr Grab. Aber auch wenn sich manchmal Verzweiflung und Enttäuschung auszubreiten drohten, gelang es den Mönchen und Predigern doch immer, das alte Feuer der Begeisterung wieder anzufachen, und wir zogen mit neuem Mut und neuer Zuversicht weiter.

Die Fremden, durch deren Länder und Städte wir kamen, begrüßten uns nicht immer gastfreundlich, auch wenn wir ihre Brüder in Christo waren. Oft genug behandelten sie uns wie Feinde. Bei einem Ort, der Semlin hieß, ich glaube, es war in Ungarn, waren einige von uns in die Stadt gezogen, um Proviant zu kaufen, aber die Ungarn, verflucht mögen sie sein, nahmen ihnen alles ab, was sie hatten, und schickten sie nackt zurück in unser Lager. Wir rächten uns, indem wir in den nächsten Dörfern ungarische Bauern erschlugen und uns nahmen, was wir brauchten. Trotzdem war der Hunger oft unerträglich und die Not und die Beschwernisse führten auch in unserem Lager nicht selten zu Handgreiflichkeiten und selbst zu tödlich endenden Scharmützeln.

In Bulgarien weigerten sich die Leute, uns Nahrung zu verkaufen, und weil wir halb verrückt waren vor Hunger, machten sich unsere Männer auf, um etwas zu essen zu beschaffen, auf welche Art auch immer. Sie raubten Schafe und Kühe und trieben sie in unser Lager. Doch die erzürnten Einheimischen griffen zu den Waffen und fingen einen Kampf an, um uns die geraubten Tiere wieder abzunehmen. Sie waren besser bewaffnet als wir, sie waren ausgeruht und gut ernährt und sie kannten jeden Baum, jede Hecke, jeden Stein, sie waren uns einfach überlegen. Wir flohen, versteckten uns in Wäldern und Sümpfen, und als wir tags darauf zurückkehrten, sahen wir, dass die Feinde, Christen wie wir, ein Blutbad angerichtet hatten, wir hatten an die hundert Tote zu beklagen. Aber wir ließen uns nicht entmutigen, die Prediger riefen uns zu gemeinsamen Gebeten auf, ein paar Ritter trieben eine riesige Schafherde ins Lager, wir schlachteten und brieten die Tiere und schlugen uns den Bauch voll. Dann begruben wir unsere Toten und zogen weiter.

Irgendwann erreichte unser Tross Konstantinopel, und ich sah zum ersten Mal das Meer, obwohl es nur ein Meerarm war, der Hellespont, der Europa und Asien trennt und der für gewöhnlich der Arm des Sankt Georg genannt wird. Wir überquerten das Wasser auf Flößen und Kähnen und zogen auf der anderen Seite weiter, bis wir eine weite, fruchtbare Ebene erreichten, in der eine Stadt namens Nicäa lag. Im Westen der Ebene erstreckte sich ein langer und sehr breiter See, der wie eine Schutzwehr vor der Stadt lag, die zusätzlich noch mit dicken Mauern befestigt war. Es gab für uns, die wir Nicäa von Weitem mit sehnsüchtigen Augen betrachteten, keine Möglichkeit, die Stadt zu betreten. Trotzdem waren wir nicht allzu enttäuscht, denn die Händler der Gegend verkauften uns ausreichend Nahrung, und die Quellen, die in den umliegenden Bergen entsprangen und den See speisten, boten köstliches, reines Wasser. Wir lagerten dort drei, vier Wochen lang, um zu Kräften zu kommen, denn der Weg nach Syrien würde, das hatten die Händler gesagt, mindestens an die dreißig Tagesreisen betragen, selbst wenn wir unterwegs auf keine Hindernisse träfen.

Auch das Wetter meinte es gut mit uns, tagsüber schien die Sonne mild vom Himmel und sogar die Nächte waren angenehm warm. Dennoch gehört die Ebene von Nicäa zu meinen schlimmsten Erinnerungen, denn dort kam Rudolph bei einem Handgemenge zu Tode, Rudolph, der Mann Bernhilds, die mir in den vielen Wochen der Mühsal und Bedrängnis zur Freundin geworden war, zur Schwester. Sie war verzweifelt und wusste nicht weiter, am liebsten wäre sie in ihr Heimatdorf zurückgekehrt, zu ihren Eltern, aber für eine schutzlose Frau schien eine solche Reise unmöglich zu sein. Schließlich ließ sie sich von einer Gruppe alleinstehender Kreuzfahrer überreden, sich ihnen anzuschließen. Das war ihr

Verhängnis. In der Nacht fielen die Männer schamlos über sie her, sie musste ihnen zu Willen sein, einem nach dem anderen, wie sie mir am nächsten Tag unter verzweifeltem Weinen und mit verhülltem Gesicht erzählte. Sie hatte es keine zwei Wochen überlebt, bevor wir weiterzogen, begruben wir auch die sanfte, blonde Bernhild in fremder Erde, zusammen mit dem ungeborenen Kind, das sie im Leibe trug.

Nach Monaten der Entbehrung und des ständigen Kampfes erreichten wir schließlich Syrien. In der Gegend von Tripolis sah ich dann das Meer, das richtige Meer, und nun erst begriff ich den Unterschied zum Hellespont, sah ihn mit eigenen Augen. Gisbert und ich hatten die Schuhe ausgezogen und standen barfuß, Hand in Hand, im warmen Sand, die kleinen Wellen mit ihren silbrig braunen Schaumkronen schlugen gegen unsere nackten Füße, und vor uns, blaugrau und glatt wie ein Spiegel, erstreckten sich die Wassermassen bis zum Horizont, wo sie mit dem Himmel verschwammen. Wir staunten wie Kinder und konnten uns nicht sattsehen an dieser Schönheit, und als ein Priester sagte: »Nun lasst uns beten und Gott für seine Schöpfung preisen«, betete ich mit, vielleicht zum ersten Mal aus vollem Herzen.

Nur widerwillig zog ich mit dem Tross weiter. Der Weg war jetzt einfacher, denn immer wieder trafen wir auf Burgen und Befestigungen früherer Kreuzfahrer, die hier eigene Reiche aufgebaut hatten, Grafschaften, Herzogtümer. Hier sah ich auch zum ersten Mal Kamele, diese seltsam hässlichen Tiere, von denen man wahre Wunderdinge erzählte, zum Beispiel sollten sie imstande sein, wochenlang ohne Nahrung und ohne Wasser durch die Wüste zu ziehen. Die meisten Frauen bekreuzigten sich bei ihrem Anblick, sie meinten, es könne sich bei ihnen nur um Geschöpfe des Satans handeln. Ich fürchtete mich auch, aber Gisbert nahm mich an der Hand und führte mich zu einem Kamel hin, und als ich in die dunklen, sanften Augen sah, verlor ich meine Angst, und sie taten mir nur noch leid, weil Gott ihnen nicht das edle Aussehen von Pferden geschenkt hatte.

Hier, bei unserer Reise durch die Kreuzfahrerstaaten, verringerte sich unsere Zahl noch weiter. Viele waren unterwegs umgekommen und andere hatten sich wegen der Schwierigkeiten entmutigt zur Rückkehr entschlossen. Nun blieben Männer und Frauen in den Burgen und Festungen, wo nicht nur Kämpfer gebraucht wurden, sondern auch Knechte und Mägde und allerlei Gesinde. Deshalb waren wir nicht mehr gar zu viele, als wir weiterzogen. Zwar kam es unterwegs immer wieder zu Kämpfen mit sarazenischen Angreifern, die auf Pferden und Kamelen ritten und mit scharfen Schwertern bewaffnet waren, aber unsere Verluste blieben gering.

Und dann endlich tauchte Jerusalem am Horizont auf. Wir knieten nieder und dankten Gott dafür, dass wir ans Ziel unserer Reise gelangt waren.

Wir konnten den Blick nicht von den Mauern der Heiligen Stadt wenden und liefen wie berauscht weiter, und vielen rannen Tränen des Glücks über die Wangen, auch mir: Dafür hatten wir all die Strapazen auf uns genommen, dafür hatten wir gelitten, um diese Stadt unter einem Himmel zu sehen, der so blau war, dass es einem in den Augen wehtat. Und genau dort, die Mauern der Stadt waren schon zum Greifen nahe, gerieten wir in einen Hinterhalt der Ungläubigen und Gisbert wurde getötet.

Sarazenischen ≙ Sarazen
Menschen des Osten (arabisch)

Ich war wie von Sinnen, ich konnte nicht sprechen, ich konnte nicht weinen, ich überließ seinen Leichnam den anderen. Bis heute tut es mir leid, dass ich ihn nicht begraben habe, dass ich nicht weiß, wo er liegt. Ich kann nicht hingehen und an seinem Grab ein Gebet für seine unsterbliche Seele sprechen. Damals stürzte mich sein Tod in eine tiefe Verzweiflung und lähmte meinen Verstand. Ich war in einem fremden Land, unter fremden Menschen, und der Einzige, an dem ich Halt gefunden hatte, der Mann, der zum Inhalt meines Lebens geworden war, war von mir gegangen und hatte mich allein zurückgelassen, in einem fremden Land, ohne Hilfe, ohne Schutz.

Wie eine Verrückte lief ich hinein in die Stadt und ließ mich, als ich eine Kirche sah, vor ihrem Eingang auf den Boden sinken. Die Sonne brannte unbarmherzig vom Himmel, Menschen, in lange Gewänder gekleidet, kamen vorüber und gönnten mir kaum einen Blick, Bettler streckten ihre Hände nach mir aus, doch wenn ich den Kopf hob und sie meine Augen sahen, erschraken sie und machten, dass sie davonkamen.

Ich war wie gelähmt und konnte keinen klaren Gedanken fassen. Etliche Kreuzfahrer hätten mich behalten, natürlich hätten sie das getan, aber ich hatte zu oft gesehen, was aus den Frauen wurde, die sich ihnen anschlossen, selbst aus ehrbaren Frauen. Da brauchte ich noch nicht einmal an Bernhild zu denken. Aber ich dachte an sie. Natürlich dachte ich an sie.

Ich habe keine Ahnung, wie lange ich da saß, jedenfalls ging die Sonne schon unter, als er plötzlich vor mir stand, ein fremdländisch aussehender Mann in dunklen Gewändern und mit einem ergrauenden Bart. Zuerst verstand ich ihn nicht, doch dann sagte er, er benötige Hilfe bei der Erziehung seiner Tochter. »Ich brauche eine Frau, die sich um meine Tochter kümmert, willst du mit mir kommen?«, fragte er auf Deutsch, mit einer seltsam kehligen und rauen Aussprache, aber gut genug, um sich verständlich zu machen. Schließlich konnte ich damals noch kein Arabisch. Später stellte ich fest, dass Nathan sich in vielen Sprachen unterhalten kann, ich habe ihn auch schon Französisch und Italienisch sprechen gehört, er braucht das, um mit den Kaufleuten aus fremden Ländern Geschäfte zu machen. Im Haus sprechen wir Arabisch, so wie die meisten Menschen in Jerusalem, vor allem seit Saladin die Stadt erobert hat. Inzwischen habe ich auch Arabisch gelernt und verwende es so selbstverständlich, dass ich manchmal vergesse, dass es nicht meine Muttersprache ist. Mit Recha spreche ich allerdings Deutsch, wenn wir allein sind. Nathan hat es so gewollt, die Bildung seiner Tochter lag ihm schon immer am Herzen. Gut möglich, dass er sich aus diesem Grund für mich entschieden hat, für eine Frau aus einem fernen Land.

Ich weiß bis heute nicht, was mich damals dazu gebracht hat, aufzustehen und dem fremden Mann zu folgen. Vielleicht war ich einfach nur müde oder mir ist nichts anderes eingefallen. Ich war wie ein verirrter Wanderer an einer Weggabelung, der sich für eine der möglichen Richtungen entscheiden muss und nicht weiß, ob er auf dem eingeschlagenen Weg eine Herberge findet, in ein gefährliches Moor gerät oder von heimtückischen Räubern überfallen wird. Ich folgte dem Mann. Was hätte ich auch anderes tun können? Ich war allein, verwitwet, eine Frau, die den Schutz ihres Mannes verloren hatte.

Der Fremde brachte mich in ein Haus, das so vornehm und prächtig war, wie ich es nie zuvor gesehen hatte. Eigentlich waren es mehrere Gebäude, die einen großen Innenhof umgaben. Es gab viele Zimmer und sogar eine eigene Zisterne. Besonders beeindruckt hat mich die große, vornehm eingerichtete Eingangshalle und die Küche, in der mir eine Frau ein fremdartiges Essen servierte. Ich bekam ein Zimmer für mich allein, wie eine feine Dame. Recha, das Kind, war noch klein, kaum vier Jahre alt, und sie war schön und anmutig. Es fiel mir wirklich leicht, sie zu lieben, manchmal hatte ich fast das Gefühl, sie sei das eigene Kind, das mir versagt geblieben war. Doch ich lernte nicht nur, Recha zu lieben, sondern auch die Bequemlichkeit und den Luxus. Nathan ließ mir Zeit, mich einzugewöhnen und Gisbert zu vergessen, von dem ich ihm erzählt hatte. Und als er mich später ab und zu in der Nacht zu sich rief, wusste ich bereits, dass er Jude war, und hatte mich mit dieser Vorstellung vertraut gemacht. Umso mehr, als er ganz anders aussah als die armseligen, unterwürfigen Juden, die ich aus meiner Heimat kannte.

Warum bedrängten mich ausgerechnet heute die Erinnerungen, von denen ich glaubte, sie seien längst in der Vergessenheit versunken? Warum musste ich die ganze Zeit an früher denken? Ich wollte mich nicht erinnern, nie war mein Leben so angenehm gewesen wie hier, in Nathans Haus. Ich hatte eine gute Stellung, alle achteten und ehrten mich als Rechas Erzieherin und Gesellschafterin. Ja, das war es wohl: Mein Status hier hing von Recha ab. Ohne Recha hätte ich jedes Recht verloren, hier zu sein, ohne Recha hätte Nathan keinen Grund gehabt, mir ein sorgloses Leben zu bieten. Es war die Angst, die mich nachträglich gepackt hatte. Wenn dem Mädchen etwas passiert wäre, hätte ich Nathan nicht mehr unter die Augen treten können. Er hätte mich aus dem Haus geworfen, nein, sein Haus hätte aufgehört zu existieren, er selbst vielleicht auch, und ich wäre wieder so heimatlos gewesen wie damals. Wie vor vierzehn Jahren, als Nathan mir zum Lohn dafür, dass ich mich um Recha kümmerte, Sicherheit und ein Leben im Überfluss bot. Ich wäre wieder arm geworden, eine mittellose, schutzlose Frau in einem fremden Land, in einer Stadt, die von einem Ungläubigen regiert wurde, von Saladin, der für seine Grausamkeit gegenüber Christen bekannt war. Ich wäre wieder auf der Straße gewesen, allein und arm. Und was das bedeutete, wusste ich besser als jede andere, da brauchte ich nur an Bernhild zu denken.

3

Elijahu

Es war bereits dunkel, als wir Jerusalem endlich erreichten, Nathan, Jakob und ich, Elijahu, seit achtzehn Jahren Nathans treuer und ergebener Verwalter und Freund. Als die Stadtmauern vor uns auftauchten, sprachen wir ein Gebet und dankten Gott, dass er uns heil und gesund nach Hause zurückgeführt hatte.

Die Reise war lang gewesen, sie hatte sich über viele Wochen erstreckt, unsere Kräfte erschöpft und unsere Glieder ausgedörrt, je länger sie andauerte. Dennoch war sie erfolgreich gewesen, sehr erfolgreich sogar. Als wir loszogen, waren unsere Kamele mit Spezereien und Weihrauch beladen gewesen, mit Myrrhe aus Ägypten und mit Balsam aus den Oasen der Wüste. So hatten wir uns nach Damaskus auf den Weg gemacht, wohlgemut und erwartungsvoll. In Damaskus hatte Nathan Handel getrieben und mit Gottes Hilfe gute Geschäfte gemacht. Für einen Teil des Gewinnes hatten wir kostbare Stoffe und Stickereien gekauft, dazu Safran und Zimt und Henna zum Färben von Leinwand.

Auf der Rückreise schlossen wir uns einer größeren Karawane fremder Kaufleute an, von denen wir uns erst trennten, als wir von den Höhen hinunter bereits das Jordantal sahen. Wir zogen allein weiter. Während wir abends am Feuer saßen, nur Nathan, Jakob und ich, die Kameltreiber hielten sich abseits, da fiel die Mühsal der letzten Zeit von uns ab und nicht nur ich dachte an zu Hause. Jedenfalls hob Nathan plötzlich den Kopf und sagte: »Ich habe mir gerade vorgestellt, was Recha zu dem Brokatstoff sagen wird, den ich für sie gekauft habe.«

Jakob lachte laut. »Sie wird jubeln. Sie wird Freudenschreie ausstoßen, die man bis auf die Straße hören kann, und die Nachbarinnen werden neugierig zusammenlaufen, um den Grund für ihre Freude zu erfahren.«

Wir schwiegen, ergötzten uns an der Vorstellung von Rechas Vergnügen, und während wir an den Fladenbroten und dem getrockneten Fleisch kauten wie Rinder an dürren Halmen, malte sich wohl jeder von uns bereits die Köstlichkeiten aus, die Zipora, die Köchin, nach unserer Rückkehr für uns auftischen würde, denn Jakob sagte plötzlich mit einem versonnenen Lächeln: »Und ein Becher Wein …« Bei diesen Worten sah ich uns, Becher mit Wein in den Händen, am Tisch sitzen, vielleicht im Innenhof, wo wir an heißen Abenden oft essen, weil es dort angenehm kühl ist, oder in der Küche, bei Zipora, und ich hörte uns den Segen sprechen, sah, wie wir die Becher zum Mund hoben, und meinte zu spüren, wie der erste köstliche Schluck durch meine Kehle floss. Aber dann war es doch nur lauwarmes, abgestandenes Wasser aus dem Schlauch, das ich trotz eines plötzlichen Ekels trank.

Unsere Ankunft, als wir Jerusalem spät am Abend erreichten, verlief ganz anders, als wir es uns vorgestellt hatten. Kaum bogen wir in unsere Straße ein, bemerkten wir schon von Weitem Menschen, die sich vor unserem Haus versammelt hatten, beleuchtet von brennenden Fackeln. Eine Frau löste sich aus der Gruppe und kam mit flatternden Röcken auf uns zugerannt. Da erkannte ich sie, es war Daja. Die Haare standen ihr wirr um den Kopf, ihr Gesicht war rot und verweint, die Kleidung ungeordnet und schmutzig. Ein befremdlicher Anblick, ausgerechnet Daja, die sonst immer darauf achtet, nur sorgfältig gekleidet und gekämmt vor anderen zu erscheinen. Auch ihre Stimme klang fremd und seltsam schrill, und die Worte, die sie uns entgegenrief, kamen nur abgehackt aus ihrem Mund: »... Unglück ... Feuer ... Recha ... mit Gottes Hilfe ...«

Ich sah, wie Nathan erstarrte und zu zittern begann, jegliche Farbe wich aus seinem Gesicht, nur seine Augen glühten und sprangen ihm fast aus den Höhlen, seine Hände ballten sich zu Fäusten und fuhren himmelwärts, und ein sonderbares Röcheln drang aus seiner Kehle, wie der Laut eines abgestochenen Tieres. Mir aber fuhr das Entsetzen durch Mark und Bein. So hatte ich ihn nur einmal erlebt, damals in Gath, unserer Heimatstadt, genau so hatte er damals ausgesehen, als er vor den Trümmern seines Hauses gestanden hatte, Nathan, mein Herr und Bruder.

Mit einem Satz war ich bei ihm und schlang die Arme um ihn, hielt seinen Körper, der schlaff und schwer wurde und mir zu entgleiten drohte. Ich packte ihn noch fester und ließ nicht locker. Eine ganze Weile standen wir so da, bis ich über seine Schulter hinweg Recha erblickte, die auf dem Boden lag, sich jetzt aber aufstützte und zu uns herüberblickte. Nun erst verstand ich, was geschehen war. »Nathan«, rief ich, »Recha lebt! Hörst du, Nathan, sie lebt. Das, was du gefürchtet hast, ist nicht eingetreten, deine Recha lebt!« Verzweifelt schüttelte ich ihn und wiederholte meine Worte, bis ich merkte, dass das Leben in ihn zurückkehrte.

Erst als er mit ihr auf dem Vorplatz saß, auf dem jemand eine Decke ausgebreitet hatte, als er wieder Farbe bekommen hatte und Recha streichelte und küsste, spürte ich meine eigene Angst, die vorher von Nathans Angst verdeckt worden war. Erst jetzt kam mir die Erkenntnis, was wirklich hätte passiert sein können, wie nahe wir dem Abgrund gewesen waren. Ich wusste nicht, wohin mit den Empfindungen, die nun übermächtig auf mich eindrangen, und war erleichtert, als die Kamele kamen und ich endlich etwas zu tun hatte, dass ich abgelenkt war und meinen Händen und Füßen Befehle geben konnte, um sie vom Zittern abzuhalten. Doch während ich hin und her lief, wanderte mein Blick immer wieder zu Nathan und Recha, um sicherzugehen, dass er sich wirklich gefangen hatte. Und dass uns das große Unheil dank der Hilfe des Ewigen diesmal verschont hatte.

Ich kann nicht behaupten, dass ich in jener Nacht gut geschlafen hätte, obwohl ich nicht nur einen Becher des köstlichen Weins genossen hatte, denn Zipora hatte mir zwei- oder dreimal nachgeschenkt und war rot geworden, als ich mich bei ihr bedankt hatte. Doch trotz des Weins und trotz meiner Erschöpfung wälzte ich mich schlaflos auf meinem Lager. Zu deutlich tauchten immer wieder die Bilder von damals vor meinem inneren Auge auf, und das, was vor über siebzehn Jahren geschehen war, erschütterte mich so sehr, als wäre es erst gestern gewesen. Es ist eine Lüge, wenn man sagt, die Zeit heile jeden Schmerz. Sie deckt ihn nur zu, so wie Reisig eine Falle zudeckt, und gerade dann, wenn man sich sicher fühlt, wenn man meint, festen Boden unter den

Füßen zu haben, stürzt man in die Tiefe. Die Zeit ist kein tröstlicher Freund, sie schenkt kein heilendes Vergessen, sie legt nur einen Schleier über die Erinnerung, sie gaukelt dem Menschen Sicherheit vor und ist doch so trügerisch wie der tückische Treibsand, in dem man von einem Schritt auf den anderen versinken kann.

Bald achtzehn Jahre sind seither vergangen, damals war ich noch jung und unerfahren, kaum ein paar Monate in Nathans Diensten. Wir kamen von einer längeren Reise zurück nach Gath, in unsere Heimatstadt nördlich von Ghaza, und fanden das Haus zerstört vor, in dem Nathan seine Frau und seine sieben Söhne in der Obhut seines Bruders zurückgelassen hatte. Auch damals war es Nacht gewesen, wie gestern, und das kalte Licht des Mondes war auf die Trümmer gefallen, aus denen da und dort noch feine Rauchfäden aufstiegen. Rußspuren überzogen die fahlen Steine, unheilvoll wie geisterhafte Schriftzeichen.

Ich glaube, ich stand nur da wie eine Salzsäule und starrte das an, was von unserem Heim übrig geblieben war, die Reste verkohlter Balken, die sich aus den Trümmern wie verbrannte Arme zum Himmel reckten, die Fensterlöcher, die uns aus den wenigen noch stehen gebliebenen Mauern anstarrten wie die Augen von Toten. Ich stand da, mit leerem Kopf und leerem Herzen, unfähig zu begreifen, was geschehen war. Bis ich Nathan schreien hörte. Er riss die Fäuste in die Luft und schrie so laut, dass selbst der Höchste im Himmel es gehört haben muss.

Und dann kamen die Nachbarn herbeigelaufen, hielten ihn fest, wollten ihn davon abhalten, sich selbst etwas anzutun, doch er riss sich los, er war wie von Sinnen. Sie redeten auf ihn ein, aber er wollte nur wissen, wer das getan hatte. »Christen«, sagten die Nachbarn, »Kreuzfahrer, sie haben sich an den Häusern von Juden schadlos gehalten, nachdem sie gegen Saladins Truppen eine Niederlage einstecken mussten. Die deinen sind nicht die einzigen Opfer, Nathan, sie haben …« Und dann fingen sie an, die Namen der Opfer aufzuzählen, deren Zahl groß war.

Aber Nathan beachtete sie nicht, hörte nicht mehr auf das, was sie sagten. Zu brennend war sein Schmerz, zu überwältigend seine Verzweiflung. Er zerriss seine Kleider, er reckte die Fäuste, verfluchte die Christen und schwor ihnen ewigen, unversöhnlichen Hass und blutige Rache.

Viele Stunden lang tobte Nathan, und die Nachbarn und ich hatten alle Hände voll zu tun, ihn festzuhalten und daran zu hindern, sich auf die nächstbesten Christen zu stürzen, um sich für den Tod seiner Lieben zu rächen. Alle waren sie verbrannt, seine Frau, seine sieben Söhne, sein Bruder, die Knechte und Mägde. Wir ließen den für seine Klugheit berühmten Rabbi Jochanan kommen, der damals noch am Leben war, und dieser befahl uns, Nathan zu binden und einzusperren, damit er sich selbst und damit auch uns nicht in Gefahr bringen könne, denn wenn er einem Christen auch nur ein Haar krümmen würde, würden sie sich an allen Juden rächen und keiner von uns wäre mehr seines Lebens sicher.

Menachem, ein gelehrter Freund Nathans, ein Arzt und Heiler, nahm uns vorläufig in sein Haus auf. Menachem kümmerte sich um Nathan, flößte ihm beruhigende Tränke ein und verbrannte neben ihm Kräuter, die seinen Geist klären sollten, während Esther, seine Frau, dafür sorgte, dass wir etwas zu essen bekamen. Die Nachbarn, hin- und hergerissen zwischen Mitleid und Zorn, erzählten, die Kreuzfahrer seien in Horden gekommen und hätten das Haus angezündet. Man habe die Schreie der Menschen im Feuer gehört, aber die Feinde unseres Volkes, verflucht sollen sie sein, hätten die Türen versperrt und keinen herausgelassen. Die Schreie seien furchtbar gewesen, und es habe lange gedauert, bis auch die letzten vom Feuer erstickt waren.

Diese Grausamkeit war unvorstellbar, doch die Nachbarn versicherten immer wieder, so sei es gewesen, genau so. Ob Nathan überhaupt verstand, was sie erzählten, weiß ich nicht, obwohl er die ganzen sieben Trauertage neben mir auf dem Boden saß. Sein Gesicht war starr und ausdruckslos wie das eines Menschen, dessen Geist die Welt verlassen hat, und er war so ruhig geworden, dass es mir das Herz zerriss. Er reagierte auch nicht, wenn andere Juden kamen, um ihn in seinem Schmerz zu trösten, er antwortete nicht und schaute durch sie hindurch, als wären sie nicht aus Fleisch und Blut. Es war, wie von den Freunden Hiobs berichtet wird, die kamen, um mit ihm zu klagen und ihn zu trösten: *Und als sie ihre Augen aufhoben von ferne, erkannten sie ihn nicht und erhoben ihre Stimme und weinten und ein jeder zerriss seine Kleider und sie warfen Staub gen Himmel auf ihr Haupt und saßen mit ihm auf der Erde, sieben Tage und sieben Nächte und redeten nichts mit ihm; denn sie sahen, dass der Schmerz sehr groß war.*

Nach den sieben Trauertagen war plötzlich ein Säugling da: Recha. Ich verstand es nicht. Esther, Menachems Frau, berichtete mir flüsternd, ein Klosterbruder sei mit dem Kind gekommen und habe nach Nathan verlangt. Nathan saß da, hielt das Kind im Arm und weinte. Als er mich sah, hob er die Kleine hoch, um sie mir zu zeigen, und sagte: »Schau her, Elijahu, das ist ein Zeichen. Gott hat mir eines für sieben gegeben. Es ist, wie geschrieben steht: *Bei Gott ist Weisheit und Gewalt, sein ist Rat und Verstand.*« Mehr wollte er nicht sagen, und als ich Fragen nach der Herkunft des Kindes stellte, schüttelte er nur den Kopf und schwieg.

Er zog nach Jerusalem, besorgte eine Amme für das Kind und richtete ein Haus ein, das Haus, in dem wir noch immer wohnen. Ich zog natürlich mit ihm, auch wenn ich ihn nicht verstand. Ich war voller Fragen, aber Nathan wollte nicht mehr über das sprechen, was geschehen war. Nur einmal sagte er: »Gott ist fern, aber die Menschen sind nah. Glaube mir, Elijahu, das höchste Ziel der Menschen muss die Vernunft sein. Vernunft und die Liebe zu anderen Menschen.«

Er hatte sich verändert. Seine Haare waren grau geworden und seine ehemals kräftige Gestalt war so knochig wie die eines Wüstenbewohners, und sein Blick war oft in die Ferne gerichtet, als sähe er etwas, was uns verborgen blieb. Er war nicht wiederzuerkennen.

Aufgewühlt, wie ich war, hatte ich unruhig geschlafen und war froh, als ich bei Sonnenaufgang wach wurde. Ich stand auf, kleidete mich an und ging in meine Werkstatt, die sich im Nebengebäude befand. Dort machte ich mich daran, die Spezereien, die während unserer Abwesenheit aus Jericho und anderen Oasen gebracht worden waren, zu prüfen und zu ordnen.

Diese Arbeit ist mir lieber als jede andere, sie beruhigt und tröstet mich, sie erfreut nicht nur meinen Geist, sondern auch mein Herz. Meine Nase ist zwar klein und flach und gedrückt wie die eines Bewohners von Kusch, aber sie arbeitet feiner und zuverlässiger als die mächtige Nase Jakobs, die nur ganz grobe Unterschiede in den Gerüchen wahrnimmt. Und sie arbeitet sogar besser als die Nase Nathans, der bestimmt über größere Erfahrung verfügt als ich. Meine Nase ist wie die eines Schakals, der durch den Sand streicht und mühelos auch die fernste Beute erschnüffelt. Deshalb ist es schon immer meine vornehmste Aufgabe, die Essenzen zu prüfen und ihren Wert zu bestimmen.

Ich hatte gerade ein Alabasterfläschchen in der Hand, zog den Pfropfen heraus, hielt es an meine Nase, schloss die Augen und sog verzückt den würzigen Duft des Balsamöls in mich ein, als die Tür aufging und Nathan in die Werkstatt trat. Ich ließ das Fläschchen sinken und schaute ihm entgegen. Eigentlich erwartete ich, dass er über das Feuer sprechen würde, darüber, was getan werden müsse, um das Haus nach dem Brand wiederherzurichten, aber ich hatte mich geirrt, wie ich gleich feststellte. »Es war ein gutes Werk von dir«, sagte er, »dass du den Jungen zu uns gebracht hast. Der Ewige wird es dir lohnen.«

Ich verstand nicht, was er meinte, und fragte: »Von welchem Jungen sprichst du?«

»Von Geschem, der Zipora in der Küche hilft.«

»Ich wusste nicht, dass er Geschem heißt«, sagte ich verwundert.

Nathan lächelte. »Jetzt weißt du es. Er heißt Geschem, und ich möchte, dass ihr ihn in Zukunft alle so nennt. Der Mensch braucht einen Namen, bei dem man ihn nennen kann. Denn es steht geschrieben: *Fürchte dich nicht, denn ich habe dich erlöst; ich habe dich bei deinem Namen gerufen; du bist mein!*«

Ich lächelte auch, es gefiel mir, dass der Junge einen Namen haben sollte. Ich hielt Nathan das Fläschchen mit dem Balsamöl hin, das so kostbar war wie Gold. Er roch daran und nickte anerkennend. Dann fuhr er fort: »Ohne deine Hilfe hätte er nur Bettler werden können, wie alle Krüppel. Oder er wäre gleich gestorben.«

Ich verschloss das Fläschchen sorgfältig und versiegelte den Rand des Stöpsels noch mit dem Wachs wilder Bienen, bevor ich es auf dem obersten Brett des Gestells deponierte und ein neues öffnete. Dabei schaute ich Nathan nicht an, ich wollte ihm nicht zeigen, wie sehr mich sein Lob freute. Er hätte mich ja für eitel halten können, obwohl ich nur etwas Selbstverständliches getan hatte.

»Warum hinkt Geschem eigentlich?«, fragte Nathan. »Weißt du, was ihm fehlt?«

Ich nickte. Natürlich wusste ich das, ich hatte den Jungen schließlich gewaschen, damals, als ich ihn krank und halb verhungert in unser Haus gebracht hatte. Dennoch zögerte ich, ich wusste nicht, ob es richtig war, Nathan den Grund zu nennen. Aber als ich sah, wie gespannt er mich anblickte, war ich es plötzlich leid, ihn immer nur zu schonen und viele Wörter zu verschlucken, sodass sie meine Eingeweide füllten und mich drückten wie Winde, die keinen Weg nach draußen finden. Also sprach ich es doch aus: »Er hat furchtbare Narben an einer Schulter und einem Bein, Narben von Verbrennungen. Er muss Schreckliches erlebt haben.«

Nathan wich meinem Blick aus. »Wie ist das passiert?«, fragte er mit einer Stimme, die rauer war und etwas lauter als vorher. »Wann und wo hat er sich solche Brandwunden zugezogen?«

Ich hob die Schultern, ließ sie wieder fallen, roch an dem zweiten Fläschchen, roch noch einmal, verschloss es und stellte es in das mittlere Fach, bevor ich antwortete: »Das habe ich ihn auch gefragt, aber er weiß es nicht, er hat alles vergessen. Oder er war noch zu klein, um sich erinnern zu können. Er weiß überhaupt nichts. Sein Gedächtnis ist leer wie ein unbeschriebenes Pergament.«

Nathan wandte sich ab, damit ich sein Gesicht nicht sehen konnte, nahm ein paar Fläschchen in die Hand, eines nach dem anderen, und stellte sie wieder zurück, ohne sie geöffnet zu haben. »Warum hast du mir das nicht schon früher erzählt?«, fragte er schließlich.

Wieder zögerte ich und kämpfte gegen den seltsamen Unmut an, der mich plötzlich gepackt hatte. Doch dann sagte ich: »Ich fürchtete, deine Erinnerungen zu wecken. Ich wollte dir nicht wehtun.«

Ich sah, wie er die Hände hob und vor das Gesicht legte. Der Kaftan spannte sich über seinen Schultern, die eckig hervortraten. Seine Stimme war nun leise und zitterte ein wenig, als er sagte: »Meine Erinnerungen brauchst du nicht zu wecken, sie sind immer bei mir. Es vergeht kein Tag, an dem ich nicht an die Menschen denke, die mir so teuer waren. Es vergeht kein Tag, an dem ich ihre Gesichter nicht vor mir sehe, und es vergeht kein Tag, an dem ich nicht wieder und wieder durchmache, was ich damals durchgemacht habe.«

Draußen schrie ein Esel, und die Luft, die durch das offene Fenster drang, hatte bereits die Kühle des frühen Morgens verloren. Mein Unmut war nicht länger zu unterdrücken, ich konnte die Frage, die ich mir schon so oft gestellt hatte, nicht mehr zurückhalten. »Und warum sprichst du nie darüber?«

Der Ton meiner Stimme war barsch und gekränkt, das hörte ich selbst.

Nathan drehte sich um, ließ die Hände sinken und schaute mich an. Seine Augen schienen tief in den Höhlen versunken zu sein und waren so dunkel, dass man sie kaum erkennen konnte. Sein Gesicht war grau.

»Dieses Leid gehört mir«, sagte er, »nur mir allein. Es steht zwischen mir und meinem Gott. Glaube mir, mein Freund, es hat mich viel Kraft gekostet, nicht dem Wahnsinn anheimzufallen, und es kostet mich immer noch Kraft. Tag für Tag muss ich darum kämpfen, meine Vernunft zu bewahren. Warum sollte ich darüber sprechen? Wird mein Leid dadurch geringer? Und außerdem: Sollte ich meine Trauer zum Gespött meiner Feinde werden lassen? Sollte ich ihnen die Möglichkeit bieten, mein Leid als Waffe gegen mich zu verwenden?«

Ich wusste nicht, was ich antworten sollte. Mein Unmut war verflogen, als hätte es ihn nie gegeben, etwas Heißes stieg in meiner Kehle auf und drohte mich zu ersticken. Ich schnappte nach Luft.

Nathan machte einen Schritt auf mich zu und legte mir die Hand auf die Schulter. »Lass es gut sein, Elijahu, ich weiß, du bist ein treuer Freund und würdest alles tun, um mir zu helfen, aber es geht nicht. Das muss ich mit mir und Gott abmachen.« Sein Mund verzog sich zu einem Lächeln, diesem bitteren Lächeln, bei dem mir immer das Herz schwer wird. »Lass uns von etwas anderem sprechen«, fuhr er fort. »Ich habe einen Auftrag für dich. Kümmere dich um Geschem. Ich möchte, dass du versuchst, ihn als Gehilfen für den Handel auszubilden. Er scheint einen klugen Kopf zu haben, das könnte sein körperliches Gebrechen wettmachen. Sorge dafür, dass er lesen und schreiben und rechnen lernt. Vielleicht ist es Gottes Wunsch, dass wir sein Schicksal zum Besseren wenden und ihn ein wenig für das entschädigen, was ihm das Leben in seinen jungen Jahren bereits angetan hat.«

Ich nickte. Ich sah ihn plötzlich vor mir, den Jungen, wie er damals in der Unterstadt neben der Stadtmauer im Schmutz gelegen hatte, erinnerte mich daran, wie leicht er gewesen war, als ich ihn auf den Armen nach Hause trug, leicht wie eine junge Katze, und ich empfand wieder das gleiche Mitleid wie damals.

»Geschem braucht einen Menschen, der sich um ihn kümmert«, hörte ich Nathan sagen. »Er hat keinen Vater und du hast keinen Sohn.«

Ich zuckte zusammen. Wie könnte er, ein Findling, mir einen Sohn ersetzen? »Er weiß nicht, wer er ist und aus welcher Stadt er kommt«, sagte ich langsam und voller Widerstreben. »Ich habe ihn gefragt, wo er gelebt hat. Er sagt, mal hier, mal da, aber nirgendwo lange und oft genug auch auf der Straße, man hat ihn immer wieder weggeschickt. Manchmal hat er bei Juden gelebt und manchmal bei Muslimen. Und er hat sich jedes Mal als Jude oder als Muslim gefühlt, sagt er, je nachdem, wo er gerade war. Verstehst du, Nathan, er weiß nicht, was er ist, er ist entweder das eine oder das andere oder beides nicht.«

Nathan legte mir die Hand auf den Arm. »Jeder braucht einen Platz in der Welt, einen Ort, an den er gehört, und Menschen, in deren Mitte er Geborgenheit findet. Niemand kann in den Räumen dazwischen leben, da muss er abstürzen. Wenn Geschem nicht weiß, was er ist, kann er doch genauso gut ein Jude sein, falls er das will. Schließlich sind wir alle Abrahams Kinder.«

Ich erschrak. Nathans Worte kamen mir ketzerisch vor. Gefährlich.

Er schien meine Verwirrung zu spüren. »Ich frage mich manchmal, was uns zu Menschen macht«, sagte er. »Gott ist unerreichbar, und wir können ihm nur dadurch nahe sein, dass wir seine Geschöpfe lieben. Das ist es, was er von uns fordert, und das ist es, was unserem Leben Sinn und Bedeutung gibt.« Er lächelte.

Ich schwieg, ich konnte nicht lächeln, und ich wusste nicht, was ich sagen sollte. Darüber musste ich erst einmal nachdenken.

»Vertrau mir, Elijahu«, sagte Nathan.

Ich nickte. Auf einmal schien es mir ganz richtig zu sein, dass ich für Geschem das tun sollte, was Nathan einst für mich getan hatte. Das Rad der Zeit dreht sich, so ist der Lauf der Welt. Mal wird einem eine Hand hingehalten, ein andermal streckt man selbst die Hand aus. Ich fühlte mich erleichtert und fing bereits an zu überlegen, zu welchem Lehrer ich ihn schicken sollte, Geschem, den Jungen, der nun einen Namen hatte.

»Geschem Ben Abraham«, sagte Nathan. Wieder lächelte er und diesmal konnte ich zurücklächeln.

4

Recha

Im Traum halten Engel dem Menschen einen Spiegel vor, sie zeigen ihm, was er sich wünscht oder was ihm die Zukunft bringen wird. Im Traum verliert der Mensch oft seinen Stand in der Welt und dann ist das Aufwachen eine kleine Geburt. Im Traum schwebte ich als namenloses Geschöpf über unbekannte Weiten, verloren und ohne Ziel, und erst als ich morgens die Augen aufschlug, war ich wieder Recha, die Tochter des angesehenen Kaufmanns Nathan, den man in Jerusalem auch den Weisen nennt. Viele angesehene Menschen fragen ihn um seinen Rat, und es sind nicht nur Juden, die ihn aufsuchen.

Ich drehte mich um und sah Dajas Gesicht vor mir. Sie lag auf der Seite, hatte den Kopf auf die Hand gestützt und betrachtete mich mit einem zärtlichen Lächeln, wie sie es so oft getan hatte, früher, als ich noch ein Kind war. Und wie früher lag ich in ihrem Bett. Einen Moment lang wusste ich nicht, was geschehen war, alles kam mir sonderbar und unverständlich vor, als hätte sich die Zeit verschoben oder als würde ich noch immer träumen. Doch dann spürte ich den Schmerz in meinem Arm und mit einem Schlag war die Erinnerung an das Feuer wieder da und schlug wie eine Welle über mir zusammen.

Ich meinte die Hitze zu spüren, die mir flammend entgegenschlug, die schreckliche Angst, die mich lähmte, sodass ich, den Tod vor Augen, hilflos zu Boden sank. Doch sogleich schob sich ein anderes Bild zwischen mich und das mörderische Feuer: das Bild des Engels, der plötzlich aus den Flammen trat, in einem weißen Gewand und mit weißen Flügeln. Ich sah wieder die schönen, ebenmäßigen Züge und das überirdische Leuchten seiner Augen, das ihn ganz einhüllte und alles überstrahlte, sogar das Feuer. Ich sah, wie er sich über mich neigte, und einen Augenblick lang war sein Gesicht so nah bei meinem, dass ich seinen Atem auf meiner Wange spürte und, ergriffen von seiner Schönheit und Erhabenheit, die Augen schließen musste, weil der Anblick mich tief in meinem Inneren berührte. Und ich fühlte wieder, wie er mich hochhob und auf seinen starken Armen fest und sicher durch das Feuer trug.

Um uns herum loderten die Flammen und streckten ihre gierigen Feuerfinger nach uns aus, aber mein Engel war machtvoller als die Flammen, es gelang ihnen nur, mich am Arm zu packen. Das merkte ich jedoch erst später, als mein Retter bereits verschwunden war und der Schmerz in meinen Arm schoss. In jenem Moment, als der Engel mit mir durch das Feuer schritt, fühlte ich mich sehr sicher und geborgen. Ich wusste, mir konnte nichts passieren, Gott hatte mir seinen Boten geschickt, um mich zu erretten, so wie geschrieben steht: *Wir sind in Feuer und Wasser geraten. Aber du hast uns herausgeführt und uns erquicket.*

Als Daja sah, dass ich aufgewacht war, streckte sie die Hand aus, strich mir die Haare aus der Stirn und sagte: »Recha, mein Kind, es war ein Tempelritter. Gott möge es ihm danken.«

Ihre Berührung war kühl und angenehm, aber ihre Worte weckten meinen Widerspruch. Ich stieß ihre Hand von mir. »Es war ein Engel, ich habe ihn doch genau gesehen«, rief ich aufgebracht, weil sie nicht bereit war, das Wunder anzuerkennen, das der Ewige, gelobt sei er, an mir hatte geschehen lassen. Am liebsten hätte ich sie geschüttelt, damit sie mir endlich glaubte.

Sie schaute mich liebevoll und ein wenig mitleidig an, wie man ein unverständiges Kind anblickt, und schüttelte den Kopf, sagte aber nichts. Dann stand sie auf, holte einen Tiegel mit Salbe und frisches Leinen aus ihrer Kommode und machte sich daran, den Verband um meinen Arm zu erneuern. Der Stoff war an der Wunde festgeklebt, und als sie ihn löste, fuhr mir, auch wenn sie sich bemühte, es langsam und vorsichtig zu tun, der Schmerz wie ein Dolch durch den Körper und mir traten Tränen in die Augen. Daja sah es, beugte sich vor und drückte mir einen Kuss auf die Stirn. »Nun ja, wenn du meinst«, sagte sie, »dann war es eben ein Engel.«

Ich verstand zwar, dass sie mir immer noch nicht glaubte, aber diese Nachgiebigkeit, die sonst gar nicht ihre Art war, verwunderte mich so sehr, dass ich nicht wusste, was ich antworten sollte. Deshalb schwieg ich und genoss die kühlende Salbe, die den Schmerz an meinem Arm dämpfte.

Bei der Morgenmahlzeit, die wir alle gemeinsam einnahmen, fing auch mein Vater damit an. Ernst, aber ohne jeden Tadel, sagte er: »An einen Engel zu glauben ist natürlich bequemer, Recha. Es enthebt dich der Mühe, einem Menschen deine Dankbarkeit beweisen zu müssen. Aber in Wirklichkeit ist es leichter, einen Menschen zu lieben als einen Engel, und es ist auch leichter, einem Menschen zu danken.«

Ich senkte den Kopf und trank die frische Milch, in die Zipora zerstampfte Vanille und Honig gemischt hatte, weil sie wusste, sie würde mir damit eine besondere Freude machen. Dann stieg ich hinauf aufs Dach, wo ich mich gerne aufhalte, und schaute über die Stadtmauer hinweg über das Land. Ein leichter Wind wehte und bewegte die Blätter der Olivenbäume, die hinter der Mauer den Hang bedeckten, und ließ sie silbern aufglitzern.

Unter mir schritt mein Vater über den Vorplatz hinüber zu den Lagerkellern, und ich dachte an den Satz, den er zu mir gesagt hatte, an den Ernst in seiner Stimme. Mein Vater ist ein kluger Mann und seine Worte hatten mich ins Herz getroffen. Ich dachte so lange über sie nach, bis die Gedanken in meinem Kopf herumschwirrten wie ein aufgescheuchter Bienenschwarm und mir ganz schwindlig wurde.

Ich stand auf und verließ das Dach. Weil ich mit meinem verletzten Arm ohnehin nichts tun konnte, weder Daja helfen noch sticken oder nähen oder Laute spielen, beschloss ich, meine Freundin Lea zu besuchen, die ihr zweites Kind erwartete, das diesmal hoffentlich ein Knabe sein würde. Alle meine Freundinnen waren schon lange verheiratet, nur ich noch nicht. Daja hatte einmal gesagt, mein Vater liebe mich so sehr, dass er mich noch nicht hergeben wolle, und eigentlich konnte ich es mir auch nicht vorstellen, wie es wäre, woanders zu wohnen. Als ich einmal mit Lea darüber sprechen wollte, hatte sie das Gesicht abgewandt und gesagt, ich solle mir ruhig Zeit lassen, denn das Leben als verheiratete Frau sei doch ganz anders, als wir es uns früher gemeinsam ausgemalt hatten.

Sie hatte einen neuen, bitteren Zug um den Mund, als sie das sagte, ausgerechnet Lea, die so gern gelacht hatte und der es immer wieder gelungen war, uns mit ihrer Fröhlichkeit anzustecken, auch wenn wir mal bedrückt und lustlos waren. Ich erschrak und wollte fragen, was sie veranlasst hatte, so etwas zu sagen, aber ihre Miene zeigte mir, dass es besser war zu schweigen. Sie hatte die Lippen fest zusammengepresst, ein Zeichen, dass sie nicht weiter darüber sprechen wollte. Ich hatte in diesem Moment angenommen, sie meine damit das Zusammenleben mit ihrer Schwiegermutter, einer hartherzigen Frau, die für ihre böse Zunge bekannt war. Man sagte, der Tod ihres Mannes, er ruhe in Frieden, habe ihr Herz noch mehr verhärtet und die letzten Fünkchen Güte und Mitleid in ihr ausgelöscht. Aber als ich später daran dachte, kam mir in den Sinn, dass es doch, was Gott verhüten möge, wegen ihres Ehemanns gewesen sein könnte. Ruben, der Goldschmied, ist wohlhabend und groß gewachsen, eine gute Partie, und alle Freundinnen waren neidisch auf Lea gewesen, als sie mit ihm verlobt worden war. Aber Ruben hat das schmallippige Gesicht seiner Mutter geerbt und, wer weiß, vielleicht auch ihre Hartherzigkeit und ihre böse Zunge.

Als ich durch die Eingangshalle ging, hielt ich die Luft an, denn der Brandgeruch, der noch im Raum hing, bereitete mir Übelkeit. Ich heftete meinen Blick fest auf den Boden, auf die hellen, vom Ruß verschmierten Marmorplatten, um nichts von dem sehen zu müssen, was das Feuer angerichtet hatte. Trotzdem bemerkte ich aus dem Augenwinkel, dass zwei Bediente damit angefangen hatten, die Schäden zu reparieren, und dass Elijahu sie bei ihrer Arbeit beaufsichtigte. Neben ihm stand der Junge, der sonst Zipora in der Küche hilft. Er trug eine neue Hose und eine neue Jacke und stand so dicht neben Elijahu, als wolle er sich an ihn lehnen, und sein Gesicht, das er zu ihm erhoben hatte, zeigte ein unendliches Vertrauen, fast Ehrfurcht. Der Anblick war so ungewohnt, dass ich mich wunderte, aber ich konnte mich nicht damit aufhalten, der Brandgeruch trieb mich hinaus ins Freie.

Tief sog ich die frische Luft in meine Lungen, spürte, wie sie mich erfrischte und belebte. Als ich an den verbrannten Möbelstücken vorbeiging, fiel mir auf, dass auf einem Sesselpolster ein kreisrunder Fleck vom Feuer verschont worden war, wie eine große, rosafarbene Blüte leuchtete der Stoff zwischen den verkohlten Möbelstücken heraus, wie eine kostbare, in den Schmutz gefallene Perle. Der Anblick erheiterte und rührte mich zugleich, so wie mich der Anblick Dalilas, Leas kleiner Tochter, immer erheitert und rührt, wenn sie plötzlich aufhört zu weinen und mit tränenverschmiertem Gesicht lächelt.

Ich ging langsam durch die Straße, viel langsamer, als ich es üblicherweise tat, und ließ meine Blicke schweifen, als könne ich mich nicht sattsehen an der Schönheit meiner Heimatstadt, die mir heute bunter und großartiger vorkam als je zuvor. Ich blieb vor einer Mauer stehen, aus deren Ritzen Ysop wuchs, von dem König David gesagt hat, *entsündige mich mit Ysop, dass ich rein werde*. In einem Gärtchen saß ein kleiner Junge im Sand und spielte mit runden, glänzend geriebenen Kieselsteinen, er rollte sie in eine Mulde, die er in die Erde gegraben hatte, und wenn es ihm gelungen war, alle Kugeln in die Mulde zu bekommen, holte er sie wieder heraus und begann das Spiel von Neuem. Aus dem Eingang zu einer unserer Zisternen traten zwei Mägde mit schweren Krügen voller Wasser und blinzelten gegen die Sonne. Ihre Körper bogen sich unter der Last. Sie riefen sich Scherzworte zu und lachten, dass ihre weißen Zähne blitzten, und beim Gehen schwenkten sie ihre breiten Hüften hin und her und ließen ihre Röcke schwingen. Ich blieb stehen und schaute ihnen nach, bis sie in einem Hof verschwanden. Sie waren so schön und so voller Lebensfreude.

Mir war, als sähe ich heute alles zum ersten Mal, als wären meine Augen bis zu diesem schrecklichen Brand mit Blindheit geschlagen gewesen. Männer mit Turbanen und in langen Gewändern eilten an den Häusern vorbei, andere saßen an niedrigen Tischen, spielten Schach, tranken Wasser und Saft und aßen eingelegte Oliven oder Datteln. Manche hatten ernste, konzentrierte Gesichter, andere plauderten beim Spielen. Ich sah Kaufleute, deren Gehilfen Waren schleppend ein paar Schritte hinter ihnen gingen, Straßenhändler, Hausierer mit Kiepen* auf dem Rücken und andere, die ihre Esel oder Maulesel mit Säcken und Kisten beladen hatten. Auch vornehme Herrschaften sah ich, die auf Pferden ritten, die Damen waren verschleiert und ihre prächtig geschmückten Reittiere wurden von Dienern am Zaum geführt. Und ich sah Bettler, die am Straßenrand hockten und die Vorübergehenden im Namen Allahs um eine milde Gabe anflehten. Sie waren staubig und zerlumpt, bedauernswerte Kreaturen, das ja, aber auch durch ihre oft gekrümmten und verkrüppelten Gliedmaßen floss Blut und auch ihre Lungen atmeten die Luft des jungen Tages.

Als ich am Souk vorbeikam, nicht weit vom Geschäft meines Vaters, stieg mir das Aroma der vielen verschiedenen Gewürze in die Nase: Myrrhe und Weihrauch, Knoblauch, Kreuzkümmel, sanfte Vanille, herber chinesischer Zimt, beißender Pfeffer, frische Minze, wohlriechendes Ingwergras,

*Kiepen = Rucksack aus Weide

bitteres Harz und süßer Honig. Ich roch auch den Duft frisch gebackener, fettiger Teigtaschen und genoss sogar den Geruch nach Kamelmist und dem Kot anderer Tiere, Esel, Maulesel, Hunde, und all diese Gerüche erfüllten die Luft, sie mischten sich und kitzelten meine Nase so aufreizend, dass mir war, als röche ich alles zum ersten Mal.

Sogar mein Gehör war feiner als sonst. Ich hörte einzelne Stimmen aus dem Gewirr auf der Straße heraus, vernahm das spitze Hämmern aus der Werkstatt eines Schusters und, als ich am Haus eines Webers vorbeiging, das Klappern des Webstuhls. Ich hörte einen Säugling weinen und das fröhliche Gekreisch spielender Kinder, ich hörte Menschen schimpfen, rufen, lachen, mahnen, ich hörte Tiere bellen, blöken und wiehern. Und ich hörte das Zwitschern der Vögel. Alles wie zum ersten Mal.

Die Sonne brannte vom Himmel, ich hob das Gesicht, und die Strahlen auf meiner Haut, vor denen ich mich sonst schützte, so gut es ging, fühlten sich auf einmal angenehm und lebensspendend an. Und sogar der Schmerz, der von meinem rechten Arm bis in die Fingerspitzen und über die Schulter bis in meinen Hals zog, machte mich froh, bewies er doch, dass ich am Leben war. Eine überströmende Freude stieg in mir auf, Freude darüber, dass ich das alles noch sehen, hören, riechen und fühlen konnte, den Himmel, die Stadt, die Menschen, und ich war so glücklich, dass ich den erstbesten Bettler hätte umarmen und küssen können, um mein übergroßes Glück mit ihm zu teilen.

Ich glaube, ich verstand zum ersten Mal, was für ein großes, überwältigendes Geschenk das Leben ist, ein unbegreiflicher Schatz, der uns gegeben ist und den wir nicht als selbstverständlich hinnehmen dürfen. Vielleicht sind Menschen erst in der Lage, das zu erkennen, wenn sie am eigenen Leib erlebt haben, wie nahe Leben und Tod beieinanderliegen und wie schnell es passieren kann, dass man diese Grenze überschreitet. Menschen sind verletzlich, sie verdienen es, geliebt zu werden. Ich verstand plötzlich auch, was mein Vater gemeint hatte, als er sagte, es sei leichter, einen Menschen zu lieben als einen Engel.

Ich beschloss, doch nicht zu Lea zu gehen, heute nicht. Ich glaube, ich fürchtete, ihre Schwermut und ihre Bitterkeit könnten mein Glück dämpfen, und das wollte ich nicht. Als ich an der Gasse vorbeikam, welche die Christen Via Dolorosa nennen und an deren Ende sich die Grabeskirche befindet, bog ich kurz entschlossen ein. Die Grabeskirche zählt zu den Heiligtümern der Christen, alle zieht es dorthin, überlegte ich, vielleicht werde ich dort den Tempelritter sehen, dem ich dieses Glück verdanke. Ich werde mich vor ihm auf den Boden werfen, dachte ich, ich werde seine Füße küssen, ich werde ihn preisen und ihm danken und Gottes Segen auf ihn herabflehen, ich werde … Und dann fiel mir ein, dass ich gar nicht wusste, welche Sprache er sprach. Er sah eher wie ein Franzose aus, und mein Französisch ist nicht so flüssig wie mein Deutsch, das ich dank Daja sehr gut beherrsche. Zur Sicherheit überlegte ich mir alle Worte, die ich zu ihm sagen wollte, auch auf Französisch.

Und dann stand ich vor der Kirche, die kein in den Himmel ragendes Gebäude ist wie die anderen Kirchen in der Stadt, sondern eingeklemmt in ein Gewirr aus Kapellen und anderen Gebäuden. Ich suchte Schutz in einem Hauseingang auf der anderen Straßenseite, von wo aus ich das Portal im

Auge hatte, und beobachtete die Christen: Priester, die man leicht an ihren Gewändern erkennt, Pilger mit Wanderstäben und Bündeln, die sich vor der Kirche in den Staub warfen und die Erde küssten, über die einst ihr Heiland geschritten war, auch einige Nonnen und Mönche, die in die Kirche hineingingen oder aus ihr herauskamen. Aber nirgendwo war der weiße Mantel eines Tempelritters zu erkennen, mit dem großen, roten Kreuz auf dem Rücken.

Ich wusste, wie es in der dämmrigen Kirche aussah, kannte das Abbild des Gekreuzigten, den schweren Weihrauchduft, der die Luft erfüllte, das Gemurmel der Betenden. Ich war schon einige Male in dieser Kirche gewesen, mit Daja, die immer sagt, ich müsse alles kennenlernen, vor allem den Gott der Christen. Bei solchen Worten bekommt ihr Gesicht einen seltsamen, wissenden Ausdruck, den ich nicht begreife, und ich frage mich jedes Mal, ob sie mich vielleicht doch zum Christentum bekehren will, obwohl sie im Allgemeinen nicht gegen den Wunsch meines Vaters handelt. Sie schätzt ihn sehr, das zeigt sie auch ganz offen, sie bewundert ihn und ist ihm dankbar dafür, dass sie in unserem Haus leben darf. Da bin ich mir ganz sicher, und sie hat es auch schon oft genug laut ausgesprochen. Nur wenn es um ihren Gott geht, den Gott der Christen, bekommt ihre Stimme etwas Aufrührerisches, Herausforderndes, aber meist hält sie sich zurück, vor allem in Anwesenheit meines Vaters.

Die Grabeskirche gehört zu einem verwinkelten, verbauten Komplex von Kirchen und Kapellen. Die ursprüngliche Kirche, die Kirche zur Heiligen Auferstehung, ist rund und hat ein offenes Dach, durch das Licht in das Innere fällt. Das Dach ruht auf Balken, die äußerst kunstreich zusammengefügt sind und eine Krone bilden, und unter der Öffnung steht das Grabmal von Christus, ihrem Namensgeber, den die Christen Gottes Sohn und Erlöser nennen und den sie für den Messias halten, auf dessen Ankunft wir Juden immer noch hoffen. Diese Kirche ist von den Kreuzfahrern erweitert worden und das alte Gebäude ist nun zu einem Bestandteil des neuen geworden. Das alles weiß ich von Daja, die es mir genau erklärt hat.

Ein voll beladener Eselskarren kam die enge Straße herauf, die Menschen sprangen zur Seite, um Platz zu machen, und auch ich trat einen Schritt zurück, weiter hinein in den Hauseingang, bis ich mit dem Rücken gegen eine Tür stieß. Als der Eselskarren vorbeigeholpert war und ich wieder hinaustrat, machte mein Herz einen Sprung. Da war er.

Er ging hinter dem Karren. Mit einer Hand stützte er einen Pilger, einen alten, graubärtigen Mann in einem verstaubten Mantel, in der anderen trug er ein großes Bündel, offenbar das Gepäck seines Schützlings. Der Alte, der vielleicht zum Sterben in die Heilige Stadt gereist war, was nicht nur viele Juden tun, sondern auch Christen, war schon etwas krumm und kam nicht mehr richtig vorwärts. Aber der Tempelritter, mein Engel, zeigte sich fürsorglich und geduldig, freundlich neigte er das Gesicht zu dem alten Mann. Ich sah nur sein Profil, eine hohe Stirn unter dunklen Locken, eine schöne, gerade Nase, volle Lippen und ein kräftiges Kinn. Sein Mantel wies noch Spuren des Brandes auf, Rußflecken, ein Loch in der Seite, einen Riss. Jetzt sagte er etwas zu dem Alten, aber ich konnte seine Worte nicht verstehen, ich konnte im Lärm der Straße noch nicht einmal seine Stimme ausmachen, ich sah nur, wie sich seine Lippen bewegten.

Sein Anblick traf mich wie ein Blitz, ich war wie gelähmt und spürte, dass mein Blut schneller floss und mein Herz heftiger zu schlagen begann. Ich hob die Hand und berührte die Stelle neben meiner rechten Schläfe, wo Daja mir die versengten Haare abgeschnitten hatte. Als sie näher kamen, sah ich die bräunliche, schöne Hand, die er dem Alten hinhielt, und als dieser seine Hand unter seinen Arm schob und sich einhängte, rutschte der weiße Ärmel zurück und gab den Blick auf einen kräftigen, jungen Arm frei. Meine Knie wurden weich, ich fing an zu zittern, hielt mich nur mit Mühe aufrecht und musste mich an die Mauer lehnen, um nicht zu Boden zu sinken. Ich hatte das Gefühl, als ströme das Leben aus meinem Körper. Dies waren die Arme, die mich gestern getragen hatten, dieses Gesicht war mir einen Moment lang so nahe gewesen, dass ich seinen Atem gespürt hatte. Ich wollte so gerne zu ihm hinlaufen, mich ihm zu Füßen werfen und ihm danken, egal in welcher Sprache, aber ich war wie festgenagelt, ich wusste, würde ich auch nur versuchen, einen Schritt zu machen, würde ich zu Boden sinken. Unbeweglich blieb ich stehen, verlegen, hilflos, verwirrt, und sah zu, wie die beiden, der engelhaft schöne Tempelritter und der alte Pilger, in der Kirche verschwanden.

Erst dann strömte das Leben in meinen Körper zurück, ich konnte mich wieder bewegen und machte mich langsam auf den Heimweg. Das Glück, das ich vor gar nicht langer Zeit empfunden hatte, war einer tiefen Unsicherheit gewichen. Ich würde Daja bitten, ihn zu uns einzuladen, denn ich wusste jetzt, dass ich ihren Schutz und den Schutz meines Vaters brauchte, um ihm, meinem Retter, gegenüberzutreten und ihm zu danken. Allein würde ich das nicht schaffen. Allein war ich zu schwach.

5

Der Tempelritter

Die Dämmerung ist hier kurz, und die Nacht kommt schnell in diesem Land, das man heilig nennt und das, wie ich erleben musste, ein Land der Barbarei und des Todes ist. Nirgendwo sind Grausamkeit und Gewalt so allgegenwärtig wie hier, nirgendwo wird von den Kriegern aller Seiten so schnell getötet und geschändet wie hier, nirgendwo ist ein Menschenleben so wenig wert. Sogar die Natur hat hier etwas Gewaltiges und Grausames, lässt den Menschen hin- und herschwanken zwischen Erhabenheit und Abscheu, zwischen Anbetung und Verzweiflung.

Nach der Errettung des Mädchens war ich so aufgewühlt, dass ich nicht sofort zum Haus des Patriarchen ging, des Bischofs von Jerusalem, wie ich es eigentlich vorgehabt hatte, sondern erst einmal in den Straßen der Stadt herumlief, von der es in der Heiligen Schrift heißt: *Das ist Jerusalem, das ich mitten unter die Heiden gesetzt habe und unter die Länder ringsumher.*

Als ich schließlich doch noch vor dem Haus des Patriarchen stehen blieb, wurde es bereits dunkel. Es war zu spät geworden, um an seine Tür zu klopfen. Ich musste mir eingestehen, dass nicht nur das Feuer und die Errettung des Mädchens Schuld daran trugen, dass ich mein Vorhaben nicht mehr ausführen konnte, sondern vor allem meine eigene Ziellosigkeit. Ich hatte mich vom Wind treiben lassen wie ein Blatt, das jemand achtlos vom Baum gerissen hat. An den Patriarchen konnte ich mich also nicht mehr wenden, dafür war es zu spät, andererseits aber war es noch nicht spät genug, um zum Hospiz der Johanniter zu gehen. Ich war viel zu ruhelos, um mich jetzt schon niederzulegen.

Ich stieg den Berg Zion hinauf, in der Hoffnung, meinen Körper so zu erschöpfen, dass mir die Kraft für quälende Gedanken fehlen würde, und als ich oben an der Marienkirche vorbeikam, sprach ich ein Ave-Maria und zwei Vaterunser. Im Zypressenhain hinter der Kirche war es unter dem Dach der Bäume, die das Mondlicht abhielten, so dunkel, dass ich mir die Hände und die Beine an Zweigen und Stämmen aufschürfte und mein weißer Mantel, der ohnehin unter den Flammen gelitten hatte, auf der Seite einriss. Erst als ich die Bäume hinter mir gelassen hatte und vor mir der Hang zum Tal Hinnom hinunter auftauchte, ließ ich mich völlig erschöpft und mit zitternden Muskeln zu Boden sinken.

Ich rang keuchend nach Luft, und lange hörte ich nur meinen rasselnden Atem und das Klopfen meines Herzens, das mir wie die trommelnden Hufe eines rasenden Pferdes in den Ohren dröhnte. Doch allmählich wurde der Galopp zum Trab und schließlich fiel es in einen ruhigen Gang und aus meinem Keuchen wurden gleichmäßige Atemzüge. Von unten, vom Tal, drang das Heulen von Schakalen zu mir herauf, mal lauter, mal leiser, und neben mir, im Gras, hörte ich das Rascheln von allerlei kleinem Getier, das sich im Schutz der Dunkelheit auf Nahrungssuche begeben hatte. Irgendwo schrie ein Mensch, ein kurzer, schriller Aufschrei, dann wurde es wieder still. Ich beugte mich vor, vorsichtig, um mein Gleichgewicht nicht zu verlieren, aber die Talsohle war im Schatten versunken und nicht mehr zu erkennen, nur der Berg auf der anderen Seite des Tals, den man Berg des bösen Rates nennt, hob sich als dunkle Masse gegen den Himmel ab, an dem noch ein letzter Hauch der Abendröte zu sehen war, eine Erinnerung an das Licht des vergangenen Tages.

Es war ein schönes Bild, aber vor diese erhabene Kulisse schob sich meine Erinnerung, schoben sich die Bilder, die ich nicht loswerden konnte, rollte Helmfrieds Kopf mit den gebrochenen Augen.

Wir waren vor Tebnin, das die Heiden Bint Jbeil nennen, als wir auf die Tempelritter stießen, die von Montfort gekommen waren, um Saladins Truppen anzugreifen, trotz des Waffenstillstands, den die Kreuzfahrerheere mit dem Sultan geschlossen hatten.

Gotthard, ihr Anführer, erklärte uns, wie es zu dem Waffenstillstand gekommen war und warum die Templer ihn brechen wollten. »Es war Richard Löwenherz, der Boten zu Saladin geschickt hat wegen eines Waffenstillstands, denn die Flotte, die er erwartete, ließ zu lange auf sich warten. Er handelte hastig und übereilt, der Engländer, und Saladin nahm das Angebot mit Freuden an. Nicht weil er seiner eigenen Kraft nicht mehr traute oder weil er die Unseren, die er in den letzten Jahren so oft geschlagen hatte, fürchtete, sondern weil durch die große Dürre und das lange Ausbleiben des Regens im Winter ein Mangel an Lebensmitteln und an Futter für die Pferde eingetreten war. Doch in den letzten Winterwochen ist der Regen reichlich gefallen und Saladin ist stärker denn je zuvor. Deshalb müssen wir ihn jetzt angreifen, bevor er uns angreift. Nur so besteht die Möglichkeit, seine Männer zu überraschen und zu überwältigen. Helft uns hier und heute, den Kampf zu führen, den Gott und die heilige Kirche von uns erwarten.«

Wir ließen uns leicht überreden, allzu leicht, wir wollten die Auseinandersetzung, auf die wir uns während der langen Reise eingestimmt hatten, wir wollten für unseren Gott kämpfen, gegen die Heiden, und natürlich hofften wir auch, uns durch einen schnellen Sieg Ruhm zu erwerben.

Als es Nacht wurde, griffen wir Saladins Truppen an, trafen sie aber keineswegs unvorbereitet, offenbar hatten sie Späher ausgeschickt und uns beobachten lassen. Wir waren es, die in den Hinterhalt gerieten, und als der Morgen graute, ein verhängnisvoller Morgen, waren wir besiegt. Alle Tempelritter, auch Helmfried und ich, wurden gefangen genommen und mit gefesselten Händen nach Jerusalem gebracht.

Es war ein trauriger Zug, der sich vom Süden Libanons durch das Heilige Land bewegte. Helmfried, der unter der Hitze, dem Hunger und dem Durst weniger zu leiden schien als ich, betete die ganze Zeit. Ich haderte mit Gott, ich war noch so jung, kaum zwanzig Jahre alt, ich wollte noch nicht sterben. Ich glaube, auf diesem langen, steinigen Weg dachte jeder an seine Heimat, an Vater, Mutter, Brüder, Schwestern und andere Verwandte, die er zurückgelassen hatte, und versuchte, mit seinem Gott Frieden zu schließen. Nach drei Tagen erreichten wir die Stadt, müde, erschöpft und ohne große Hoffnung, denn Saladin ist dafür bekannt, ein besonders grausamer und unerbittlicher Gegner zu sein. Wir rechneten mit dem Tod.

Und so kam es auch. Wir wurden in einem von Saladins Höfen zusammengetrieben, einem Hof, der von hohen Mauern umgeben war. Die Sonne brannte vom Himmel und kein Baum gewährte uns Schatten. Stundenlang standen wir da, niemand reichte uns etwas zu essen oder zu trinken und einige ältere Brüder waren dem Zusammenbrechen nahe und mussten gestützt werden. Und dann, als wir schon fürchteten, hier elendiglich verdursten zu müssen, erschien Saladin, der Herrscher der Heiden, mit seinem Gefolge. Ich wollte zuerst gar nicht glauben, dass er es war, denn Saladin sah ganz anders aus, als ich ihn mir vorgestellt hatte, gar nicht wie ein machtvoller Kämpfer. Er war klein, eher schmächtig, mit kurzem, regelmäßig geschnittenem Bart und einem ernsten, nachdenklichen Gesicht. Es gelang mir nicht, diesen Mann mit dem Bild des blutrünstigen Feindes in Einklang zu bringen, jedenfalls anfangs gelang es mir nicht, aber das sollte sich bald ändern. Auf der Stirnseite des schmalen Hofes wurde ein Stuhl aufgestellt, ein Sessel, ein Thron, auf dem Saladin Platz nahm. Bevor wir noch begriffen, was vor sich ging, waren wir von Soldaten mit gezückten Schwertern umstellt, den berühmten Damaszenerschwertern.

Der erste Tempelritter wurde von zwei Henkern gepackt und vor den Stuhl des Sultans gezerrt. Auf ein Nicken seines Kopfes hin wurde das Opfer zu seinen Füßen auf den Boden geworfen, sodass sein Gesicht im Staub lag, und in dieser Stellung festgehalten. Mir schwanden fast die Sinne, als ich sah, wie ein anderer Soldat sein Schwert hob. Es glitzerte in der Sonne, und das Glitzern wurde zu einem gleißenden Lichtstrahl, als er es niedersausen ließ und mit einem harten, gezielten Schlag den Kopf des Tempelritters vom Rumpf trennte. Das Krachen der zerberstenden Knochen war zu hören, Blut spritzte auf und traf die Gesichter der Henker. Sie wischten es noch nicht einmal weg, sie zerrten den kopflosen Leichnam zur Seite, ergriffen das nächste Opfer und warteten auf das Nicken des Sultans, dessen Gesicht nun vollkommen ausdruckslos war. Der Geruch frischen Blutes stieg mir in die Nase, ein Geruch nach Tod, und mir wurde übel. Ich wollte die Augen schließen, um nicht mit ansehen zu müssen, wie ein Tempelritter nach dem anderen enthauptet wurde, aber eine innere Stimme befahl mir, hinzuschauen. Um Zeugnis abzulegen, sagte sie, und dabei wusste ich doch, dass ich dazu keine Gelegenheit mehr haben würde.

Als Helmfried ergriffen wurde, wollte ich mich auf die beiden Henker stürzen, aber ein paar Bewacher packten mich und hielten mich unerbittlich fest. Helmfried hob die gefesselten Hände zum Himmel und wandte noch einmal den Kopf, und als seine Augen mich fanden, lächelte er. Sein Mund lächelte auch noch, als sein Kopf durch die Macht des Schlags zur Seite rollte, ein Lächeln, als wollte er sagen: Jetzt ist meine Seele bei Gott.

Dieses Lächeln ist es, das ich nicht mehr aus meinem Gedächtnis löschen kann, es wird mich mein Leben lang begleiten. Ich stieß ein Gebet für ihn aus, lautlos, aber aus heißem Herzen, und da wurde auch ich schon gepackt und vorwärtsgezerrt. Ich stand vor ihm, dem Sultan, und wusste, dass ich nur noch einen Augenblick zu leben haben würde. Es fiel mir schwer, Haltung zu bewahren, aber irgendwie gelang es mir. Und dann sah ich, wie der Sultan blass wurde und die Hand hob. Bei mir nickte er nicht, bei mir sagte er: »Halt, der nicht, dieser eine bleibt am Leben.« Ein Tempelritter, der hinter mir stand, flüsterte mir die Übersetzung ins Ohr. Aber ich hatte den Sultan verstanden, auch ohne Arabisch zu sprechen.

Er schaute mich lange an, dann drehte er sich zur Seite und sagte etwas zu einem großen, breitschultrigen Mann in einem prächtigen Gewand und mit dunklem Turban, der die Worte für mich übersetzte: »Du bist frei, unser mächtiger und großherziger Sultan schenkt dir dein Leben. Du kannst dich nach deinem Gutdünken in der Stadt bewegen, der Sultan wird noch heute verkünden lassen, dass du unter seinem persönlichen Schutz stehst. Du brauchst dich nicht zu fürchten, niemand wird es wagen, dir ein Haar zu krümmen.«

Die beiden Henker zwangen mich in die Knie, damit ich dem Sultan meinen Dank erweise. Ich senkte den Kopf und mein Blick traf Helmfrieds gebrochene Augen. Tränen strömten mir über das Gesicht, sodass ich nichts sah, als ich aus dem Palast geführt wurde. In irgendeiner Gasse nahmen mir meine Begleiter die Fesseln von den Händen, ließen mich los und kehrten zurück zum Palast.

Ich aber stand allein in Gottes geliebter Stadt, ich war frei und ich weinte.

Auch jetzt wieder, hoch über dem Tal Hinnom, fiel die Verzweiflung über mich her wie ein reißender Wolf und wollte mich hinunterstoßen in den Abgrund. Doch mir war, als hörte ich Helmfried sagen: »Gott hat dir das Leben gegeben und nur Gott kann es dir wieder nehmen. Dein Leben gehört dem Herrn, der dich erschaffen hat, vergiss das nie.«

Ich zog meine Beine unter mich, straffte meinen Rücken, legte die Hände offen auf die Knie und atmete tief und gleichmäßig, um meine Kräfte zu sammeln und meinen Geist auf mich selbst zu konzentrieren, wie es mich mein Fechtmeister gelehrt hatte. Und tatsächlich spürte ich, wie sich Wärme über meinem Zwerchfell ausbreitete und meinen Körper und meine Seele mit Ruhe erfüllte.

Wieder heulten unten im Tal die Schakale. Es klang so unheimlich durch die Nacht wie das Weinen toter Seelen. Und in meinem Herzen hörte ich die Stimme Helmfrieds, der mich auf der langen, beschwerlichen Reise ins Heilige Land mit der Stadt Gottes vertraut gemacht hatte. Ich sah deutlich vor mir, wie wir eines Abends nebeneinander an einem Flussufer gesessen hatten und er im Licht der untergehenden Sonne mit seinen alten, braunfleckigen Händen zwei Sandhügel aufgehäuft hatte.

»Die Form der Stadt ist länglich«, erklärte er im Ton eines alten Lehrers, der seinen unwissenden Schüler unterrichtet, »sie bildet jedoch ein Viereck und ist von drei Seiten von tiefen Tälern umschlossen. Hier, gegen Morgen, liegt das Tal Josaphat, das der Prophet erwähnt, wenn er sagt: *Denn siehe, in jenen Tagen und zur selben Zeit, da ich das Geschick Judas und Jerusalems wenden werde, will ich alle Heiden zusammenbringen und will sie ins Tal Josaphat hinabführen und will dort mit ihnen rechten wegen meines Volkes und meines Erbteils Israel, weil sie es unter die Heiden zerstreut und sich in mein Land geteilt haben.* Ganz tief in diesem Tal liegt eine berühmte Kirche, die zu Ehren der Mutter Gottes erbaut ist und wo man noch heute dem Volk ihr ruhmwürdiges Grab zeigt. Hier fließt in den Wintermonaten, wenn ihm die Regengüsse Wasser geben, der Bach Kidron, von dem es beim heiligen Apostel Johannes heißt: *Als Jesus dies gesagt hatte, ging er hinaus mit seinen Jüngern über den Bach Kidron, wo ein Garten war, in den er hineinging, er und seine Jünger.* Und schau, mein Sohn, nur hier, im Norden, kommt man auf ebenem Wege in die Heilige Stadt, und hier kann man auch noch den Ort sehen, an dem Stephanus, der erste Märtyrer, von den Juden gesteinigt wurde und wo er, auf den Knien für seine Verfolger betend, den Geist aufgab.«

Genau über diesen ebenen Weg vom Norden waren wir nach unserer Gefangennahme in die Stadt gebracht worden. Helmfried hat sie noch gesehen, die Stadt seiner Sehnsucht, von der er so viel wusste, als hätte er sein ganzes Leben in ihr verbracht. Seine brechenden Augen haben die Steine dieser Stadt noch gesehen, aber nur, um in ihr zu sterben, ohne Beichte, ohne die letzte Ölung, ohne eine würdige Beerdigung. In meinen Ohren hallten seine Worte nach: »Unten im Tal Hinnom zeigt man noch immer den Acker Hakeldamach, der um das Geld, für welches Judas den Herrn einst verraten hatte, gekauft worden war. Ein Ort der Schande und der Trauer, auf dem man heutigentags die Pilger begräbt.«

Dort hätte auch Helmfried seine letzte Ruhestätte finden müssen, das wäre für ihn der richtige Ort gewesen, um auf das Ende aller Tage und die Auferstehung des Fleisches zu warten. Stattdessen war er vom Sultan getötet worden, wie meine anderen Brüder des Templerordens, und Gott allein weiß, wo man sie verscharrt hat. Es gibt keinen Ort, an dem ich ein Gebet für die unsterbliche Seele meines väterlichen Freundes sprechen könnte.

Nun war es wirklich Nacht geworden, eine schöne Nacht, groß und weit und sternenklar, wie die meisten Nächte in diesem Land. Ich schaute hinauf zum Himmel, der von einem durchsichtigen Blaugrau war, schimmernd wie das Innere einer schwarzen Muschel. Kaum vorstellbar, dass dies der gleiche Himmel sein sollte wie über der fernen Heimat.

Schon als Knabe hatte ich abends oft lange auf der Burgmauer gesessen, zu Hause, im heimatlichen Schwaben, und hatte zugeschaut, wie die Dunkelheit sich über die Welt senkte und die Nacht die Bilder des Tages allmählich dämpfte und schließlich auslöschte. Schon immer war mir dieses Bild tröstlich erschienen.

Aber die schwäbische Heimat war Tausende von Meilen entfernt und mein früheres Leben schien Tausende von Jahren zurückzuliegen. Meine Welt war auf den Kopf gestellt, ich war nicht mehr der Curd von Stauffen, der ich einmal gewesen war, dieser Mann war tot, er war mit seinen Ordensbrüdern gestorben. Der andere, der nun da saß, über dem Tal Hinnom, war ein Fremder, den ich nicht kannte. Ein Tempelritter wie ich, mit einem jungen Leib und einem alten, vom Schmerz erschöpften Herzen, ein namenloser Ritter, der nicht wusste, wer er war und wohin er gehörte. Vielleicht sollte jetzt allmählich jener Leu von Filnek geboren werden, von dem mein Onkel gesprochen hatte. Die ganze Zeit hatte ich mich nicht von meinem Namen trennen können, dem Namen, den ich all die Jahre getragen hatte. Er war mir zu einer zweiten Haut geworden, die ich nicht einfach abstreifen konnte wie ein zu eng gewordenes Kleidungsstück.

In den bitteren Geruch nach Erde und Gras, das allmählich feucht vom Tau wurde, mischte sich noch immer der Geruch des Feuers. Ich bekam den Rauch nicht aus der Nase. Kein Wunder, die verbrannten und versengten Stellen an meinem Mantel würden mich noch lange an das erinnern, was Stunden zuvor geschehen war. Ich hatte ein Mädchen aus den Flammen gerettet. Ich war zufällig in der Nähe vorbeigegangen, in Gedanken versunken, als mich die gellenden Schreie einer Frau aus meinen Grübeleien rissen. Ohne nachzudenken, war ich in die Richtung der Schreie gelaufen, und da hatte ich auch gleich die Flammen gesehen, die aus der Tür eines Hauses schlugen. Die Schreie der Frau, die von anderen Frauen festgehalten wurde, ihre verzweifelten Versuche, sich loszureißen, sagten mir, dass noch jemand im Haus sein musste.

Es war kein besonderer Heldenmut, der mich dazu getrieben hat, mich in die Flammen zu stürzen, jeder andere Ritter hätte ebenso gehandelt, ich war nur zufällig an diesem Ort, und sonst war keiner da, der hätte helfen können, nur ein paar Frauen. Das war seltsam, aber es fiel mir erst auf, als ich das Mädchen aus dem Feuer geholt und in sicherer Entfernung auf den Boden gelegt hatte. Sie keuchte und hustete und starrte mich mit aufgerissenen Augen an wie eine Erscheinung, und als ich gehen wollte, klammerte sie sich an meinem Saum fest und versuchte, mich zurückzuhalten. Ich bückte mich und löste ihre Finger. Ich wollte keinen Dank. Im Weggehen sah ich noch, wie nun von allen Seiten Helfer herbeieilten, mit Krügen und mit Wasserschläuchen.

Aber es kümmerte mich nicht, was ging mich die ganze Aufregung an? Ich hatte ein Mädchen gerettet, wie es meine Pflicht als Ritter und Templer war, Stand und Gelübde hatten es von mir verlangt. Nein, es war mehr als das, ich hatte freudig die Gelegenheit ergriffen, mein Leben aufs Spiel zu setzen, weil ich bereit und willig war, es zu verlieren. Ich konnte die Schande nicht ertragen, die Schande, nicht mit meinen Brüdern zusammen in den Tod gegangen zu sein. Mein Leben bedeutete mir nichts mehr, denn es war mir vom Sultan geschenkt worden, dem Mörder meiner Brüder.

Der Preis für dieses Geschenk war mir zu hoch, es war ein Schierlingsbecher, den ich, um keine Todsünde zu begehen, nicht leeren durfte.

Das alles dachte ich, während ich da saß und mit Gott haderte, weil er mich nicht mit meinen Brüdern zusammen hatte sterben lassen. Nein, ich empfand keine Dankbarkeit gegenüber Saladin, dem heidnischen Sultan, dessen Ruhm sich in der ganzen Welt verbreitet hatte und dessen Name mutige Kreuzritter in Angst und Schrecken versetzte. Mein Leben war mir zuwider. Und dennoch spürte ich die angenehm kühle nächtliche Luft auf meiner Haut, sah einen Nachtvogel aus den Bäumen auf der anderen Seite des Tales aufsteigen und über den Wipfeln kreisen, hörte den Wind, der durch die Blätter strich. Und als ein Insekt über meine Hand krabbelte, zerdrückte ich es nicht, sondern schüttelte es bloß ab, weil mir plötzlich der unsinnige Gedanke kam: Auch dieses kleine, unscheinbare Tier will leben. Ein unsinniger Gedanke deshalb, weil mir selbst dieses Leben doch so bedeutungslos erschien.

Ich kannte mich nicht mehr in jener Nacht. Alles war anders, als ich es mir vorgestellt hatte, als ich es mir erhofft und erträumt hatte. Ich hatte die Heimat verlassen, um Großes zu tun, um der Welt und vor allem Konrad von Stauffen, den ich so lange Vater genannt hatte, zu beweisen, was wirklich in mir steckte, und was hatte ich gefunden? Hilflosigkeit und Verwirrung. Ich hatte insgeheim davon geträumt, Heldentaten zu vollbringen und Ruhm zu erlangen. Mein Ruf sollte bis ins heimatliche Schwaben dringen, bis auf die Stauffenburg, und alle sollten verwundert und ungläubig die Köpfe schütteln und sagen: Einer wie er … Und sie sollten bedauern, mich so verkannt zu haben. Es sollte ihnen leidtun, je über mich gelacht zu haben. So hatte ich es mir erträumt.

Stattdessen saß ich über dem Tal Hinnom, in dem Pilger begraben wurden, und war noch immer der traurige, melancholische Knabe, der früher auf der Burgmauer gesessen und beobachtet hatte, wie sich die Nacht auf die Welt senkte, im Gegenteil, ich war fast noch melancholischer.

Ich erhob mich und strich mir den Staub aus dem Mantel. Im Mondlicht konnte ich die Brandflecken und die versengten Stellen genau sehen. Morgen früh würde ich sofort zum Patriarchen gehen und ihn bitten, mir eine Aufgabe zuzuweisen. Wie hatte unser ehrwürdiger Kaplan von Tannenberg immer gesagt? Hütet euch vor sündigen Gedanken und Werken und vor allem hütet euch vor dem Laster des Müßiggangs. Müßiggang schwächt das Knochenmark und führt zu schwarzer Galle und zu Melancholie.

Ich drehte mich um und lief wieder hinunter in die Stadt. Nicht weit von der Jakobuskirche lag das Hospiz der Johanniter, in dem ich Unterschlupf gefunden hatte.

Am nächsten Morgen, sobald mir die Zeit schicklich erschien, machte ich mich auf und ging zum Haus des Patriarchen. Der Bischofssitz von Rom war durch die Apostel Petrus und Paulus gegründet worden, dachte ich, der von Konstantinopel durch den Apostel Andreas, der von Alexandria durch den Evangelisten Johannes Markus, der von Antiochia durch die Apostel Petrus und Paulus, der von Jerusalem aber durch alle Apostel. Der Patriarch von Jerusalem ist also eine wahrhaft apostolische Autorität und steht unter dem Schutz der gesamten christlichen Welt.

Ein Diener führte mich in sein Schlafgemach, einen prachtvollen Raum mit schweren, geschnitzten Möbeln, in dessen Mitte ein Bett riesigen Ausmaßes stand, mit purpurnen Seidenkissen, purpurnen Überwürfen und einem ebenfalls purpurnen, nun aber zurückgeschlagenen Baldachin. Mitten darin saß der Patriarch, den Rücken durch Kissen gestützt, und nahm seine Morgenmahlzeit ein, die ihm von zwei Dienern serviert wurde. Ich verstand sofort, warum dieses Bett so riesig sein musste. Der Patriarch war ein großer, schwerer Mann, ein kleineres Bett hätte seinem Gewicht nicht standgehalten.

Als er mich sah, schob er den Diener mit dem Tablett, auf dem ein Teller mit Früchten stand, zur Seite, hob eine Hand und winkte mich huldvoll näher.

Ich ergriff die Hand, die er mir hinhielt, eine weiche, knochenlos anmutende Hand, und küsste den Ring, dann setzte ich mich auf sein Geheiß auf einen Stuhl, den ein Diener gebracht hatte.

Der Patriarch betrachtete mich lange, und sein Blick war so durchdringend, dass ich mich fühlte wie ein kleiner, dummer Knabe.

»Ich habe von dir gehört«, sagte er schließlich. »Du bist Curd von Stauffen, der einzige Tempelritter, den der Sultan verschont hat.«

Ich senkte den Kopf.

»Warum?«, fragte er mit schneidender Stimme, um dann etwas sanfter hinzuzufügen: »Erkläre es mir: Warum hat er all die edlen Ritter umgebracht und einen wie dich am Leben gelassen?«

Ich sagte, dass ich das nicht wisse, und senkte den Kopf

noch tiefer. Wieder ergriff mich die Scham, überlebt zu haben, und in meinen Ohren dröhnte die Stimme Roderichs, des alten Stallknechts, der diese Worte zum ersten Mal ausgesprochen hatte: Einer wie du … Ich hatte schon früh gelernt, dass ich anders war als die Menschen um mich herum.

Auch Saladin hatte mich anders behandelt als die übrigen Tempelritter. Er, der berüchtigte Sultan, der Herrscher der Heiden, hatte mir das Leben geschenkt, mir unter all meinen Brüdern des Ordens. Er hatte mir das Leben geschenkt, ohne zu wissen, dass er mit dieser Gnade Curd von Stauffen endgültig ausgelöscht hatte. Denn wie hätte ich mir das, was geschehen war, anders erklären können? Er hatte mich angestarrt wie einen Geist aus dem Jenseits und gesagt: Der nicht, dieser eine bleibt am Leben.

»Vielleicht war es Gottes Wille«, hörte ich den Patriarchen sagen, leise, mit einer eindringlichen Stimme. »Unser Herr im Himmel hat wohl noch eine wichtige Aufgabe für dich vorgesehen.«

Ich hob den Kopf, mein Blick traf den des Patriarchen, der plötzlich ganz anders aussah, weniger schwammig. Sein Gesicht mit den vorher so schlaffen Wangen hatte sich gestrafft und feste Konturen bekommen, und seine Augen, fast verborgen hinter Fettwülsten, funkelten wie die eines Raubvogels, der eine Beute entdeckt hat. Er machte eine ungeduldige, scheuchende Bewegung und stieß einen Ton aus, der wie Bellen klang, und die Diener beeilten sich, aus dem Raum zu huschen. Erst als sie draußen waren und die Türen geschlossen hatten, richtete sich der Patriarch auf.

»Du kannst dich durch die Gnade des Sultans frei in der Stadt bewegen«, sagte er, und sein Mund verzog sich zu einem Lächeln, das ich nicht einordnen konnte. »Warum sollten wir uns das nicht zunutze machen? Höre, mein Sohn: Nach außen hin wirst du dich, wie es zu den Aufgaben der Templer gehört, um christliche Pilger kümmern und ihnen beistehen, doch insgeheim wirst du die Augen offen halten und für uns herausfinden, wie es um das Heer des Sultans bestellt ist, über wie viele Soldaten er verfügt, wo sie untergebracht sind, wo ihre Waffen gelagert werden und welcher Art und Güte diese Waffen sind. Du wirst dir jede Einzelheit der Befestigungsanlagen dieser Stadt einprägen und alles, was du siehst oder hörst, an mich weitergeben.«

Ich spürte, wie mir das Blut in den Kopf schoss. Wie konnte dieser Mann, der vorgab, ein Mann Gottes zu sein, so etwas von mir verlangen? Er musste doch wissen, dass mir meine Ehre als Ritter und Templer verbot, einem Wohltäter, auch einem ungeliebten, seine Gnade mit Verrat zu vergelten, selbst wenn ich diese Gnade nicht verlangt hatte. Saladin hatte mir das Leben geschenkt, wie dürfte ich es wagen, mich jetzt gegen ihn zu stellen? Wie konnte ich Gnade mit Hinterlist vergelten? Meine Hände ballten sich zu Fäusten.

Der Patriarch hatte mich aufmerksam beobachtet, nun sagte er: »Ich sehe dein Zögern. Aber glaube mir, du schuldest ihm nichts, diesem Heiden, er ist ein Feind der Christen. Du schuldest ihm weder Dankbarkeit noch Freundschaft.« Er beugte sich zu mir und fuhr in strengem Ton fort: »Oder muss ich dich an die Geschichte deines Ordens erinnern? Muss ich dir sagen, was die edlen Ritter, deren Mantel du trägst, einst geschworen haben?«

Nein, das musste er nicht. Ich hörte Helmfrieds feierliche Stimme die Worte sprechen, die ich nie vergessen werde:

»Höre, was ich dir sage. Es ist gut siebzig Jahre her, dass die Unseren die Heilige Stadt aus den Händen der Ungläubigen befreit und Gottfried von Bouillon zum Herrscher von Jerusalem eingesetzt haben, zum Advocatus Sancti Sepulchri*. Erst sein Nachfolger, sein Bruder Balduin, ließ sich zum König von Jerusalem krönen. Damals beschlossen edle und gottesfürchtige Männer aus dem Ritterstand, im Dienst Christi zu leben. Sie legten vor ihrem Patriarchen das Gelübde der Keuschheit, des Gehorsams und der Armut ab. Weil sie weder eine Kirche noch ein bestimmtes Haus hatten, wies ihnen der König einen Teil seines Palastes, der gegen Süden an den Tempel des Herrn grenzte, als Wohnung an. Diesem Umstand verdankt unser Orden seinen Namen. Zu den Aufgaben der neuen Tempelritter gehört es, die Straßen, die nach Jerusalem führen, gegen Überfälle von Räubern zu schützen, vor allem um der Pilger willen, die in die Heilige Stadt kommen. Um sich von anderen Ordensrittern zu unterscheiden, tragen die Tempelritter weiße Mäntel mit einem roten Kreuz aus Tuch auf dem Rücken, während die niederen Brüder, die ›Dienende‹ heißen, dunkle Mäntel tragen.« Helmfried hatte mich diese Worte so oft wiederholen lassen, bis ich sie auswendig wusste, erst dann hatte er mir das Gelübde abgenommen.

Der Patriarch beugte sich jetzt so weit vor, dass sein Gesicht das meine fast berührte und mir sein warmer Atem in die Nase stieg. Unwillkürlich wich ich zurück.

»Gehorsam«, zischte er, »absoluter Gehorsam der Kirche gegenüber. Du weißt doch, was das bedeutet, oder muss ich

* Beschützer des Heiligen Grabes

es dir erklären? Dein Orden ist inzwischen reich und mächtig geworden, nicht nur hier in den Kreuzfahrerstaaten, sondern auch in Frankreich und Spanien. Die christliche Welt schaut auf euch Tempelritter, Curd von Stauffen. Aber das ändert nichts an eurer Gehorsamspflicht gegenüber der heiligen apostolischen Kirche. An deiner Gehorsamspflicht. Muss ich dich daran erinnern?«

Ich schüttelte den Kopf und der Patriarch setzte sich wieder aufrecht hin. »Höre, mein Sohn, um Jerusalem erneut und endgültig in unsere Hand zu bekommen, müssen wir die Kreuzritter, die sich nach Tyros zurückgezogen haben, und die Ritter von Arsuf, Askalon, Sidon und allen anderen Burgen, die noch zu unserem Machtbereich gehören, auf unsere Seite bringen, dazu auch die Engländer unter Löwenherz, den die Araber Malek al-Inkitar nennen und der mit Saladin ein Friedensabkommen schließen will, was wir aber unbedingt verhindern müssen. Nachdem es Gott gefallen hat, unseren geliebten Kaiser Friedrich Barbarossa auf seinem Weg hierher zu sich zu rufen, müssen wir die Sache selbst in die Hand nehmen. Wir müssen uns mit allen christlichen Rittern verbünden und ihnen unser Wissen zur Verfügung stellen, damit sie gemeinsam gegen unsere Feinde vorgehen und die Heilige Stadt aus den Händen der Heiden befreien. Montfort ist noch im Besitz der Templer, von Montfort aus können wir den Kampf vorbereiten. Aber dazu müssen wir mehr über den Feind erfahren. Jede Einzelheit kann wichtig sein. Verstehst du das, Curd von Stauffen?«

Er beugte sich zu mir, seine Stimme wurde leiser und schärfer. »Noch besser wäre es, du könntest uns den Sultan ausliefern, damit wir ihn in unsere Hände bekommen, und am allerbesten wäre es, wenn du eine Möglichkeit fändest, ihn zu töten.«

Ich war wie vor den Kopf geschlagen. Das konnte er doch nicht im Ernst von mir erwarten. Wie sollte ich das mit meiner Ehre als Ritter vereinbaren? Wie sollte ich dem Mann seine Großzügigkeit mit einem Mord vergelten, auch wenn er ein Heide war?

»Du brauchst mir nicht sofort zu antworten«, sagte der Patriarch mit einer Stimme, die jetzt fast gleichgültig klang. »Denke darüber nach und vergiss nicht den Eid der Templer.« Er hob die Hand. »Du kannst jetzt gehen, mein Sohn. Halte die Augen offen, und merke dir alles, was du siehst. Und wenn du etwas erfahren hast, komm zu mir.«

Er hielt mir die Hand hin, ich beugte mich darüber und kämpfte gegen die Übelkeit an, die plötzlich in mir aufstieg.

Al-Hafi

Das Leben ist wie ein Schachspiel, die Menschen sind nichts anderes als Figuren, die von einer höheren Macht hin und her geschoben werden. Du strebst ein bestimmtes Ziel an, meinst, alle Züge zu wissen, die nötig sind, es zu erreichen. Doch dann führt dein Gegenspieler einen anderen Zug aus, als du gedacht hast, und schon musst du dir etwas Neues überlegen, immer wieder, und ehe du dich's versiehst, hast du deinen Plan aus den Augen verloren und bist nur noch damit beschäftigt, auf die gegnerischen Züge zu reagieren, bis du feststellst, dass du das Spiel verloren hast. Genauso ist es mit dem Leben. Du hast ein Ziel, du weißt alle Züge, die nötig sind, um es zu verwirklichen, und dann greift Allah ein, vielleicht sind auch nur das Schicksal oder der Zufall am Werk, und von deinem Plan bleiben nur wenige Züge übrig. Oder gar keine. So ist es auch mir ergangen. Bis vor wenigen Wochen war ich al-Hafi, ein einfacher, anspruchsloser Derwisch, und nun war ich Schatzmeister Saladins, des Sultans.

Nathan, mein Freund, konnte es kaum glauben, als wir nach seiner Heimkehr und nach Rechas glücklicher Errettung im Innenhof seines Hauses saßen, um einen nächtlichen Imbiss zu uns zu nehmen, und ich ihm von meinem neuen Amt als Saladins Schatzmeister berichtete. Ich sah, wie sich sein Gesicht verfinsterte und seine Augenbrauen über der Nasenwurzel zusammenstießen.

»Du?«, sagte er und stellte seinen Becher hart auf den Tisch. »Du? Im Dienste des Sultans, der für seine Grausamkeit berüchtigt ist?« Und mit einer Stimme, die auf einmal sehr fremd und abweisend klang, fragte er: »Ausgerechnet du? Wie konnte das geschehen?«

Wie sollte ich das erklären? »Er hat mich darum gebeten«, antwortete ich zögernd. »Ich konnte ihm seine Bitte nicht abschlagen.«

Nathan schüttelte ungläubig den Kopf. »Gebeten hat er dich? Der allmächtige Saladin hat eine Bitte ausgesprochen? Die ganze Welt redet davon, dass er seine Stimme nur benutzt, um Befehle zu geben und Todesurteile zu fällen.«

Ich wich seinem Blick aus, in dem ich plötzlich Misstrauen und Zweifel zu erkennen meinte, etwas, was ich noch nie an ihm bemerkt hatte, und zugleich konnte ich ihn verstehen, nagten doch auch an meinem Gemüt die Zweifel wie Maden an einem überreifen Apfel. Ich hatte nicht in Saladins Dienst treten wollen, ich kannte seinen Ruf, der sich in der ganzen Welt verbreitet hatte, der Ruf eines großzügigen und unberechenbaren Despoten. Er sei grausam und mildtätig, edel und gemein, aufrichtig und hinterhältig, geachtet von seinem Volk und gefürchtet von seinen Feinden, aber immer der Mittelpunkt der Welt, um den sich alles dreht, ein Strudel, der jeden mitreißt, der in seine Nähe kommt. Ich hatte ihn gemieden, weil ich Angst hatte, in diesen Strudel hineingezogen zu werden.

Daja, die gesehen hatte, dass mein Becher leer war, stand auf, um mir etwas von der mit frischer Minze gewürzten

Sauermilch nachzugießen. Nathan wartete noch immer auf meine Antwort.

»Du kennst nur seinen Ruf als Herrscher und Krieger«, sagte ich. »Du siehst in ihm nur den Mittelpunkt einer Welt, von der man sich besser fernhält. Aber ich sehe zugleich noch den Knaben. Wisse, Saladin und ich sind Vettern, unsere Großväter waren Brüder. Wir sind zusammen aufgewachsen, in Tikrit, in Mesopotamien, wo sein Vater und seine Familie heute noch leben. Wir sind beide Sunniten, aus der Familie der Aijubiden. Und wir wurden gemeinsam von dem weisen und angesehenen Omar al-Kabir erzogen.«

Nathan starrte mich an und auch Daja und Recha ließen den Blick nicht von mir. Als wäre ich ein anderer Mensch geworden, nicht mehr der al-Hafi von früher, der seit Monaten in ihrem Haus ein und aus ging, ein treuer und zuverlässiger Freund und Schachpartner Nathans, fast ein Oheim für Recha und ein harmloser, anspruchsloser Gefährte Dajas.

»Das ist lange her«, sagte ich widerstrebend und doch bemüht, ihnen zu erklären, was so schwer zu verstehen war. »Wir haben uns in verschiedene Richtungen entwickelt. Es ist, wie unser weiser Lehrer immer gesagt hat: Zu jeder Wahrheit gehört ihr Gegenteil, und wenn du eine Behauptung aufstellst, musst du auch ihr Gegenteil herausfinden und aussprechen. Erst wenn du nicht nur die Unterschiede zwischen beiden Behauptungen erkennst, sondern auch ihre Gemeinsamkeiten, hast du den Schlüssel zur Wahrheit in der Hand.«

Nathan schwieg, und Daja wandte sich an ihn: »Höre, Nathan, es ist die Hand Gottes, die es so gefügt hat. Saladin hat dem Tempelritter das Leben geschenkt. Das war eine gute Tat, eine Mizwa, wie du es nennst, die sogleich eine andere Mizwa nach sich gezogen hat, denn diesem Tempelritter hast du zu verdanken, dass deine geliebte Tochter noch lebt, vergiss das nicht.« Recha öffnete den Mund, um ihr zu widersprechen, doch Daja legte ihr begütigend die Hand auf den verbundenen Arm und das Mädchen presste die Lippen zusammen und schwieg.

»Warum hast du mir nie erzählt, dass du ein Vetter des Sultans bist?«, fragte Nathan nach einer langen Pause. Der Vorwurf in seiner Stimme tat mir weh und verunsicherte mich.

Ich hob die Schultern. »Wir haben nie darüber gesprochen, wie unser Leben verlaufen ist, bevor wir uns kennenlernten. Uns waren andere Dinge wichtig. Unsere Welt war das Schachbrett, da haben wir uns getroffen, durch einen glücklichen Zufall oder die Hand Allahs. Wir haben nur darüber gesprochen, welche Position unsere Figuren jetzt einnehmen und was das bedeutet. Wie sie in diese Position gekommen sind, war uns egal. Uns war nur wichtig, was für ein Mensch der andere ist, nicht, was ihn zu diesem Menschen gemacht hat. Das war vielleicht ein Fehler. Aber in unserem heiligen Buch, dem Koran, steht geschrieben: *Allah kennt die Geheimnisse der Himmel und der Erde und er kennt auch das Innere des menschlichen Herzens.«*

Nathan schaute mich lange an. Seine Stirn glättete sich, er fuhr sich langsam mit der Hand durch den Bart, dann lächelte er und sagte leise: »Und in unserem heiligen Buch steht geschrieben: *Sprich du in meiner Sache; deine Augen sehen, was recht ist.* Verzeih mir mein Misstrauen, al-Hafi. Wir haben beide unsere Stellung in der Welt, du bist Muslim und ein Vetter des mächtigen Sultans, ich bin Jude und ein wohlhabender Mann. Doch darüber hinaus und vor allem sind wir

Menschen. Und wir sind Freunde.« Er streckte mir die Hand hin, die ich dankbar und erleichtert ergriff.

Bald danach verabschiedete ich mich und ging durch die schlafende Stadt zum Palast zurück. An den Wachen vorbei betrat ich den Garten, um zu dem Seitenflügel zu gelangen, in dem mir Sittah eine Wohnung hatte einrichten lassen. In Gedanken versunken, schritt ich den Weg entlang.

Das Leben spielt Schach mit mir, dachte ich. Ich wollte nur ein Bauer sein, aber es hat mich zu einem Pferd gemacht, das kreuz und quer springt, zwei gerade, eins zur Seite, immer wieder kreuz und quer, kaum hat es ein Ziel, verliert es dieses schon wieder aus den Augen. Ich hatte gedacht, unter meinen Brüdern, den Ghebern, die man auch Feueranbeter nennt, das Leben gefunden zu haben, nach dem sich meine Seele immer gesehnt hatte: ein Leben in Abgeschiedenheit und Bedürfnislosigkeit, dem Augenblick hingegeben und frei von weltlichem Streben, nur dem Gebet und der Kontemplation gewidmet. Geh in den Schatten, wenn die Sonne brennt, und suche dir ein Dach, wenn es regnet, und wenn es stürmt, mach dich so klein wie möglich. Das war es, was mich geleitet hatte. Leidenschaften waren mir immer fremd.

Ich war noch sehr jung, da verließ ich, ein sanfter Vogel unter Falken, das große Haus in Tikrit, in dem ich aufgewachsen war, ich verließ meinen Vater, meine Onkel und Vettern. Eines Tages packte ich einen Koran, ein paar Goldstücke, ein Schachspiel und saures Gemüse und Datteln in meine Satteltaschen und ritt auf meinem Pferd davon. Warum ich das tat, weiß ich nicht mehr, vermutlich habe ich gar nicht darüber nachgedacht. Ich begab mich in die Hand dessen, der den Himmel über uns gespannt hat, und ließ mich treiben.

Der Wind wehte mich weit fort von der Heimat, die Seidenstraße entlang und noch weiter, bis er mich am Ganges absetzte, unter Menschen, bei denen ich die Ruhe und die Gelassenheit fand, wonach ich mich immer gesehnt hatte. Es gab Bäume, die mir Schatten spendeten, und eine Hütte, die mich schützte, wenn es regnete. Mehr wollte ich nicht. Mehr brauchte ich auch nicht. Wie geschrieben steht: *Er bereitete euch die Erde zum Teppich und den Himmel zum Gezelt; er lässt Wasser vom Himmel strömen, um Früchte zu eurem Unterhalt hervorzubringen.* Und jeden Tag dankte ich Allah, der in sechs Tagen den Himmel und die Erde gemacht hat, für das Leben, das er für mich bestimmt hatte.

Sonne und Regen wechselten einander ab, und die Tage vergingen, ohne dass ich sie zählte, und wenn ein Fremder in unser Dorf kam und von der großen Welt erzählte, von Saladin, der im Auftrag des Fürsten Nur Ad-Din an einem Feldzug nach Ägypten teilgenommen habe und dort Wesir des Sultans geworden sei, lächelte ich. Ich lächelte auch, als ich erfuhr, dass Saladin nach dem Tod Nur Ad-Dins Damaskus und Syrien eingenommen hatte und selbst Sultan geworden war und schließlich sogar Jerusalem aus der Hand der Fremden zurückerobert hatte. Ich erinnerte mich kaum mehr an ihn, ich hatte vergessen, wie er aussah, die Vergangenheit lag weit zurück. Ich lebte als sanfter Vogel unter sanften Vögeln und träumte nicht mehr von den Falken im heimatlichen Horst. Ich wandelte in Frieden und genoss die Früchte, die Allah für mich wachsen ließ.

Bis ich eines Morgens aufwachte und wusste: Allah will, dass ich nach Jerusalem ziehe, in die Stadt des Heiligtums. Also kaufte ich mir ein Pferd, sattelte es mit den Satteltaschen, in denen noch immer die Goldstücke steckten, die ich einst eingepackt hatte, nahm Abschied von meinen Gastgebern und zog nach Jerusalem.

Und hier bin ich also zum Schatzmeister meines Vetters geworden, des allmächtigen Sultans Saladin, des großen Herrschers der islamischen Welt. Auch sein Leben lässt sich mit einem Schachspiel vergleichen: der König und die Dame, Saladin und Sittah. Saladin ist der absolute Herrscher, ihm darf nichts geschehen, sonst ist das Spiel verloren und allen Beteiligten drohen Untergang und Tod. Sämtliche Figuren auf dem Brett sind gezwungen, dem König zu dienen, damit das Spiel weitergeht, und darauf kann er sich verlassen. Für ihn werden Bauern geopfert, und um ihn zu schützen, versperren Pferde, Läufer und Türme unter Einsatz ihres eigenen Lebens allen Angreifern den Weg. Ein besonderer Auftrag in diesem Spiel ist der Dame zugeteilt. Auch sie schützt den König, dafür ist sie da, aber sie hat mehr Macht als die anderen Figuren, und sie hat mehr Bewegungsraum als der König selbst, dem in alle Richtungen nur ein Schritt auf das nächste Feld bleibt. In unserem Spiel ist diese Dame Sittah, Saladins Schwester, die er über alles liebt.

Nur einen gab es unter seinen Geschwistern, den er noch mehr geliebt hatte, das war Assad, sein älterer Bruder, den auch ich liebte und bewunderte. Er war einige Jahre älter als wir, ein junger Mann, der, abgesehen von unseren Kampflehrern, alle durch sein einnehmendes Wesen und seine Liebe zu den Künsten und zur Lyrik begeistert hatte. Vielleicht waren es sogar die Gedichte, die er uns vorlas oder die er mit klangvoller Stimme rezitierte, die mich zu dem gemacht haben, was ich geworden bin. Er war anders als alle anderen, kein

Falke im Horst, aber auch keine Taube, eher ein Pfau, der uns durch seine Schönheit zeigte, dass die Welt noch etwas anderes zu bieten hatte, als unsere Lehrer uns beizubringen bemüht waren.

Saladin hatte, seit er den jungen Tempelritter sah, dem er das Leben schenkte, immer wieder von Assad gesprochen, er war überzeugt, dass der junge Mann seinem verschollenen Bruder wie aus dem Gesicht geschnitten sei. Eine gewisse Ähnlichkeit bestand, da musste ich ihm recht geben, aber so etwas findet man doch häufig zwischen Menschen, sogar zwischen Angehörigen verschiedener Völker. Kurz nachdem Assad damals verschwunden war, dem Gerücht zufolge wegen einer Frau, hatte auch ich meine Heimat verlassen.

Ich hatte Saladin viele Jahre lang nicht mehr gesehen, ich war ihm aus dem Weg gegangen, hatte unauffällig mein eigenes Leben gelebt, ein angenehmes, freundliches Leben in Bedürfnislosigkeit, nicht nur bei den Ghebern am Ganges, sondern auch hier, in Jerusalem, und hatte vermieden, in Saladins Nähe zu kommen. Bis er mich eines Tages plötzlich zu sich rufen ließ und mich »Bruder« nannte. Aus dem wilden, ungebärdigen Jungen von einst, den ich bewundert und zugleich gefürchtet hatte, war ein Mann geworden. Als Knabe war er klein und zierlich gewesen, aber mit dem Herzen eines Falken, ganz anders als ich, der ich ein kräftiger Knabe gewesen war, in dem jedoch das Herz einer Taube schlug. Auch jetzt war Saladin eher klein und schmächtig, aber sein Gesicht mit dem gestutzten Bart strahlte eine innere Kraft aus, der sich keiner entziehen konnte. Er drückte mich an seine Brust und sagte: »Da bist du ja endlich.« Und wie früher als Knabe erlag ich seinem Zauber. Damit war mein Leben verändert. Ich schaffte es nicht, mich seiner Zuneigung zu entziehen. Ich wurde eine Spielfigur in seiner Hand.

Während ich so meinen Gedanken nachhing, drangen plötzlich leise Stimmen an mein Ohr. Hinter einem Gebüsch unterhielten sich zwei Männer. Es war eine flüsternd geführte Unterhaltung, hastig und drängend. Ich blieb stehen und lauschte, doch die Männer sprachen so leise, dass ich kein Wort verstehen konnte. Ich trat unter einen Baum, versteckte mich hinter dem Stamm und wartete. Irgendwann hörte das Gespräch auf und nicht lange danach traten zwei Männer auf den Weg.

Im Licht des Mondes konnte ich sie deutlich sehen. Der eine war Melek al-Adel, Saladins jüngerer Bruder, ein Heißsporn, ein Falke, ein Krieger, der mich an Saladin selbst erinnerte, wie er als junger Mann gewesen war, aufbrausend und gierig nach allem, was ihm das Leben zu bieten hatte, aber nicht so klug wie Saladin, nicht so fantasievoll und von weniger einnehmendem Wesen. Der andere war Abu Hassan, der ruhmreiche, tapfere und listige Hauptmann, der, wie ich überzeugt war, nichts anderes im Kopf hatte, als seinen Ruhm zu mehren. Er war es, der den Angriff der Tempelritter zurückgeschlagen und sie als Gefangene nach Jerusalem gebracht hatte und der sich seither in Saladins Gunst sonnte. Was hatte er mit Melek zu tun? Mitten in der Nacht?

Ich drückte mich fester an den Baumstamm und spähte ihnen nach. Sie bewegten sich vorsichtig, sprangen katzengleich von einem Schatten zum nächsten, wie zwei Verschwörer, die nicht entdeckt werden wollen.

Kurz vor dem Palast trennten sie sich. Melek verschwand in einer Tür und Abu Hassan lief geduckt über einen Seitenweg zum Ausgang. Ich wartete eine ganze Weile, bis ich es wagte, aus dem Schatten zu treten und meinen Weg fortzusetzen.

Als ich mein Gebet verrichtet und mich endlich auf meinem Lager ausgestreckt hatte, fand ich lange keine Ruhe. Dieser seltsame Vorfall ging mir nicht aus dem Kopf. Ich überlegte, ob es meine Pflicht sei, dem Sultan davon zu erzählen, beschloss dann aber doch, es nicht zu tun und es Allah zu überlassen, die Wahrheit ans Licht zu bringen. Schließlich wusste ich von früher, wie leicht Saladin sich zu unüberlegten Handlungen hinreißen ließ. Ein Stein, der ins Wasser geworfen wird, zieht Kreise, und Gerüchte und üble Nachreden sind schnell in die Welt gesetzt. Doch dann verbreiten sie sich wie der Wind in alle Richtungen, und niemand kann sie fangen und zurückholen, selbst wenn er es möchte.

Ich saß über meine Bücher gebeugt und rechnete hin und her und her und hin, ohne dass sich am Ergebnis etwas änderte, als Sittah, meine schöne, junge Kusine, bei mir eintrat und mir mit bedrückter Stimme berichtete, ein Bote aus Akko sei gerade angekommen und habe mitgeteilt, dass die so sehnsüchtig erwarteten Schiffe mit den Steuereinnahmen aus Ägypten noch immer nicht eingetroffen seien.

Ich hob verzweifelt die Hände. Addieren und Subtrahieren gelten als die einfachsten Aufgaben der mathematischen Kunst, und wir sind auf der ganzen Welt berühmt dafür, nicht nur hervorragende Astrologen, sondern auch hervorragende Mathematiker zu sein. Überall, an allen Gelehrtenschulen, unterrichten arabische Mathematiker. So hat kein Geringerer als Gerbert von Aurillac, der spätere Papst Sylvester, in Toledo die Verwendung der arabischen Zahlen studiert.

Ich schaute Sittah an und deutete auf die Bücher. »Niemand kann mir nachsagen, dass ich nicht rechnen könnte«, klagte ich. »Aber was kann man von null subtrahieren? Und wem könnte es etwas nützen, wenn man nicht vorhandene Goldstücke addiert? Wie kann man tausend Dinar ausgeben, wenn man nicht einen einzigen hat, keinen Dinar und keinen Dirham?«

»Irgendwann müssen die Schiffe ja kommen«, antwortete Sittah und ließ sich mir gegenüber auf einem Diwan nieder. Der mit silbernen und purpurnen Fäden bestickte Stoff ihres Kleides spannte sich über ihren weiblichen Formen. Als sie meinen Blick bemerkte, verschränkte sie rasch ihre Arme vor der Brust.

Ich senkte die Augen beim Anblick ihrer Schönheit, denn es war falsch von mir, sie überhaupt zu bemerken. Ich überlegte kurz, wie sie als Kind war, ob sie früher schon so schön gewesen war, aber ich wusste es nicht. Vielleicht hatte ich sie ja nie gesehen, jedenfalls konnte ich mich nicht daran erinnern. Das war allerdings auch kein Wunder, zum einen war sie deutlich jünger als Saladin und ich, höchstens halb so alt; während unsere Haare bereits grau wurden, war sie noch jung, im mannbaren Alter. Und zum anderen war sie, wie alle Mädchen, unter den Frauen aufgewachsen. Sie wurde mit Ibn al-Amir verheiratet, einem verdienstvollen Hauptmann, der vor vier Jahren im Kampf gegen die Ungläubigen einen ruhmvollen Tod fand, danach kam sie an Saladins Hof und begleitete ihn seither. Seine eigene Familie, seine Frauen und seine Söhne, leben weiterhin in Tikrit. Bis auf al-Malik al-Afdal, seinen ältesten Sohn, der schon Krieger ist und eine syrische Garnison befehligt.

»Ich habe dir doch mein Privatvermögen zur Verfügung gestellt«, sagte Sittah mit einem gewissen Vorwurf in der Stimme. »Das hätte eine Weile reichen müssen. Warum tut es das nicht?«

Ich hob die Schultern und ließ sie wieder fallen. »Unser Herrscher, dein Bruder, ist zu großzügig«, sagte ich. »Er weiß vielleicht, wie man mit Freund und Feind umgeht, aber nicht mit Geld. Jeder, der sich mit einer Bitte an ihn wendet, bekommt, was er verlangt. Saladin kann es nicht ertragen, dass irgendjemand ihn enttäuscht verlässt. Das ist bekannt und nicht wenige nützen seine Schwäche schamlos aus. Und wenn man ihm seine Großzügigkeit vorwirft, antwortet er nur: ›Es gibt eben Menschen, für die das Geld nicht mehr Wert hat als Sand.‹ Ja, so spricht er und wie Sand rinnt ihm das Geld durch die Finger.«

»Er hat ein großes Herz«, sagte Sittah. »Du solltest ihn dafür achten und bewundern.«

»Aber er hat nicht genug Geld, um allen Menschen Gutes zu tun«, widersprach ich. »Seine Großzügigkeit einzelnen Menschen gegenüber bezahlt er dadurch, dass er andere unterdrückt und ihnen ihr Recht vorenthält. Wie sollen wir das Heer unterhalten? Tag für Tag kommen Klagen, dass den Soldaten kein Lohn bezahlt werden kann und dass es sogar an Futter für die Pferde mangelt.«

»Wir haben einen Waffenstillstand«, sagte Sittah. »Und vielleicht kommt es bald zu einem Friedensabkommen mit Richard Löwenherz, du weißt doch, dass der Engländer ein besonderes Angebot gemacht hat, auf das Saladin eingegangen ist. Die Antwort wird nicht mehr lange auf sich warten lassen. Wenn es zum Frieden kommt, können die

Krieger wieder ihre Felder bestellen und sich allein ernähren.«

»Und wenn nicht?«, rief ich. »Was passiert, wenn der Waffenstillstand erneut gebrochen wird? Außerdem kann bis zu einem Friedensabkommen noch viel Zeit vergehen, und was machen wir, bis es so weit ist? Bald wird der Winter kommen, und im Winter ist es besonders teuer, ein Heer zu unterhalten.«

»Wenn nicht?«, sagte Sittah und stand auf. Sie strich sich das Kleid glatt, die Dame, und machte den Schachzug, den ich insgeheim befürchtet hatte. »Dann musst du eben irgendwo das nötige Geld besorgen. Warum gehst du nicht zu deinem reichen jüdischen Freund? Du hast uns doch selbst erzählt, wie großherzig und mildtätig er ist, dass er sein Geld mit den Bedürftigen teilt, egal, ob sie Juden, Muslime oder Christen sind. Geh zu ihm, er soll dem Sultan Geld leihen, bis die Schiffe aus Ägypten kommen. Sage ihm, dass es sein Schade nicht sein wird, man wird ihn reich dafür belohnen.«

Schach. Ich senkte den Kopf, um mein Erschrecken zu verbergen. Ich wusste genau, was Nathan sagen würde: Dir gebe ich so viel Geld, wie du willst, aber nicht dem grausamen Sultan. Und ich wusste auch, was das für Folgen für meinen Freund haben konnte. Keiner durfte es wagen, dem großen Sultan eine Bitte abzuschlagen. Vor allem kein Jude.

Daja

Ich war dabei, als sie sich trafen, Nathan und der junge Tempelritter, und ich war so zornig geworden, dass ich mich jetzt noch darüber wundere, wenn es mir in den Sinn kommt.

Am Morgen, als sich die Sonne gerade über den Tempelberg erhob, war ein Bote durch Jerusalem gezogen und hatte an alle jüdischen Häuser geklopft, um mitzuteilen, dass der Ewige die alte Sara, die Großmutter des Hauses von Levi Ben Sirach, zu sich in die andere Welt gerufen hatte. Obwohl Levi Ben Sirach, ein angesehener Färber, nicht gerade ein Freund Nathans war, beschlossen wir, nach dem Essen die Trauernden aufzusuchen und zu trösten, wie es Tradition und Sitte verlangen. Recha wich den auffordernden Blicken ihres Vaters aus, und bevor sie eine Ausrede vorbringen konnte, die doch nicht der Wahrheit entsprochen hätte, sagte ich, sie solle nach diesen anstrengenden Tagen lieber zu Hause bleiben und sich ausruhen. Ich wusste, wie ungern sie dem Gebot nachkam, Trauernde zu trösten. Es sei ihr unheimlich, ein Haus zu betreten, durch das der Todesengel geflogen war, hatte sie einmal gesagt. Häuser, in denen kurz zuvor ein Verstorbener gelegen habe, kämen ihr unrein und ansteckend vor wie die Häuser von Aussätzigen.

Elijahu, der Levi, den Färber, regelmäßig mit Henna, Krokusblüten, den Wurzeln der Färberröte und anderen zur Ausübung seines Handwerks notwendigen Dingen beliefert, wollte uns begleiten und befahl Geschem, ein sauberes Hemd anzuziehen. Der Junge, der früher in der Küche geholfen hat, steht nun unter Elijahus Schutz, er folgt ihm wie ein Hündchen seinem Herrn und hat sogar sein Nachtlager neben Elijahu zugewiesen bekommen. Zwischen Elijahu und ihm hat sich eine seltsame Vertrautheit entwickelt. Elijahu ist Lehrer und Beschützer und der Junge ein williger Schüler, für den es nichts Schöneres zu geben scheint, als jeden Auftrag Elijahus freudig auszuführen. Zipora packte Essen in einen Korb aus geflochtenem Schilfrohr, frisch gebackenes Fladenbrot, mit Knoblauch gewürzten Käse, Oliven, getrocknete Früchte und Honig. Das sollten wir den Trauernden bringen, um sie ein wenig von den häuslichen Pflichten zu entlasten und es ihnen zu ermöglichen, sich ganz ihrem Schmerz hinzugeben. Geschem trug den Korb und wir machten uns auf den Weg.

Es war ein besonders heißer Tag; der Chamsin, ein Wüstenwind, färbte den Himmel gelb, und die Hitze schlug uns entgegen wie eine Wand, als wir die Haustür öffneten. Ich zog mir das Kopftuch weit über die Stirn, damit schützender Schatten auf mein Gesicht fiel, denn meine Haut ist empfindlich und verbrennt schnell, ebenso wie Rechas, und das flirrende Licht tat meinen Augen weh. Wir schritten über den gepflasterten Vorplatz, und die Steine waren so heiß, dass ich die Hitze durch die Sohlen meiner Sandalen spürte. Kein noch so geringes Lüftchen brachte Kühlung. Ich konnte ein Stöhnen nicht unterdrücken.

Elijahu warf mir einen mitleidigen Blick zu. »Chamsin«, sagte er. »Der Chamsin verwirrt den Menschen die Sinne und treibt sie zu Handlungen, die sie später bereuen.«

Er hat recht, dachte ich, bei solch einem Chamsin sollte man sich nach Möglichkeit innerhalb des Hauses aufhalten. Ich stellte mir gerade vor, wie viel angenehmer es jetzt in meinem abgedunkelten Zimmer wäre, da blieb Geschem plötzlich stehen und stellte den Korb mit einem harten Ruck auf den Boden. »Dort ist er, unter dem Maulbeerbaum«, flüsterte er und deutete hinüber zur Stadtmauer.

Jetzt erblickten wir ihn auch, den Tempelritter, nach dem wir die ganze Zeit vergeblich Ausschau gehalten hatten. Er saß mit angezogenen Beinen im Schatten des Maulbeerbaums und hatte den Kopf in den verschränkten Armen vergraben. Wir konnten sein Gesicht nicht sehen, aber er hatte den Oberkörper so weit nach vorn gebeugt, dass man noch den oberen Rand des roten Kreuzes auf seinem Rücken erkennen konnte. Und außer ihm gab es keine Tempelritter in Jerusalem.

Wir standen da und starrten hinüber. Nathan war der Erste, der sich fasste. Er raffte seinen Mantel und lief mit schnellen Schritten hinüber zum Maulbeerbaum. Ich sah, wie er vor dem Tempelritter auf die Knie fiel, den Mantel des Mannes ergriff und den Saum küsste. Er sagte etwas, seine Lippen bewegten sich und sein Bart wehte vor und zurück, aber ich war zu weit von ihnen entfernt, als dass ich seine Worte hätte verstehen können, doch die Ehrerbietung, die Nathan dem fremden Ritter entgegenbrachte, war offenkundig.

Langsam ging ich auf die beiden zu, denn auch ich wollte mich bei dem Mann bedanken, der Recha gerettet hatte und damit auch mich und meine Zukunft.

Der Tempelritter hob den Kopf, und ich sah zum ersten Mal sein Gesicht, denn während des Feuers hatte ich nur Recha wahrgenommen, nur sie, ihren aufgerissenen Mund, das Entsetzen in ihren Augen. Jetzt aber erblickte ich das Antlitz ihres Retters und verstand, warum Recha ihn für einen Engel gehalten hatte. Er war sehr jung, fast noch ein Knabe, und seine Züge zeigten die edle, ergreifende Schönheit, die man manchmal auf Altarbildern trifft. Doch als er aufsprang und Nathan mit einer groben Bewegung von sich stieß, war alles Engelhafte wie weggewischt. »Fass mich nicht an, Jude«, hörte ich ihn sagen, laut und mit dem Abscheu allem Jüdischen gegenüber, den ich von früher kannte. Es war der Ton, in dem auch meine Großmutter gesprochen hatte, wenn der jüdische Hausierer oder der jüdische Lumpensammler in unser Dorf gekommen waren. »Juden«, hatte sie gesagt und verächtlich ausgespuckt. Und als ich sie einmal fragte, was denn so schlimm an Juden sei, hatte sie gesagt: »Sie haben unseren Heiland gekreuzigt, deshalb sollen sie verflucht sein bis ins tausendste Glied.«

Der Tempelritter spuckte zwar nicht vor Nathan aus, aber seine Worte waren nicht besser, als er wie eine giftige Schlange zischte: »Ich brauche deinen Dank nicht, Jude, und erst recht nicht deinen Segen. Ich habe nur das getan, was jeder christliche Ritter getan hätte, und zudem konnte ich ja nicht wissen, dass es sich bloß um das Leben eines Judenmädchens gehandelt hat.«

Mir war, als hätte er mich ins Gesicht geschlagen, als hätte die Kränkung nicht nur Nathan und Recha gegolten, sondern auch mir, besonders mir, obwohl ich keine Jüdin bin, sondern Christin wie er. Und wieder sah ich meine Großmutter vor mir, sah, mit welcher Verachtung sie vor dem Hausierer ausspuckte, der unterwürfig sein Bündel zusammenraffte und so schnell wie möglich von unserer Schwelle verschwand. Ich meinte seinen gebeugten Rücken zu sehen, so wie ich jetzt Nathans Rücken sah, meinte seine Stimme zu hören, die unverständliche Worte sagte, so wie ich jetzt Nathans Stimme hörte, dessen Worte ich verstand. »Ich bin ein wohlhabender Mann«, sagte er gerade. »Du kannst von mir haben, was dein Herz begehrt. Das Leben meiner Tochter ist mir mehr wert als alles Gut der Welt.«

Ich war nun nahe genug, um zu sehen, wie blass er geworden war. Er hatte leise gesprochen, mit der unterdrückten Stimme, die ich so gut kenne. So spricht er, wenn er um sein inneres Gleichgewicht kämpft. Wenn er der Vernunft zum Sieg über seine Gefühle verhelfen will.

Der Tempelritter verzog die Lippen und einen Moment lang sah er aus wie meine Großmutter, alt und zahnlos und hässlich. »Ich will dein Geld nicht, Jude«, sagte er laut. Und dann fügte er höhnisch hinzu: »Du könntest mir höchstens ein paar Dinare borgen, gegen angemessene Zinsen, versteht sich, damit ich mir einen neuen Mantel machen lassen kann, denn meiner hat durch das Feuer etwas gelitten.«

Zorn stieg in mir auf, hilfloser Zorn auf jene eifernde, selbstgerechte Frömmigkeit, die mir meine Kindheit und Jugend verbittert hatte. Aber ich war kein Kind mehr, diesmal konnte ich mich wehren. Mein ganzer aufgestauter Hass brach aus mir heraus. »So spricht also ein Ritter?«, fuhr ich ihn an. »So spricht ein Christ? Hat unser Heiland selbst uns nicht gelehrt, die Menschen zu lieben und Achtung vor Gottes Geschöpfen zu haben? Gelten Hochmut und Selbstgerechtigkeit denn nicht als Sünde, wenn man in einem Schloss aufwächst? Was ist deine ganze Ritterlichkeit wert, wenn sie nur Hochgeborenen gilt?«

Der Tempelritter wandte mir sein Gesicht zu, Verblüffung breitete sich auf seinen Zügen aus, seine Lippen öffneten sich, als schnappe er nach Luft. Wie zwei atemlose Kämpfer standen wir einander gegenüber und starrten uns an. Ich merkte, wie mir das Blut aus dem Gesicht wich, ich verstand selbst nicht, wo diese Worte hergekommen waren. Ich hatte ihm danken wollen, ihm, meinem Wohltäter, und stattdessen hatte ich ihn beschimpft. War vielleicht der Chamsin schuld, der den Menschen die Sinne verwirrt und sie zu unüberlegten Handlungen treibt?

Nathan war es, der mir half, meine Fassung wiederzufinden. Er legte mir die Hand auf den Arm, und seine Berührung, vertraut und verlässlich, zeigte mir, dass ich zu weit gegangen war. Ich hatte mich von längst vergangenen Gefühlen hinreißen lassen und meine Vernunft verloren.

»Beruhige dich, Daja«, sagte Nathan mit einer seltsam verhaltenen, gebrochenen Stimme. »Zügle deinen Zorn, meine Freundin. Wichtiger als Worte sind Taten. Und dieser Ritter hier hat sein eigenes Leben aufs Spiel gesetzt, um das Leben eines anderen Menschen zu retten. Gibt es etwas, was höher einzuschätzen wäre?«

Der Blick des Tempelritters hing jetzt an Nathan, doch dieser schaute weiterhin mich an, schien nur mit mir zu sprechen, als er fortfuhr: »Er ist ein sehr junger Mann, Daja, das sollten wir nicht vergessen. Es fehlt ihm wohl noch an der Erfahrung, die jeder Mensch mit Vernunft irgendwann macht, nämlich dass Edelmut und Menschlichkeit nicht von der Religion abhängen. Es gibt in jedem Volk gute und ehrliche Menschen, egal zu welchem Gott sie beten, so wie es überall auch böse und grausame Menschen gibt.«

Nathans Stimme war immer fester geworden, jetzt wandte er sich an den Tempelritter. »Du hast ein Menschenleben gerettet, auch wenn es nur das eines jüdischen Mädchens war, und Gott wird es dir lohnen. Denn für Gott ist jedes einzelne Leben wertvoll, seine Liebe gilt allen Menschen, und für den, der Himmel und Erde erschaffen hat, sind wir Brüder, egal in welchem Haus wir leben, ob in einem jüdischen, einem christlichen oder muslimischen, ob in einer Hütte oder einem Palast. Deshalb bitte ich dich, meinen Dank nicht zurückzuweisen und heute Abend in mein Haus zu kommen, damit meine Tochter ihrem Retter persönlich danken kann und damit wir dir die Ehre und die Achtung erweisen dürfen, die dir zustehen.«

Der Tempelritter war verwirrt, Röte stieg in sein Gesicht, seine Mundwinkel zuckten. Auf einmal sah er aus wie ein Knabe, den man bei einer Dummheit ertappt hat. Mein Zorn verschwand, ich empfand Mitleid für ihn. »Ich wollte dich nicht kränken«, sagte ich mit einer Sanftheit, die mich selbst überraschte, und ein Gedanke schoss mir durch den Kopf: So hätte ich vielleicht zu einem Sohn gesprochen, wenn mir einer vergönnt gewesen wäre, und dieser Gedanke brachte mich zum Lächeln. »Wir möchten so gerne unsere Dankbarkeit beweisen«, sprach ich weiter, »und auch das Mädchen soll die Möglichkeit haben, die Hände zu küssen, die es aus den Flammen gerettet haben. Komm heute Abend, wenn die Sonne untergeht, und teile unser Mahl mit uns. Glaube mir, Nathan ist ein edler Mensch und hoch angesehen in

Jerusalem, du musst nicht befürchten, durch einen Besuch in seinem Haus deinem Ruf als Tempelritter zu schaden.«

Der Tempelritter senkte den Kopf. Ich wusste nicht, ob diese Bewegung Zustimmung bedeutete oder lediglich ein Zeichen seiner Verwirrung war, deshalb schaute ich ihn weiterhin an, so lange, bis er nickte und leise sagte: »Ich werde kommen.«

Nathans Gesicht erhellte sich. Er war erleichtert, wie immer, wenn die Vernunft gesiegt hat. Er ergriff die Hand, die der Tempelritter ihm zögernd hinhielt, verneigte sich vor dem Retter seiner Tochter und wünschte ihm Glück bei allen seinen Unternehmungen an diesem heißen Tag. Dann nahm er mich am Arm und führte mich zurück zu Elijahu und Geschem, die uns mit großen Augen entgegenblickten. Elijahu zog fragend die Augenbrauen hoch, aber Nathan war offensichtlich nicht gewillt zu erzählen, was sich abgespielt hatte. Er lächelte noch immer, als er sagte: »Kommt, gehen wir zu Levi Ben Sirach, erfüllen wir das Gebot, das unsere Weisen uns aufgetragen haben.«

Ich wischte mir mit dem Ärmel den Schweiß von der Stirn. Die Hitze hatte noch zugenommen. Im Weitergehen drehte ich mich um. Der Tempelritter lehnte am Stamm des Maulbeerbaums und schaute uns nach. Ich hob die Hand und winkte. Ganz langsam hob auch er die Hand und winkte zurück.

Der Mond stand hoch am Himmel, als sich der Tempelritter nach dem Gastmahl verabschiedete. Ich half Zipora, die Speisereste und das Geschirr abzuräumen, die Becher, aus denen sie getrunken hatten. Sie waren immer fröhlicher geworden, mit jedem Becher Wein, und die Worte waren über den Tisch geflattert wie Schmetterlinge über ein Beet mit duftenden Blüten.

»Worüber haben sie die ganze Zeit gesprochen?«, fragte Zipora, die natürlich nichts verstanden hatte.

Ja, worüber? Es war so viel gewesen, sie hatten gesprochen, sie hatten getrunken, sie hatten wieder gesprochen und wieder getrunken. »Über die Welt«, sagte ich. »Über die Welt, wie sie sein sollte. Und wie sie einmal sein wird, wenn die Vernunft über Dummheit und Missgunst gesiegt haben wird.«

Zipora schüttelte den Kopf. »Das wird so bald nicht sein. In tausend Jahren vielleicht, aber wir werden es nicht erleben.« Sie schob sich eine Olive in den Mund und fing an zu kauen.

Warum eigentlich nicht?, dachte ich, angeregt von dem Wein, den auch ich getrunken hatte. *»Da werden die Wölfe bei den Lämmern wohnen und die Panther bei den Böcken lagern«*, hatte Nathan gesagt, und der Tempelritter hatte weitergesprochen: *»Kühe und Bären werden zusammen weiden, dass ihre Jungen beieinanderliegen, und Löwen werden Stroh fressen wie Rinder.«*

»Ja«, hatte Nathan nach einem tiefen Schluck gesagt: *»Und ein Säugling wird spielen am Loch der Otter und ein entwöhntes Kind wird seine Hand stecken in die Höhle der Natter. Man wird nirgends Sünde tun noch freveln* auf meinem ganzen heiligen Berge; denn das Land wird voll Erkenntnis des Herrn sein, wie Wasser das Meer bedeckt.«*

»Amen«, hatte der Tempelritter gesagt, und dann hatten die beiden Männer, der alte und der junge, einander lange in die Augen geschaut und sich über den Tisch hinweg die Hände gereicht.

Zipora murrte leise vor sich hin. Ihr war das alles nicht geheuer, das konnte ich deutlich erkennen, aber ich wusste nicht, wie ich ihr die überraschende Freundschaft erklären sollte, die zwischen Nathan und dem Tempelritter entstanden war. Zwischen dem alten Mann und dem jungen. Zwischen dem Juden und dem Christen. Ich verstand es ja selbst nicht.

Recha hatte die ganze Zeit schweigend dabeigesessen, nur manchmal waren ihre Blicke von einem Sprecher zum anderen gewandert. Sie war auffallend blass und still gewesen. Ich machte mir Sorgen und fragte mich, ob sie krank würde. Aber die Wunde an ihrem Arm sah gut aus, ich hatte sie vor dem Abendessen frisch verbunden, das konnte es also nicht sein. Ich streckte die Hand aus und legte sie auf ihre. Sie warf mir einen Blick zu, wund und leidend, und senkte schnell den Kopf. Aber ich hatte noch gesehen, wie ihr die Röte ins Gesicht gestiegen war, und da wusste ich Bescheid. Es hatte sie gepackt, jenes Gefühl, das mich einst zu Gisbert getrieben hatte, das ein Weib zum Mann treibt, die Kuh zum Stier und die Katze zum Kater. Ich hatte es verstanden, aber ich wusste nicht, ob ich mich darüber freuen sollte oder nicht. Wer kann sagen, was die Zukunft für uns bereithält?

»Was geschehen soll, wird geschehen«, sagte Zipora, als habe sie meine Gedanken erraten. »Unser Schicksal liegt in Gottes Hand.«

Ja, dachte ich, aber in der Hand welchen Gottes?

Recha

Mit seinem Gesicht vor Augen war ich eingeschlafen, diesem schönen Gesicht, das mich nicht mehr loslässt, und der Blick seiner dunklen Augen hatte mich in den Schlaf begleitet, doch als ich aufwachte, sah ich nur noch seinen Rücken im sandigen Dunst verschwinden und eine tiefe Traurigkeit erfasste mich. Als Daja mich fragte, wie ich mich fühlte, hätte ich am liebsten geweint. Oder über meine dummen Tränen gelacht. Was hätte ich auch sagen sollen? Ich wusste ja selbst nicht, wie ich mich fühlte. Lustlos und ohne Appetit aß ich ein paar Bissen von der Pastete, die Zipora mir hingestellt hatte, dann schob ich den Teller von mir. Ich hatte keinen Hunger, ich war noch immer in Gedanken versunken.

In meinem Traum stand ich auf einem Hügel in den Bergen von Judäa, nicht weit von der Straße, die sich bis zur Ebene hinunterschlängelt, in der das Salzmeer liegt, das nun aber von einer Sandwolke verdeckt war. Der Himmel war gelb und die Sonne im Dunst nur noch als Scheibe zu erkennen. Ich stand unter einer Tamariske, im Wipfel über mir sang ein Vogel, so schön und ergreifend sang er, dass mir Tränen in die Augen stiegen. Ich hob den Kopf und sah ihn auf dem Ast über mir sitzen, rot und golden saß er da, mit zur Seite geneigtem Köpfchen, das runde Auge, schimmernd wie ein Kern eines

Granatapfels, war auf mich gerichtet. Doch als ich die Hand nach ihm ausstreckte, ließ er ein gurrendes Spottgelächter hören, breitete seine goldenen Flügel aus und flog davon. Ich blickte ihm nach, bis er im sandigen Dunst verschwunden war. Dann sah ich eine kleine, silberne Gazelle nicht weit von mir stehen. Sie hob einen zierlichen Vorderhuf, schaute mich mit großen, sanften Augen an und wieherte leise, doch als ich ein paar Schritte auf sie zuging, drehte sie sich um und verschwand in langen Sätzen im sandigen Dunst. Und dann sah ich ein Kamel, ein weißes Kamelkalb, das mich anblickte und einladend den Kopf senkte, als ich aber, entzückt von seiner Schönheit, auf das Tier zulief, rannte es davon, bis es im sandigen Dunst verschwunden war. Ich drehte mich enttäuscht um und da sah ich ihn. Er stand auf einem Felsen, groß und schön gewachsen wie eine Zeder des Libanon. Er winkte, und die Ärmel seines weißen Mantels bewegten sich auf und ab wie die Schwingen eines Vogels und gaben die ausgestreckten bräunlichen Arme frei, die kräftigen Hände, die mich hochgehoben und durch die Flammen getragen hatten. Doch als ich auf ihn zulaufen wollte, versanken meine Füße im Sand, und er drehte sich um und schritt davon, sodass ich nur noch den hohen weißen Rücken mit dem roten Kreuz sah, der in der Ferne immer kleiner wurde.

Mit diesem Bild vor Augen war ich aufgewacht, so durstig, als wäre ich tatsächlich aus der Wüste zurückgekehrt. Ich stürzte mich auf den Krug neben meinem Bett, und erst als mir das Wasser durch die Kehle rann, sah ich seine Gestalt im sandigen Dunst verschwinden.

Ich stützte den Kopf in die Hände und versuchte, in meinen Traum zurückzufinden. Im Sonnenstrahl, der durch das

Fenster fiel, tanzten goldene Staubkörner über den Tisch. Die Stimmen Ziporas und Dajas drangen an mein Ohr, sie planten die Abendmahlzeit, denn mein Vater hatte al-Hafi eingeladen, sie wollten Schach spielen. »Ein milchiges Essen«, schlug Zipora vor. »Ein Linsengericht mit Zitronengras und dazu Sauermilch mit Minze, das wird al-Hafi erfreuen, und als Vorspeise vielleicht gestampfte Kichererbsen?«

Ich hob den Kopf und unterdrückte ein Lächeln, weil Daja mir hinter Ziporas Rücken zuzwinkerte. In ihrer Miene mischten sich Verständnis und Spott. In Öl gesottene Bällchen aus gestampften Kichererbsen waren Elijahus Lieblingsgericht, und Zipora hatte noch immer nicht gemerkt, dass wir längst Bescheid wussten. Dabei konnte jeder sehen, wie sie errötete, wenn sie ihm etwas zu essen reichte, und wenn er ihr dankte, wandte sie verschämt den Kopf zur Seite. Nur Elijahu schien es noch immer verborgen zu sein, welche Gefühle Zipora ihm entgegenbrachte. »Man sollte sich einmischen«, hatte Daja gesagt, als wir an jenem Abend vor der Abreise meines Vaters noch eine Weile im Innenhof gesessen hatten. »Man sollte den beiden ein wenig nachhelfen.« Aber mein Vater hatte ihr verboten, sich als Heiratsvermittlerin zu betätigen. »Ehen werden im Himmel geschlossen«, hatte er gesagt. »Elijahu und Zipora sind nicht mehr jung, sie müssen ihren Weg alleine finden. Wenn der Himmel sie füreinander bestimmt hat, wird er es auch so fügen, dass sie zusammenkommen. Lass die Finger davon, Daja, sonst machst du dich schuldig, wenn sie unglücklich werden.«

Zipora nahm den Topf mit den gekochten Kichererbsen vom Herd und stellte die Eisenpfanne darauf, um Zwiebeln zu braten. Sie fingen bald an zu brutzeln und verströmten einen fettigen Geruch, der mir unangenehm war. Deshalb stand ich auf und ging in mein Zimmer. Ich wollte allein sein, ich wollte ungestört an ihn denken.

Ich trat vor die Kommode und griff nach dem Spiegel, den mir mein Vater vor einigen Jahren mitgebracht hatte. Er hatte ihn einem Händler aus Nürnberg abgekauft, einer fernen Stadt, deren Namen Daja kannte. Der Spiegel war rund, sein schwerer Fuß und sein Rahmen waren aus Silber getrieben und kunstvoll mit Ranken und Blättern verziert. Wenn ich ihn sah, empfand ich noch immer den gleichen Stolz, den ich damals empfunden hatte. Keine meiner Freundinnen besaß einen ähnlich kostbaren Spiegel und ihre Bewunderung hatte mir geschmeichelt. Ich hob den Spiegel und schaute hinein.

Das Bild, das mir entgegenblickte, war mir seltsam fremd, als hätte ich diese Frau noch nie gesehen. Ihre Züge schienen über Nacht die kindlichen Rundungen verloren zu haben, ihre Augen waren tiefer in die Höhlen gesunken, und das Blau, das Daja einmal mit der Farbe des Abendhimmels verglichen hatte, war nun verschattet und zu einem nächtlichen Grau geworden. Der Mund sah voller aus, ernster, erwachsener. Es fehlte das zufriedene Lächeln, das ich sonst erblickte, wenn ich in den Spiegel sah. Ich starrte diese fremde Frau an und sagte mir: Das also bist du. So siehst du aus. Dieses Gesicht sieht er, wenn er dich betrachtet. Und du kannst nicht wissen, ob ihm das gefällt, was er sieht: blaugraue Augen, die vielleicht ein bisschen zu tief liegen, eine kurze, gerade Nase, volle Lippen, hinter denen sich weiße Zähne verbergen, gleichmäßig wie eine Perlenschnur, ein etwas zu spitzes Kinn, rötliche Haare, eine helle Haut.

Da schob sich auf einmal sein Gesicht neben meines und beide blickten mir aus dem Spiegel entgegen. Er sah aus, wie es im Lied der Lieder heißt: *Seine Locken sind kraus, schwarz wie ein Rabe. Seine Wangen sind wie Balsambeete, in denen Gewürzkräuter wachsen. Seine Lippen sind wie Lilien, die von fließender Myrrhe triefen. Sein Mund ist süß und alles an ihm ist lieblich. So ist mein Freund; ja, mein Freund ist so, ihr Töchter Jerusalems!*

Ich weiß nicht, wie lange ich da stand, in Gedanken und Träumereien versunken, doch auf einmal war er verschwunden, ich sah nur noch mein eigenes Gesicht im Spiegel, ein viel zu blasses Gesicht, wie mir schien. Deshalb öffnete ich die Dose mit der roten Hennapaste, tupfte mir etwas Farbe auf beide Wangen und verrieb sie. Die Augen, die mir entgegenblickten, hatten jetzt einen erschrockenen Ausdruck, und der Hals, schmal wie der eines Reihers, sah sehr nackt aus. Ohne zu überlegen, öffnete ich die Schatulle mit den Schmuckstücken, die mir mein Vater im Lauf der Jahre geschenkt hat. Erst zögerte ich, doch dann nahm ich das schönste und kostbarste Stück heraus, eine Kette aus dem Jemen, aus dünnen Golddrähten geschmiedet und mit einem großen, dreieckigen Gehänge aus fein ziselierten Goldplättchen. Diese Kette trage ich normalerweise nur an Feiertagen oder wenn mein Vater wichtige Kaufleute oder hochgestellte Persönlichkeiten eingeladen hat. Am Abend zuvor hatte ich erwogen, sie zu Ehren meines Retters anzulegen, es dann aber verworfen, weil ich von Daja wusste, dass Tempelritter ein Gelübde der Armut ablegen müssen. Ich wollte nicht, dass er mich für eitel hielt, ich wollte bescheiden aussehen.

Nun bewegte ich die Kette langsam hin und her, sodass die Goldplättchen aneinanderstießen und ein zartes Klirren hören ließen. Ich liebe dieses Geräusch, es klingt, als kichere die Kette vor Vergnügen. Ein goldenes Kichern, das mich ebenfalls zum Kichern brachte. Ich hielt mir die Kette an den Hals. Das Gold ließ meine Haut heller und meine Augen blauer erscheinen, und sein Schimmer breitete sich sogar bis zu meinen Haaren aus und verlieh ihnen einen rötlichen Goldton. Ich bin schön, dachte ich. Ich bin jung und schön, warum soll ich das nicht zeigen dürfen?

Hinter mir ging die Tür auf. »Was tust du da?«, fragte Daja.

Ich hakte rasch und mit zittrigen Fingern den Verschluss der Kette ein und sah im Spiegel, wie mir die Röte vom Hals bis zum Haaransatz stieg. »Ich habe vor, Lea zu besuchen«, sagte ich.

»Mit dieser Kette?«

Ich wandte das Gesicht zur Seite. »Lea trägt immer kostbaren Schmuck«, sagte ich, »nur deshalb ziehe ich die Kette an. Ich möchte meinen Vater nicht beschämen. Leas Schwiegermutter soll nicht glauben, mein Vater sei ärmer als ihr Sohn.«

Ich nahm mein neues besticktes Seidentuch aus der Schublade und legte es mir so über die Schultern, dass es auch die Kette verdeckte. Daja trat zur Seite, um mich vorbeigehen zu lassen. Sie sagte nichts, nur ihr Blick war forschend, wie er es immer ist, wenn sie glaubt, mich bei einer Unwahrheit ertappt zu haben. Aber sie machte keinen Versuch, mich zurückzuhalten.

Die Straßen der Stadt waren voller Menschen. Ich bewegte mich langsam, wich Fahrzeugen und Tieren aus, ging an Händlern vorbei, die mir etwas verkaufen wollten, wehrte aufdringliche Bettler ab. Und während der ganzen Zeit ließ ich die Blicke unauffällig nach allen Seiten gleiten, ohne den Kopf zu bewegen. Doch soviel ich auch schaute, nirgends stieß mein Blick auf einen weißen Rücken mit einem Kreuz aus rotem Tuch. Ich entdeckte ihn auch nicht, als ich einen Umweg über die Via Dolorosa machte und eine Weile vor der Grabeskirche wartete. Enttäuscht ging ich den Weg zurück und bog in die Straße ein, in der Lea wohnte. Es wurde langsam so heiß, dass mir das Atmen schwerfiel.

Endlich war ich angekommen und betrat das Haus von Ruben, dem Goldschmied. Es ist ein prachtvolles Gebäude, das ehemals von Kreuzrittern erbaut worden war und dann von Rubens Familie gekauft wurde. Aber, dachte ich und dieser Gedanke erfüllte mich mit Stolz, so groß wie unseres ist es nicht. Eine Dienerin führte mich in den Innenhof, der an drei Seiten von Säulengängen umgeben ist, wie man es bei Christen häufig findet. Dort, im Schatten eines Säulengangs, geschützt vor der Sonne, fand ich Lea. Sie saß an einem Tisch, in einem Sessel, den Rücken durch zusätzliche Kissen gestützt, und stickte. Sie war hochschwanger, ihr runder Leib zeichnete sich deutlich unter dem weichen, fließenden Stoff ihres karminroten Gewandes ab. Als sie mich sah, ließ sie die Handarbeit auf ihren hohen Leib sinken und lächelte mir entgegen.

Neben ihr, auf den Marmorplatten, spielte Dalila mit der Stoffpuppe, die ich nach Dajas Anweisung für sie genäht hatte, in einer Dattelpalme zwitscherten Vögel. »Dalila!«, rief ich, blieb stehen und breitete die Arme aus. Die Kleine hob das dunkle Köpfchen, zog sich am Sessel ihrer Mutter hoch und kam mir auf unsicheren Beinchen entgegengewackelt.

Ich fing sie auf, drückte sie an mich und schwenkte sie ein paarmal im Kreis. Wie süß sie war! Und wie wunderbar sie duftete, ein Geschöpf aus Milch und Honig. Ich küsste sie so lange, bis sie anfing zu strampeln und weiter mit ihrer Puppe spielen wollte.

Schließlich saß ich Lea gegenüber am Tisch. »Dem Ewigen sei Dank, dass er dich errettet hat«, rief sie. »Ich bin so erschrocken, als man es mir erzählte, dass ich schon fürchtete, vor der Zeit niederzukommen.« Dann zeigte sie mir die Decke, die sie für das neue Kind mit roten Granatäpfeln und grünen Ranken bestickte. Ich bewunderte ihre geschickten Finger und ihr feines Gefühl für Farben und lobte sie aus ganzem Herzen. »Unter einer solchen Decke wird das Kind ganz bestimmt nur die allersüßesten Träume haben.«

Da fing sie plötzlich an zu weinen. »Ich bin so froh, dass du gekommen bist«, brach es aus ihr heraus.

Ich erschrak, nahm ihre Hände in meine. »Was ist geschehen?«

»Ich danke dem Ewigen dafür, dass dir bei dem Brand nicht mehr passiert ist als das«, sagte sie und strich mit dem Zeigefinger vorsichtig über meinen Verband.

»Aber deswegen weinst du doch nicht«, sagte ich.

Sie wischte sich mit dem Handrücken über die Augen. »Ich habe Angst«, sagte sie und legte die Hand, die feucht war von Tränen, auf ihren hohen Leib. »Bald ist es so weit, es sind nur noch wenige Wochen.« Ihre Finger waren angeschwollen, der Ring mit den grünen Edelsteinen drückte eine tiefe Kerbe in ihr Fleisch.

»Es möge zu einer guten Stunde sein«, sagte ich, »der Ewige möge dir seine Engel zu Hilfe schicken.«

»Amen.« Sie nickte, schaute sich schnell um, als habe sie Angst, belauscht zu werden. »Und wenn es wieder ein Mädchen wird?«

»Jedes Kind ist ein Geschenk Gottes«, sagte ich, wie ich es schon so oft gehört hatte.

Sie legte die Hände vors Gesicht. »Ruben und seine Mutter fordern einen Sohn. Sie sagen, ich schulde es der Familie, einen Sohn zu gebären.«

Ich griff nach ihren Händen, zog sie von ihrem Gesicht und streichelte sie. »Die Hauptsache ist doch, dass alles gut geht und ihr, du und das Kind, eine glückliche Geburt habt, selbst wenn es wieder ein Mädchen wird.« Ich bückte mich und fuhr Dalila über die Haare. Sie hob den Kopf und lachte mich an. »Dalila ist doch eine süße Tochter. Und du bist jung, du kannst noch viele Kinder bekommen. Viele Söhne.«

»Ja, natürlich«, sagte Lea, sah aber nicht sehr überzeugt aus.

Eine Dienerin brachte ein Tablett mit kaltem Dattelwasser und Sesamgebäck. Wir aßen und tranken. Plötzlich fing Lea an zu kichern, so wie früher, und sagte: »Erinnerst du dich noch an die Hähne?«

Ich lächelte auch. Als junge Mädchen hatten wir oft die Hähne befragt, wie viele Kinder wir bekommen würden. Kaum hörten wir irgendwo ein Krähen, rief eine von uns: »Ich!« Dann zählten wir laut mit, wie oft der Hahn krähte, denn so viele Kinder würde die Freundin später einmal haben.

Wir, Lea, Ruthi, Schoschi und ich waren Nachbarskinder. Wir waren nicht nur gemeinsam unterrichtet worden, wir hatten nicht nur gemeinsam Lesen, Schreiben, Rechnen und Astrologie gelernt, wir haben unsere ganze Kindheit und Jugend wie Schwestern verbracht. Alle außer mir sind schon seit zwei, drei Jahren verheiratet. Ruthi lebt mit ihrem Mann, einem Getreidehändler, bei dessen Familie in Jaffo und Schoschi ist nach Damaskus verheiratet worden. Ruthi war anfangs, bis zur Geburt ihrer Zwillinge, zweier Knaben, zu allen Feiertagen nach Jerusalem gekommen, Schoschi dagegen hatten wir seit ihrer Hochzeit nicht mehr gesehen.

Sie fehlten mir, meine Freundinnen, und ich sehnte mich oft nach der Zeit mit ihnen zurück. Wir hatten viele Ausflüge gemacht, auch außerhalb der Stadt, üblicherweise begleitet von Elijahu oder Jakob. Wir waren durch die Felder gezogen, hatten bei Bauern frisches Brot und klebrige braune Datteln gegessen, in den Weinbergen grüne, noch etwas saure Trauben gepflückt und in den Zelten der Fellachen heißen Minztee getrunken. Wir durften Ziegen streicheln, Küken füttern und auf Kamelen reiten. Im Winter, wenn der Kidron Wasser führte, stiegen wir oft ins Tal hinunter. Wir besuchten das Siloahbecken*, in welches über unterirdische Kanäle das Wasser von der Quelle Gihon im Osten von Jerusalem geleitet wird, und schauten den Töpfern zu, die dort ihr Handwerk ausüben. Wir liefen den Bach entlang und pflückten am Hang Blumen, die nach dem ersten Regen fast über Nacht aufblühen, wir beobachteten Schildkröten, Geckos, Schlangen und anderes Getier, das unrein und als Nahrung verboten ist. Wir sahen Vögeln beim Bau ihrer Nester zu. Wir saßen am Ufer, warfen Olivenblätter ins Wasser und schauten unseren davontreibenden Silberschiffchen hinterher. Wir erzählten uns Geschichten und unterhielten uns auch darüber, wie wir später einmal leben würden, wenn wir erst verheiratet wären und Kinder hätten.

»Wir hatten ein schönes Leben«, sagte Lea sehnsüchtig. »Schade, dass man Glück immer erst im Nachhinein erkennt.«

Ich senkte den Kopf. Mein Besuch bei Lea verlief ganz anders, als ich es mir vorgestellt hatte. Ich hätte ihr so gerne von dem Tempelritter erzählt. Ich hätte sie so gerne gefragt, was dieses seltsame Gefühl bedeutete, diese Unruhe, dieses ständige Hin und Her zwischen Weinen und Lachen, zwischen aufgeregter Geschäftigkeit und reglosem Innehalten. Und am liebsten hätte ich ihr von meinem Traum erzählt und mit ihr zusammen überlegt, was er wohl bedeuten mochte. Aber ich begriff, dass es nicht möglich war. Sie war von ihren eigenen Sorgen so ausgefüllt, dass für mich kein Platz in ihren Gedanken war. Und auf einmal hatte ich das seltsame Gefühl, dass auch meine Freundin in einer Dunstwolke verschwand, wie der Vogel, die Gazelle und das Kamelkalb verschwunden waren. Und er.

Ich hob Dalila auf meinen Schoß und schaukelte sie hin und her, bis sie kleine, vergnügte Schreie ausstieß. Dann küsste ich sie und verabschiedete mich von Lea.

Draußen, auf der Straße, fing ich an zu rennen. Ich wollte so schnell wie möglich zu Hause ankommen. Ich sehnte mich danach, sie alle zu sehen, meinen Vater, Daja, Zipora, Elijahu, Jakob und sogar den Jungen, der jetzt Geschem heißt.

Sittah

Ich, Sittah, Schwester des großen Sultans Saladin, ließ mich langsam in das heiße, nach Rosenöl duftende Wasser gleiten. Ich liebe es, zu baden, schon immer habe ich es geliebt, in der Wanne zu liegen, die streichelnde Wärme auf der Haut zu spüren, dieses seltsame Gefühl, leicht und zugleich schwer zu sein, eine beglückende Mattigkeit der Glieder, die sich langsam auch auf die Seele und die Gedanken ausbreitet. Aber an diesem Morgen dauerte es lange, bis ich mich entspannte, länger als sonst, und selbst dem schmeichelnden Rosenduft gelang es kaum, meine innere Unruhe zu besänftigen. Ich hatte Angst vor dem, was mir der Tag, der gerade begonnen hatte, bringen würde, und diese Angst ließ sich nicht länger zur Seite schieben.

Sonst stellte ich mir, wenn ich im Wasser lag, immer vor, ein Fisch zu sein, der durch das blaue Meer gleitet, schön, elegant und bewundert, aber an diesem Tag hatte ich das Gefühl, in einem Netz gefangen zu sein, dessen Maschen sich langsam zuzogen. Und das Netz wurde von ihm gehalten, von Saladin, meinem Bruder, der vielleicht selbst in einem noch größeren Netz gefangen war. Ich liebte ihn, meinen Bruder, aber in meinem Inneren stritt oft genug die Schwester mit der Frau, die sich dem Mann widersetzen wollte. Und zugleich wusste ich, dass die Schwester gewinnen würde, gewinnen musste, denn so ist die Welt eingerichtet, so hat Allah es gewollt.

Die Erinnerung an den Tag, als Melek, unser Bruder, vom Treffen mit einem Unterhändler der Franken zurückgekommen war und er Saladin einen Vorschlag des englischen Königs unterbreitet hatte, stand mir klar vor Augen. Melek war erregt gewesen, er hatte schnell gesprochen, und seine Augen hatten vor Stolz geleuchtet, weil er es war, dem Malek al-Inkitar, den seine Landsleute Richard Löwenherz nennen, das Angebot hatte zukommen lassen, nicht Saladin, seinem mächtigen Bruder, in dessen Schatten er stand. Saladin und al-Hafi hatten ihn sprechen lassen, ich aber hatte hinter Meleks leuchtenden Augen und seinem erregten Stolz die Gier erkannt, die von ihm Besitz ergriffen hatte.

Malek al-Inkitar hatte sich über einen Vertrauten an unseren Bruder herangemacht und ihm ein Friedensabkommen vorgeschlagen, das man dem Sultan unterbreiten solle und das auf einer Vermählung Meleks mit der Schwester des englischen Königs beruhte. Diese Schwester war mit dem Herrscher von Sizilien verheiratet gewesen, und Malek al-Inkitar hatte sie nach dem Tod ihres Mannes mit in den Orient genommen. Melek und die englische Prinzessin, so lautete der Vorschlag, sollten nach ihrer Eheschließung in Jerusalem residieren, und der König versprach, seiner Schwester alle Gebiete seines Herrschaftsbereichs zwischen Akko und Askalon zu überlassen. Im Gegenzug solle der Sultan seine eigenen Küstengebiete seinem Bruder geben. Und um die familiären Bande noch enger zu knüpfen, so hatte Melek mit einem schnellen Blick auf mich berichtet, solle ich, die Schwester des Sultans, einen königlichen Vetter heiraten. Die

Franken verlangten dafür nur das Kreuz, an dem ihr Christus gestorben war, und würden auf alle weiteren Ansprüche verzichten. Nach der Hochzeit und dem Friedensabkommen sollten die Gefangenen beider Lager freigelassen werden und der englische König würde in seine Heimat zurückreisen.

»Was sagst du dazu?«, stieß Melek, atemlos vor Erregung, aus, als er seinen Auftrag beendet hatte. »Du hättest den Frieden, den du dir wünschst, und könntest beruhigt zu deiner Familie zurückkehren.«

Saladins Mundwinkel hoben sich zu einem leichten Lächeln, dem nur ich ansah, was er dachte, nämlich: Ja, ich könnte zu meiner Familie zurückkehren und du, Melek, wärst mich los und könntest die Herrschaft übernehmen. Ich wusste, dass Saladin Melek nicht ganz traute. Zu geschickt konnte dieser Bruder die Worte setzen, er war ihm zu intrigant und zu ehrgeizig. Doch das sprach er nicht aus, er sagte nur: »Ich halte dieses Angebot für eine Kriegslist, sonst nichts. Ich glaube nicht, dass Malek al-Inkitar ernsthafte und ehrliche Absichten hat.«

Auch al-Hafi war dieser Meinung. Er sagte, der englische König sei vermutlich davon ausgegangen, dass Saladin das Angebot sofort ablehnen würde und dass es ihm auf diese Art gelänge, einen Keil zwischen den Sultan und seinen Bruder zu treiben. Dann, so dachte er wohl, sei es ihm ein Leichtes, Melek auf seine Seite zu ziehen. Ein ausgeklügelter, hinterlistiger Plan, nichts weiter. Dafür spreche auch, sagte al-Hafi, dass der Engländer sich nur wenige Wochen nach den Briefen, die zwischen Saladin und ihm gewechselt worden waren, an Melek herangemacht hatte, statt, wie man es erwartet hätte, auf den letzten Brief des Sultans zu antworten.

Wir alle kannten den Inhalt dieser Nachricht, auf die al-Hafi anspielte. Malek al-Inkitar hatte vor einiger Zeit einen Brief an den Sultan geschickt, in dem Folgendes stand: »Unsere Leute und eure Leute sind tot, das Land ist ruiniert. Die Sache ist uns völlig entglitten. Glaubst Du nicht, dass dies genug ist? Wir unsererseits haben nur drei Punkte, bei denen wir keinen Kompromiss eingehen können: Jerusalem, das echte Kreuz Christi und das Territorium … Was Jerusalem anbetrifft, so ist dies unsere Kultstätte, auf die wir nie und nimmer verzichten werden, und wenn wir uns bis zum letzten Mann dafür schlagen müssten. Was das Territorium anbelangt, so möchten wir, dass man uns alles Land westlich des Jordans zurückgibt. Und das Kreuz ist für euch sowieso nur ein Stück Holz, während es für uns von unschätzbarem Wert ist. Möge der Sultan es uns herausgeben, damit dieser erschöpfende Krieg ein Ende findet.«

Saladin hatte uns damals die Botschaft gezeigt, er hatte seine Berater zusammengerufen und dann folgende Antwort schreiben lassen:

»Die Heilige Stadt ist ebenso gut die unsere wie die eure. Sie ist für uns sogar noch wichtiger, denn zu ihr hat unser Prophet seine wunderbare nächtliche Reise unternommen und dort wird unsere Gemeinschaft am Tag des Jüngsten Gerichts versammelt sein. Es ist also völlig ausgeschlossen, dass wir sie aufgeben. Niemals würden die Muslime das zulassen. Was das Territorium anbelangt, so hat es immer uns gehört, und eure Besetzung ist nur vorübergehend. Ihr konntet euch in diesem Gebiet nur wegen der Schwäche der dort wohnenden Muslime niederlassen, aber solange der Krieg währt, werden wir euch nicht gestatten, euch eurer Besitzungen zu erfreuen. Das Kreuz ist ein großer Trumpf in unserer Hand, und wir werden uns nur von ihm trennen, wenn wir dafür als Gegenleistung eine wichtige Konzession zugunsten des Islam erhalten.«

Statt auf Saladins Argumente einzugehen, hatte sich der englische König nun also an Melek gewandt. Das deutete tatsächlich darauf hin, dass er eine List ausheckte. Dennoch, trotz seines und al-Hafis Misstrauen, war der Sultan so erpicht auf ein Friedensabkommen, dass er den Versuch gewagt und einen Boten mit seiner Zustimmung zu Malek al-Inkitar geschickt hatte. Als Saladin und ich später allein waren, hatte ich ihn gefragt, ob er mich im Ernst mit einem Engländer verheiraten wolle. Er hatte gelacht und gesagt: »Mach dir keine Sorgen. Falls das wirklich passiert, wird es nicht für lange sein. Ich werde dich nach einer angemessenen Frist wieder zurückholen. Ich lasse dich doch nicht für immer in einem fremden Land, ich brauche dich hier, in meiner Nähe.« Ich hatte an Machmud gedacht, meinen heimlichen Geliebten, aber nichts gesagt, denn wenn mein Bruder mich verheiraten wollte, um seine Ziele zu erreichen, dann stand es mir nicht zu, ihm zu widersprechen. Insgeheim hoffte ich jedoch, al-Hafi möge recht behalten. Die Vorstellung, die Frau eines Engländers zu werden, auch wenn es nicht für lange wäre, war mir aus tiefstem Herzen zuwider. Nicht nur wegen Machmud.

Nun war der große, der wichtige Tag also gekommen, der Tag, an dem sich nicht nur die Zukunft unserer Stadt und die Zukunft Meleks entscheiden würde, sondern auch die meine. Heute würden wir die Antwort des Engländers erhalten.

Saladin hatte Melek und mir die Ankunft des englischen Unterhändlers mitgeteilt und gesagt, wir sollten unsere besten Kleider anlegen. Er hatte Diener losgeschickt, um seine Minister und Wesire zum Palast zu rufen, und er hatte befohlen, zum Empfang des Engländers den Prunksaal herzurichten, den wir sonst nur selten benutzen, weil meinem Bruder, dem Sultan, jeder Pomp* verhasst ist. Er liebt die Einfachheit und fühlt sich am wohlsten in Zelten aus Kamelhaut.

Ich hatte lange in dem heißen Bad gelegen, nun halfen mir die Dienerinnen heraus, trockneten mich mit weichen Tüchern ab, führten mich zu einem Lager und begannen, mich mit duftenden Ölen einzureiben. Ich streckte mich wohlig aus, dehnte die Glieder unter ihren sanften, kreisenden Bewegungen und gab mich meinen Gedanken hin.

Die Beziehung zwischen Geschwistern ist oft geprägt von Rivalität und Neid, besonders unter Brüdern, auch zwischen Saladin und Melek war das zu spüren. Und zwischen Brüdern und Schwestern entwickelt sich ohnehin nur selten eine Bindung, weil man sie sehr früh voneinander trennt. Die Knaben werden von Lehrern erzogen und im Kampf ausgebildet, die Mädchen bleiben bei den Frauen und bekommen Unterricht in Musik und Tanz. Lesen und Schreiben lernen sie nur dann, wenn eine der Sklavinnen diese Fertigkeiten beherrscht. Ich hatte das Glück, dass ich es lernen konnte. Fatma, die Lieblingssklavin meiner Mutter, war die Tochter eines Gelehrten und schon als junges Mädchen bei einem Angriff auf ihr Heimatdorf in Gefangenschaft geraten. Mein Vater hatte sie lange vor meiner Geburt auf dem Sklavenmarkt für meine Mutter gekauft.

Die Dienerinnen kleideten mich in meine prunkvollsten Gewänder, die so steif und schwer vor lauter Goldstickerei waren, dass ich mich in ihnen nur gemessen und in kerzengerader Haltung bewegen konnte. Dann machten sie sich daran, meine Haare zu bürsten und zu flechten und mich zu schminken. Sie zogen mir mit schwarzer Kohle die Augen nach, um sie größer und geheimnisvoller erscheinen zu lassen, und färbten mir mit Henna die Wangen, die Lippen, die Fingernägel und die Handflächen. Ich wollte heute besonders schön aussehen, mein Bruder sollte stolz auf mich sein.

Saladin hat mich schon immer geliebt, von Anfang an, das hat mir unsere Mutter oft genug erzählt und mit bedrücktem und traurigem Gesicht hinzugefügt, nur Assad, unseren älteren Bruder, habe er noch mehr geliebt als mich. Ich kann mich an Assad nicht erinnern, für mich ist er nur ein Name, der meine Mutter und Saladin traurig machte, deshalb hatte ich schon als kleines Mädchen versucht, das Gespräch rasch auf etwas anderes zu lenken.

Ich bin ein nachgeborenes Kind, ich bin auf die Welt gekommen, als meine Mutter glaubte, ihre fruchtbaren Jahre bereits hinter sich zu haben. Saladin war damals schon Krieger, ein Schützling des großen Fürsten Nur Ad-Din. Er habe sein Vaterhaus zwar selten besucht, aber wenn er kam, habe er mich immer geherzt und geküsst und mir Geschenke gemacht, hat meine Mutter erzählt und jedes Mal betont, wie auffallend das bei einem jungen Mann sei, der dem Alter nach mein Vater hätte sein können. Und als ich vor vier Wintern nach dem ruhmreichen Tod meines Mannes an seinen Hof kam, wurde sein Verhältnis zu mir immer enger. Ganz anders ist sein Verhältnis zu Melek, der im Alter genau zwischen uns steht. Der Grund dafür liegt wohl in der brüderlichen Rivalität, aber bestimmt spielt auch die Tatsache eine Rolle, dass Saladin und ich von derselben Mutter geboren wurden, ebenso wie unser verschollener Bruder Assad, während unser Bruder Melek als Sohn einer Nebenfrau auf die Welt gekommen ist.

Am Schluss rieben mir die Dienerinnen noch stark duftendes Parfüm auf Nacken, Schultern und Handgelenke, dann führten sie mich zum Prunksaal. Er war mit Seidenteppichen und Ledermatten ausgelegt und mit farbigen Wandbehängen geschmückt. Rundherum befanden sich Diwane, Sitzpolster und Bänke. An der Kopfseite, in der Mitte, stand der Thron, auf einer Bank rechts davon lagen Sitzkissen für Melek und mich. Melek, als Bruder des Sultans angemessen herausgeputzt und mit frisch gestutztem Barthaar, hatte schon Platz genommen. Auf der Bank links vom Thron saßen al-Hafi und der ehrwürdige alte Großwesir, ein Berater des Sultans. Al-Hafi trug die Festkleidung, die ich ihm bei seinem Amtsantritt hatte anfertigen lassen. Gegen seinen Widerstand, wie ich zugeben muss, denn er ist in der Tiefe seines Herzens noch immer der Bettelmönch, der Derwisch, anspruchslos und ohne jeden Ehrgeiz. Aber er ist aus unserem Geschlecht und ein kluger, gebildeter Mann, deshalb kann ich gut verstehen, dass Saladin ihn in seinen Dienst genommen hat. Um den Saal herum hatten Minister, einige Hauptleute und die Noblen der Stadt Platz genommen, unter ihnen, wie ich mit einem raschen Blick feststellte, auch Machmud. Auf niedrigen Tischen standen Krüge mit Minztee und Dattelwasser bereit, dazu Schalen mit gerösteten Nüssen und Pinienkernen, mit Leckereien aus Sesam und Honig, mit Dattelkuchen und Früchten.

Saladin betrat den Saal, begleitet von seinen Leibwächtern, und nahm auf dem Thron Platz. Er trug ein Gewand mit einer scharlachrot gefütterten Tunika und einen weißen, golddurchwirkten Turban, in dem Perlen schimmerten. An seinem Gürtel hing ein mit Rubinen und Smaragden verziertes Krummschwert. Die Leibwächter, alle einen Kopf größer als mein Bruder, stellten sich mit gezückten Schwertern hinter dem Thron auf. Erst dann wurde der Gast hereingeführt.

Der englische Unterhändler war, anders als die meisten Franken, die sich gern bunt anziehen, in ein mausgraues Wams über engen Hosen gekleidet, auch seine Haare und das spitznasige und spitzbärtige Gesicht waren mausgrau, selbst die Augen, soweit ich das erkennen konnte. Ich hatte noch nie einen so farblosen Menschen gesehen und fragte mich unwillkürlich, ob viele Engländer so aussahen. Etwa auch der Mann, den mein Bruder für mich bestimmt hatte? Bei diesem Gedanken überlief mich ein Schauder.

Der englische König selbst sieht ganz anders aus. Ich habe ihn zwar noch nie zu Gesicht bekommen, aber man hat ihn mir oft genug beschrieben. Malek a-Inkitar ist ein rothaariger Hüne, und ihm geht der Ruf voraus, ein mutiger, energischer und kühner Kämpfer zu sein. Obwohl er dem Rang nach niedriger steht als der französische König Philippe Auguste, der ein halbes Jahr vor ihm an der Küste Palästinas gelandet ist, in der Nähe von Akko, ist er reicher und angesehener als der Franzose. Alle abendländischen Ritter liegen ihm zu Füßen. Als er im vergangenen Sommer mit fünfundzwanzig Galeeren voller Kriegsvolk und Kriegsgerät vor der Küste aufgetaucht war, hatten die Franken Freudenfeuer angezündet und die Herzen der Muslime hatten sich mit Besorgnis erfüllt. Die Unseren fürchten ihn, den roten Teufel, vor allem seit er zu Beginn des Sommers Akko erobert hat.

Die Stadt war jahrelang von den fränkischen Feinden belagert gewesen, auch vom Meer her, und die Unseren hatten es nur selten und unter großen Opfern geschafft, die Seeblockade zu durchbrechen. Die Soldaten in der belagerten Garnison litten große Not. Einmal gelang es dem Sultan, die Feinde zu überlisten. Er ließ in Beirut ein riesiges Schiff ausrüsten und mit Korn, Käse, Zwiebeln und Schafen beladen. Die muslimischen Schiffsleute kleideten sich wie Franken, sie rasierten sich die Bärte ab, befestigten ein Kreuz am Schiffsmast und ließen, gut sichtbar, eine Herde Schweine auf Deck herumlaufen. So nahmen sie Kurs auf Akko. Als sie sich den fränkischen Schiffen näherten, fuhren sie seelenruhig mitten unter sie. Und als sie angehalten und gefragt wurden, ob sie auf dem Weg zum belagerten Akko seien, taten sie erstaunt und fragten: »Wieso belagert? Habt ihr denn die Stadt noch nicht eingenommen?« Die Franken, die glaubten, es mit Landsleuten zu tun zu haben, antworteten: »Nein, wir haben sie noch nicht eingenommen.« Darauf sagten die Unseren: »Gut, dann werden wir in der Nähe des Lagers anlegen. Aber hinter uns kommt noch ein Schiff. Ihr müsst es unbedingt sogleich benachrichtigen, damit es nicht zur Stadt fährt und den Feinden in die Hände fällt.« Das war ein fränkisches Schiff, das sie unterwegs zufällig bemerkt hatten. Die Franken ließen sich täuschen, sie wendeten sofort ihre Schiffe und fuhren dem anderen entgegen, während die Unseren mit vollen Segeln im Hafen von Akko einliefen, wo sie mit lautem

Jubel empfangen wurden. Was haben wir gelacht, als wir uns die Gesichter vorstellten, die unsere Feinde gemacht haben mussten, nachdem sie die List durchschaut hatten. Aber dieses Kunststück hatte sich natürlich nicht wiederholen lassen.

Die Begleiter des Engländers, geharnischte Ritter, blieben zu beiden Seiten des Eingangs stehen und legten ihre Schwerter vor sich auf den Boden, während der Gesandte langsam und unter vielen Verbeugungen auf Saladin zuschritt und ihm ein Geschenk des englischen Königs hinhielt, eine aus Wolle gewebte Decke mit einem sonderbaren starren Muster aus rechtwinkligen Flächen und geraden Linien. Er klappte die Decke auf, und ein Dolch wurde sichtbar, ein kunstvoll geschmiedeter Dolch, der im Licht der Fackeln aufblinkte.

Ich sah, wie sich die Augen meines Bruders vor Vergnügen verengten, er liebt Waffen, das ist allgemein bekannt, und dieser Dolch war wirklich ein besonders schönes Stück. Er bedankte sich huldvoll und machte ein Zeichen, auf das hin ein Diener eilfertig herbeisprang, das Geschenk ergriff und neben ihn auf einen kleinen Tisch legte. Der Engländer nahm auf eine einladende Bewegung Saladins hin auf einem Sessel Platz, der zwischen dem Thron und unserer Bank stand. Süßer Tee aus China wurde gereicht, der Engländer trank, er aß auch von den Köstlichkeiten, die ihm serviert wurden, und drückte durch ein Lächeln und zustimmendes Kopfnicken ein Lob für ihren Wohlgeschmack aus. Doch sein Lächeln glich einer Grimasse und seine Haltung blieb steif, er fühlte sich sichtlich unbehaglich.

Saladin winkte einen Dolmetscher herbei, der das Gespräch übersetzen sollte, und unterhielt sich mit dem Engländer. Er fragte ihn nach dem Klima seines Landes aus, erkundigte sich, wie die Überfahrt gewesen sei, wie es ihm in unserem Land gefalle und wie er mit unserer Hitze zurechtkomme, insbesondere mit dem Chamsin, und erst nach einer ganzen Weile, erheblich länger, als es die Schicklichkeit verlangt hätte, schwieg mein Bruder, legte die Hand auf seinen Schwertknauf und blickte den Engländer erwartungsvoll an. Ohne hinzusehen, spürte ich, wie Melek neben mir den Rücken straffte. Ich hörte seinen Atem lauter werden und sah, dass er vor Erregung die Hände zu Fäusten geballt hatte.

Die Haltung des Engländers wurde noch steifer, als er zu sprechen begann, mit einer etwas zu hohen Stimme und mit Worten, die wie heißer Brei aus seinem Mund quollen und sich klebrig über den Boden ergossen. »Hoher Sultan«, übersetzte der Dolmetscher, »mein Herr, der König, dankt dir für die Bereitschaft, Frieden zu schließen und den Pakt durch familiäre Bande zu besiegeln. Doch er bedauert zutiefst, dir mitteilen zu müssen, dass seine Schwester sich weigert, die Frau eines Muslims zu werden. Und sein Vetter besteht darauf, dass deine Schwester sich vor einer Hochzeit taufen lässt und zum christlichen Glauben übertritt.«

Melek stieß die Luft aus und Saladins Gesicht verhärtete sich. Ich wusste, was er dachte, ich weiß immer, was Saladin denkt: Es ist also doch nur eine List gewesen. Aber er ahnte nichts von meiner Erleichterung, die ich auch jetzt nicht offen zeigte. Meine Augen suchten Machmud, der auf der anderen Seite des Raumes zwischen zwei Ministern saß. Unsere Blicke trafen sich, und ich erkannte, dass er ebenso erleichtert war wie ich. Ich senkte schnell die Lider, um mich nicht zu verraten. Als ich die Augen wieder aufmachte, sah ich, dass Machmud sich zu seinem linken Nachbarn gebeugt hatte und etwas zu ihm sagte. Im Saal entstand Unruhe, es wurde geflüstert und das Flüstern wurde immer lauter. Die Brauen der Männer zogen sich zusammen, ihre Augen blitzten, und ich sah, wie ihre Hände nach den Schwertern tasteten, bereit, sie herauszuziehen und sich auf den Unterhändler zu stürzen. Auch Melek umklammerte den Knauf seines Schwertes.

Aber Saladin hob die Hand und im Saal wurde es sofort still. Mit mühsam beherrschter Stimme sagte mein Bruder: »Ich werde über die Botschaft des englischen Königs nachdenken, und wenn ich einen Entschluss gefasst habe, werde ich ihn meine Antwort wissen lassen.«

Damit war die Audienz beendet. Der Unterhändler erhob sich, verneigte sich tief vor dem Sultan und verließ rückwärtsgehend und unter vielen Verbeugungen den Saal. Seine Begleiter hoben ihre Schwerter auf und folgten ihm, sichtlich erleichtert, dass es nicht zu einem Kampf gekommen war, den sie natürlich verloren hätten. Und ich bewunderte Saladin für seine Selbstbeherrschung, die es ihm ermöglichen würde, in aller Ruhe darüber nachzudenken, welches die angemessenen Konsequenzen für das Verhalten des englischen Königs seien.

Er winkte seine vertrauten Berater zu sich und entließ alle anderen mit einer Handbewegung. Erst als sie gegangen waren, wandte er sich an al-Hafi. »Es war eine List, wie du gesagt hast«, sagte er und al-Hafi nickte.

Der Großwesir, ein alter, weiser Mann, wiegte besorgt den Kopf hin und her. »Diesem englischen König ist nicht zu trauen«, sagte er. »Er ist schlau, aber herzlos und ohne Ehre.

Bedenkt, was er nach dem Fall Akkos mit den Gefangenen gemacht hat.«

Wir senkten die Köpfe. Der Sultan hatte damals, als Akko gefallen war, geweint wie eine Mutter, die ihr Kind verloren hat. Aber er hatte seinen eigenen Schmerz überwunden und sofort einen Boten zum englischen König geschickt, damit er mit ihm die Bedingungen zur Freilassung der Gefangenen aushandeln solle. Doch der Bote war zu spät gekommen. Malek al-Inkitar hatte es offenbar eilig gehabt, die Gefangenen zu töten. Er hatte zweitausendsiebenhundert Krieger der Garnison von Akko und an die dreihundert Frauen und Kinder aus ihren Familien vor den Mauern der Stadt den fränkischen Soldaten überlassen, die mit Schwertern und Säbeln über sie herfielen, bis sie alle tot waren. Bei der Erinnerung an dieses Ereignis verfinsterte sich Saladins Gesicht und auch ich spürte einen Stich im Herzen.

»Wir sollten uns sofort mit den anderen muslimischen Fürsten verbünden und diese Eindringlinge, verflucht mögen sie sein, angreifen und sie für immer aus unserem Land vertreiben«, rief Abu Hassan, der Hauptmann, dem es gelungen war, den hinterhältigen Angriff der Tempelritter bei Bint Jbeil zurückzuschlagen und sie als Gefangene nach Jerusalem zu bringen.

»Für einen Angriff fehlt uns das Geld, die Staatskassen sind leer«, sagte al-Hafi leise. »Solange die Steuereinnahmen aus Ägypten nicht da sind, können wir nichts unternehmen. Überhaupt nichts.«

Ich suchte seinen Blick, er wich mir aus. Sein Freund, der reiche Jude, lasse sich entschuldigen, hatte er zu mir gesagt, als ich mich bei ihm erkundigt hatte, wie das Gespräch denn ausgegangen sei. Er habe im Moment leider kein Geld flüssig, das er dem Sultan leihen könne. Aber al-Hafi war ein schlechter Lügner, seine Stimme und seine zitternden Augenlider hatten ihn verraten. Ich hatte es dabei belassen, doch nun nahm ich mir fest vor, noch einmal mit ihm zu sprechen. Er musste seinen Freund zu uns bringen, eine andere Möglichkeit sah ich nicht.

Abu Hassan schien etwas Ähnliches zu denken, er sagte: »Es gibt doch reiche Juden in Jerusalem, die man einfach erschlagen könnte. Und wenn man das nicht will, könnte man sie unter einem Vorwand vertreiben und ihre Habe konfiszieren.«

Saladin beachtete ihn nicht. »Wir werden die Feinde nicht angreifen«, entschied er. »Wenigstens vorläufig nicht. Abgesehen von den leeren Staatskassen ist unser Heer nicht stark genug, um sie zu besiegen, dazu brauchen wir Verbündete. Die Franken sind allerdings auch nicht stark genug, um uns zu besiegen. Wir werden also weiterhin die Straßen im Inneren des Landes kontrollieren und vor allem den Zugang nach Jerusalem bewachen, das ist unsere vornehmste Aufgabe, die Stadt des Heiligtums darf ihnen nicht wieder in die Hände fallen. Und denkt daran, die Zeit arbeitet für uns. Vergesst nicht, dass einer ihrer Könige als junger Mann ein Opfer der Lepra wurde und der nächste sogar bereits als Knabe gestorben ist. Viele unserer Feinde sind an Malaria erkrankt. Vielleicht wird ihr Friedensangebot das nächste Mal ganz anders aussehen. Und jetzt geht, meine Freunde, und überlasst mich meiner Enttäuschung.«

Saladin zog sich zurück. Ich folgte ihm, um ihn zu trösten. Ich würde ihn an Issa erinnern, überlegte ich mir, das würde sein Gemüt stärken. Während der langen Belagerung Akkos durch die Franken hatte es einen muslimischen Schwimmer namens Issa gegeben, der nachts unter den feindlichen Schiffen hindurchgetaucht war und Nachrichten und Geld für die Garnison nach Akko gebracht hatte. Eines Nachts jedoch kam er nicht. Die Bewohner der Stadt warteten vergebens auf ihn, denn Issa war entdeckt und getötet worden. Ein paar Tage später wurde in Akko eine Leiche an den Strand gespült. Die Leute erkannten Issa, der immer noch drei Beutel mit tausend Dinar und versiegelte Briefe in seinem Gürtel trug. Diese Geschichte verbreitete sich schnell und Issa wurde zu einem gefeierten Helden, denn nie zuvor hatte man von einem Mann gehört, der seinen Auftrag so getreulich erfüllt hatte, sogar noch nach seinem Tod.

An diese Geschichte würde ich Saladin erinnern. Und ich würde meine eigene Freude über den Ausgang der Verhandlungen verbergen müssen. Heute Nacht, im Schutz der Dunkelheit, würde Machmud zu mir kommen. Ich war noch zu jung, um nur einen Bruder zu lieben, selbst wenn er der mächtige Sultan war. Schwester zu sein war zwar meine wichtigste Aufgabe, eine liebende Schwester, aber ein anderer Teil von mir führte ein Leben, von dem mein Bruder nichts wusste und besser auch nichts erfuhr.

10

Abu Hassan

Schon mein Vater war Hauptmann, und er hat uns, seine Söhne, zu Kämpfern erzogen, zu Kämpfern für Allah, für unseren heiligen Glauben und unsere muslimischen Brüder und natürlich auch für die eigene Ehre, und er war stolz darauf gewesen, als die Nachricht kam, dass mein ältester Bruder im Kampf gegen die Franken gefallen war.

Ich, Abu Hassan, Sohn des Ammar, bin ein Hauptmann Saladins, des großen Sultans, und seit es mir gelungen ist, bei Bint Jbeil, das unsere Feinde Tebnin nennen, den Angriff der Templer niederzuschlagen und sie als Gefangene nach Jerusalem zu bringen, stehe ich hoch in Saladins Gunst. Er hat mich in seine Nähe geholt, er überschüttet mich mit Geschenken und den Beweisen seines Vertrauens. Das schmeichelt mir natürlich, aber andererseits bedeutet es auch eine große Gefahr für mich, denn außer zwei Freunden in der Zitadelle* weiß ich nicht, wem ich trauen kann. Ein falsches Wort zum falschen Mann und mein Leben wäre weniger wert als ein Sandkorn in der Wüste.

Ich muss schlau sein wie ein Fuchs und vorsichtig wie ein Felsenhase und alles tun, damit unsere Pläne erfolgreich sein werden. Ich habe mich nämlich einer Gruppe von Hauptleuten und hohen Würdenträgern angeschlossen, die sich heimlich gegen Saladin verbündet haben. Wir sind alle gute Muslime, aber wir wollen, dass der Sultan abgelöst wird, dass ihm ein anderer die Macht aus den Händen nimmt. Zum Ruhme Allahs und zur Wiederherstellung unserer Ehre.

Diese Entscheidung ist mir nicht leicht gefallen, aber schon seit Langem hatten sich die Anzeichen dafür gehäuft, dass Saladin uns ins Unglück führen würde, dass er unsere Ehre besudelt. Da ist zum Beispiel seine Bereitschaft, mit unseren Feinden Frieden zu schließen, sich damit abzufinden, dass die Küste unseres Landes in den Händen der ungläubigen Franken blieb. Er wäre sogar damit einverstanden gewesen, Melek, seinen Bruder, mit der Schwester des englischen Königs zu verheiraten und seine Schwester Sittah mit einem Vetter jenes roten Teufels, nur um die für uns so beschämende Situation auch für die Zukunft zu festigen. Zum Glück ist nichts daraus geworden, das wäre mehr gewesen, als unser Stolz hätte ertragen können.

Außerdem hat er Juden in Jerusalem angesiedelt, nachdem wir die Stadt mit Allahs Hilfe glücklich zurückerobert hatten. Juden! Ich hasse Juden. Schon mein Vater hat immer gesagt: Juden sind wie Unkraut auf einem Getreideacker, kaum hat man sie mühsam entfernt, sind sie wieder da und breiten sich aus und verdrängen die nützlichen Pflanzen. Saladin liebt die Juden nicht, aber für ihn zählen sie zu den »Völkern des Buches«, zu den *ahl al-kitab*, die eine frühere Form der Offenbarung Allahs erhalten hatten. Das mag ja sein, aber ihr Talmud lässt sich doch nicht mit der letzten, endgültigen Offenbarung vergleichen, die unserem Propheten Mohammed durch den Erzengel Gabriel zuteil wurde und die im heiligen Koran niedergeschrieben ist, den die Ungläubigen einfach nicht anerkennen wollen. Und hat er denn vergessen, was unser Prophet dazu gesagt hatte? *Ihr Gläubigen, schließt keine Freundschaft mit solchen, die nicht zu eurer Religion gehören. Sie lassen nicht ab, euch zu verführen, und wünschen nur euer Verderben. Ihren Hass haben sie bereits mit dem Munde ausgesprochen; aber noch weit Schlimmeres ist in ihrer Brust verschlossen.* Ich jedenfalls hasse die Juden ebenso wie die Christen und halte es für einen großen Fehler, dass Saladin sie nicht nur in Frieden lässt, sondern sie sogar aufgefordert hat, unter uns zu leben. Wenn es nach mir gegangen wäre, hätten wir alle Juden erschlagen, besonders die reichen. Warum soll ein Jude im Überfluss leben, während auf der Straße vor seinem Haus ein Muslim bettelt?

Es gibt wirklich viele Gründe, gegen Saladin zu sein und sich für einen Wandel starkzumachen. Dabei habe ich ihn einmal glühend verehrt, aber das ist lange her. Damals herrschte Waffenstillstand zwischen den muslimischen Heeren und den feindlichen Eindringlingen. Das Abkommen war zwischen Jerusalem, unserer heiligen Stadt, in der ein fränkischer König herrschte, und Damaskus unterzeichnet worden und garantierte Freizügigkeit für Waren und Menschen im ganzen Gebiet.

Dieser Waffenstillstand war von den Franken immer wieder gebrochen worden und Saladin schickte schließlich Boten zu den Emiren von Ägypten und Syrien und zu anderen Rechtgläubigen und rief alle zum Heiligen Krieg gegen die feindlichen Besatzer auf. Von überall her aus den islamischen Ländern strömten gläubige Muslime nach Damaskus, Soldaten, Reiter, Fußvolk. Auch ich kam damals aus Tudmur, zusammen mit meinem jüngeren Bruder Achmed, Allah heilige seine Seele und erleuchte sein Grab. Wir waren erfüllt vom Eifer, gegen die Feinde unseres Glaubens zu kämpfen, und schlossen uns mit glühenden Herzen und jugendlicher Begeisterung Saladins Heer an. Die Stadt war bald umgeben von kleinen Zelten aus Kamelhaut, die den Soldaten Schutz boten, und von den prächtigen, mit Koransuren bestickten Zelten der Emire. In allen brannte das heilige Feuer, alle waren bereit, ihr Leben für Allah und den Sieg des rechten Glaubens einzusetzen. Auch Achmed und ich waren bereit dazu, denn was gibt es Größeres, als vor Allah hinzutreten und zu sagen: Ich bin für die Heiligung deines Namens im Kampf umgekommen?

Und dann war es so weit. Als die Großmeister der Templer und der Hospitaliter, die sich nicht an das Abkommen gebunden fühlten, einen Tross von siebenhundert muslimischen Reitern angriffen und von ihnen geschlagen wurden, breitete sich Siegesstimmung unter den Unseren aus und Saladin entschloss sich zum Kampf. Er zog mit seinem ganzen Heer nach Tiberias am See Genezareth, besetzte die Stadt und ließ sie anzünden, sodass das Feuer in einem weiten Umkreis zu sehen war und unsere Feinde herbeilocken würde. Was für uns ein Freudenfeuer war, würde sie alarmieren. Dann schlugen wir unser Lager unterhalb eines Hügels mit zwei Spitzen auf, welche die Hörner von Hittin genannt werden.

Es dauerte tatsächlich nicht lange, da verkündeten uns unsere Späher, dass der Plan aufging. Die Franken versammelten sich zu einem Gegenschlag. Eine etwa tausend Mann starke Armee machte sich von Saffuriya aus auf den Weg. Normalerweise hätten sie vier Stunden später am Seeufer ankommen müssen, aber Saladin hatte alles schlau geplant, er ließ die Feinde die ganze Zeit von Reitern bedrängen und in Scharmützel verwickeln, um sie zu ermüden, und vor allem, um sie zu einer Verzögerung ihres Marschtempos zu zwingen. Erst gegen Abend teilten uns unsere Späher mit, dass sie die Hörner von Hittin erreicht hatten, von wo aus sie die ganze Ebene überblicken konnten. Wir wussten, was sie sahen: Unter ihnen lag das Dorf Hittin mit seinen Lehmhäusern und noch weiter unten, am Ende des Tals, glitzerte das Wasser des Sees. Und dazwischen, in der grünen Ebene, lagerten wir. Wir, das Heer Saladins. Wir versperrten ihnen den Weg zum Wasser.

Wir wussten, dass die Franken von dem Zug durch die steinige, wasserlose Hochebene erschöpft und halb verdurstet waren. Sie würden nicht die Kraft haben, sich vor Einbruch der Dunkelheit einen Weg zum See freizukämpfen, sie würden ohne einen Schluck Wasser bis zum Morgen warten müssen. Und natürlich würde der Durst nicht nur ihre Körper schwächen, sondern auch ihren Mut und ihre Kampfbereitschaft. Saladin beorderte einige Truppen hinter die feindliche Linie, um den Franken den Rückweg abzuschneiden, dann breiteten wir unsere Teppiche aus, verrichteten ein Gebet, baten Allah um seine Unterstützung und warteten.

Beim Morgengrauen versuchten die vor Durst halb verrückten Ritter den Hügel herabzureiten, um zum Wasser zu gelangen, und das Fußvolk, das unter dem Marsch natürlich noch mehr gelitten hatte als die Reiter, rannte blindlings los, hinein in unsere Mauern aus Lanzen und Säbeln. Es dauerte dann auch nicht lange und wir hatten einen glanzvollen Sieg errungen. Und wir hatten das Kreuz erbeutet, das sie mit sich führten und von dem sie sagen, es sei das Echte Kreuz, und das bedeutete für die Franken den schwersten Verlust, denn sie glauben, dass an diesem Kreuz ihr Messias gestorben sei. Als ganz zuletzt auch das Zelt des fränkischen Königs zusammenbrach, stieg Saladin vom Pferd, warf sich zu Boden und dankte Allah für den Sieg.

Noch bevor dieser ruhmreiche Tag zu Ende war, rief Saladin seine Emire zusammen und beglückwünschte sie zu ihrem Erfolg. Sie hätten die beleidigte Ehre der Muslime wiederhergestellt, sagte er, und wir müssten die Gunst der Stunde nutzen, denn die Franken hätten kein Heer mehr, das sie uns entgegensetzen könnten. Also zogen wir sogleich weiter zum Hafen von Akko und nahmen ihn ein, ohne auf nennenswerten Widerstand zu stoßen. Damals hätte ich allerdings schon merken müssen, dass Saladin sich nicht so verhielt, wie es einem Sieger wohl angestanden hätte. Statt Beute zu machen und die Stadt zu plündern, versuchte er, die italienischen Kaufleute zum Bleiben zu überreden, und versprach ihnen Schutz, aber sie zogen es vor, nach Tyros zu übersiedeln. Der Sultan verhinderte es nicht, er erlaubte ihnen sogar, all ihre Reichtümer mitzunehmen, und bot ihnen noch dazu Geleitschutz gegen Räuber an. Auch danach, als wir weitere befestigte Orte Palästinas eroberten, Nablus, Haifa und Nazareth, ließ er die Bewohner mit all ihrer Habe abziehen, statt reiche Beute zu machen und die Gefangenen als Sklaven zu verkaufen, wie es doch das gute Recht des Siegers gewesen wäre.

Sein größter Fehler damals war aber, dass er Tyros unbehelligt ließ. Tyros war mit mächtigen Mauern befestigt, doch wir hätten es leicht erobern können. Unsere Soldaten waren im Siegesrausch bereit, alles zu wagen, sie brannten auf den Kampf. Saladin ließ jedoch die Gelegenheit ungenutzt, unseren Ruhm zu mehren, wir zogen an Tyros vorbei. Das war eine folgenschwere Entscheidung, denn Tyros entwickelte sich zur Hochburg und zum Zufluchtsort aller Franken. Wir hingegen setzten unseren Siegeszug fort. Wir nahmen erst Askalon ein und dann Ghaza, das den Templern gehörte. In Ghaza war es, dass Saladin mich zum Hauptmann machte. In Ghaza war es aber auch, dass Achmed, mein geliebter Bruder, im Kampf getötet wurde. Die Trauer um ihn überschattete die Freude über meine Beförderung.

Die Krönung im Jahr des Sieges war aber, dass wir Jerusalem zurückeroberten, die Stadt des Heiligtums. Just am 27. Rajab des Jahres 583 der Hedschra*, an dem Tag, an dem wir alljährlich den Jahrestag der nächtlichen Reise des Propheten nach Jerusalem begehen, zogen wir in die Stadt ein und mehr als ein harter Krieger hatte Tränen der Freude und des Stolzes in den Augen. Aber als einige der Unseren die Zerstörung der Grabeskirche als Vergeltung für das verlangten, was die Franken uns angetan hatten, untersagte der Sultan es uns. Er verstärkte sogar die Wachen an den christlichen Kultstätten und ließ bekannt geben, dass die Franken jederzeit als Pilger nach Jerusalem kommen dürften. Nur das Kreuz wurde vom Felsendom entfernt und die al-Aqsa-Moschee, die von den Franken als christliche Kirche missbraucht worden war, wurde wieder ein muslimisches Gotteshaus. Zuvor jedoch waren alle Wände mit Rosenwasser besprengt worden.

* 2. Oktober 1187

Auch in Jerusalem durften unsere Soldaten weder plündern noch töten, und statt die Besiegten als Sklaven zu verkaufen, erlaubte Saladin den Franken den Abzug gegen ein lächerlich geringes Lösegeld. Sie konnten sogar ihre Häuser verkaufen, bevor sie die Stadt verließen. Die Käufer waren meist orthodoxe Christen oder Jakobiter, die in Jerusalem blieben. Später wurden viele Häuser auch an die jüdischen Familien verkauft, die Saladin in der Stadt ansiedelte.

Wir haben gesiegt, aber es ist uns nicht gelungen, die Feinde endgültig aus unserem Land zu vertreiben, die Ortschaften und Befestigungen an der Küste sind noch in ihrer Hand, vor allem Tyros, ihre Hochburg. Wir hätten das ganze Land zurückerobern können, wenn Saladin mutig und entschlossen gewesen wäre. Unsere Brüder wurden vergeblich im Kampf geopfert. Mein Bruder Achmed ist umsonst gestorben. Saladin muss abgelöst werden, wir sind gezwungen, etwas zu unternehmen. Ein Attentat, was das Einfachste wäre, ist ausgeschlossen, denn dann würde al-Malik al-Afdal, Saladins ältester Sohn, der eine syrische Garnison befehligt, das Erbe antreten, und das muss erst recht verhindert werden. Al-Malik al-Afdal ist schwach und haltlos, dem Laster zugeneigt, man sagt, er habe nur Weiber im Kopf und sei dem Alkohol verfallen, etwas, was uns der Prophet streng verboten hat. Es bleibt also nur Melek al-Adel, Saladins Bruder. Melek ist ehrgeizig und ein guter Kämpfer, und jetzt, nachdem ihm der rote Teufel seine Hinterlist bewiesen hat, ist er vielleicht endlich dazu bereit, seinen Bruder abzulösen. Ich setze auf Melek. Und vor allem bin ich gegen Saladin, der vergessen hat, dass Kampfbereitschaft und Mut die Ehre und der Stolz eines Mannes sind.

Der Tempelritter

Ich führte eine Gruppe von Pilgern durch die Stadt, von der man sagt, Gott liebe sie mehr als jede andere, sie sei ihm geheiligt unter allen Städten. Die Gruppe bestand aus zwei Priestern und zwei Kaufleuten aus Nürnberg und einem Gelehrten aus Rothenburg, dazu kamen zwei Frauen, eine ältere, die Schwester des Gelehrten, und eine junge, dralle Magd. Ich betrachtete diese Leute, die so gierig auf die Stadt waren, so stolz, dass sie den weiten Weg von ihrer Heimat hierher geschafft hatten und sich nun erhoben und nahe bei Gott und unserem Herrn Jesus Christus fühlten. Ich sprach mit ihnen, ich betrachtete ihre staunenden und inbrünstig verzückten Gesichter, hörte ihre begeisterten Ausrufe und sah doch nur das Gesicht eines Mädchens vor mir, hörte das Echo ihrer sanften Stimme.

Seit Tagen, seit ich sie zum ersten Mal wirklich angeschaut hatte, Recha, Nathans Tochter, war ich verwirrt. Ich bekam ihr Bild nicht aus dem Kopf, ich konnte an nichts anderes denken. Sie hatte an jenem Abend kaum ein Wort gesprochen, sondern die meiste Zeit mit gesenktem Kopf am Tisch gesessen, aber ihre Schönheit hatte mich tief berührt, und ihre Stimme und die Art, wie sie sich bedankte und mich als ihren Retter pries, hallte seither in meinen Ohren nach.

Und wenn ich die dralle, junge Magd anschaute, wurden ihre aschfarbenen, strähnigen Haare zu rötlichen Locken, die braunen Augen verwandelten sich in blaue Seen, die hübschen, aber etwas groben Züge wurden fein und edel. Die Tochter Nathans, den ich aus vollem Herzen meinen väterlichen Freund nannte, hatte mich im Innersten getroffen und Träume und Wünsche in mir geweckt, von denen ich nicht gewusst hatte, dass ich sie in mir trug. Es nützte auch nichts, dass ich mir seither immer wieder sagte: Vergiss nicht, dass du ein Tempelritter bist. Du hast gelobt, auf den Spuren Christi zu wandeln. Du hast ein Keuschheitsgelübde abgelegt.

Und außerdem war sie Jüdin. Ein Christ konnte keine Jüdin heiraten. Heiraten? Dieses Wort, das mir so plötzlich in den Sinn kam, erschreckte mich. Schnell wandte ich mich der Schwester des Gelehrten zu, einer schweren Frau, die vor Anstrengung keuchte, reichte ihr die Hand und zog sie den kleinen Steinhang hinauf, der uns noch vom Gipfel des Ölbergs trennte, auf dem unser Herr gewandelt war, und in meinen Ohren klang Helmfrieds Stimme, der sagte: Und hier ist der Ölberg, von dem geschrieben steht: *Er lehrte aber des Tages in dem Tempel, und des Nachts ging er hinaus und übernachtete auf dem Berg, der Ölberg genannt wird.*

Dann standen wir oben, im Schatten eines Olivenbaums, und schauten hinunter auf die Stadt. Über den Weinbergen auf den Hängen kreiste ein Schwarm Vögel, und irgendwo in der Nähe graste eine Herde Schafe, deren Blöken bis zu uns herüberdrang. Ich sah, wie meine Pilger sich den Schweiß vom Gesicht wischten, und hörte ihre ergriffenen Seufzer. »Dort ist der Tempelberg«, sagte ich, wie Helmfried es von mir erwartet hätte, »und zwischen uns und dem Tempelberg liegt das Tal Josaphat, durch das im Winter, nach den Regenfällen, der Bach Kidron fließt, von dem der heilige Apostel Johannes sagt: *Jesus ging hinaus mit seinen Jüngern über den Bach Kidron.*« Meine Lippen sprachen die Worte, aber meine Augen suchten in dem Gewirr hinter der Stadtmauer ein ganz bestimmtes Haus, eines, in dem ein junges, schönes Mädchen lebte, mit Haaren wie Kupfer und mit Augen wie blaue Seen, in denen man versinken möchte.

Eine Stimme riss mich aus meinen Gedanken. Es war der ältere der beiden Priester, der mit leuchtenden Augen sagte: *»Als er aber auf dem Ölberg saß, traten seine Jünger für sich allein zu ihm und sprachen: Sage uns, wann wird das sein und was ist das Zeichen deiner Ankunft und der Vollendung des Zeitalters? Und Jesus antwortete und sprach zu ihnen: Seht zu, dass euch niemand verführe. Denn viele werden unter meinem Namen kommen und sagen: Ich bin der Christus! Und sie werden viele verführen.«*

Seine Gefährten nickten, und der jüngere Priester fuhr fort: *»Ihr werdet aber von Kriegen und Kriegsgeschrei hören. Seht zu, erschreckt nicht! Denn es muss geschehen, aber es ist noch nicht das Ende.«*

Nun hob der ältere Priester beide Hände, als wolle er die Stadt segnen, und sagte feierlich: *»Wer aber ausharrt bis ans Ende, der wird errettet werden.«* Ich dachte an Helmfried und hoffte, dass sich die Verheißung an ihm erfüllt haben möge.

»Amen«, sagte die Schwester des Gelehrten und alle sechs bekreuzigten sich.

Die Sprache dieser Menschen war mir sehr vertraut, ihr Tonfall weckte Erinnerungen und so etwas wie Sehnsucht in mir, vielleicht sogar Heimweh. Aber das war nur eine vorübergehende Anwandlung, denn während wir den Hang hinunterstiegen und ich die Schwester des Gelehrten stützte, damit sie nicht strauchelte, dachte ich darüber nach, dass ich doch allen Grund gehabt hatte, die Burg Stauffen zu verlassen, die mir Heimat gewesen war und mich doch nie angenommen hatte, einen wie mich …

Mein Leben lang hatten sie mich behandelt, als wäre ich ein lästiger junger Hund, ein Dorn in ihrem Fleisch, das hatte ich mir nicht nur eingebildet.

Roderich, der alte Stallknecht, der auf der Burg geboren war und immer dort gelebt hatte, bis er vor zwei Sommern starb, hatte es das erste Mal zu mir gesagt, wenigstens war es das erste Mal, an das ich mich erinnerte. »Einer wie du muss doppelt so gut sein wie die anderen, um ein bisschen Anerkennung zu finden«, hatte er gesagt. Das war, als ich beim Turnier der Knaben gesiegt hatte, aber Konrad von Stauffen, der Ritter, den ich damals noch Vater nannte, mir den Kurzsäbel verweigerte, den er eigentlich als Preis ausgesetzt hatte; grundlos verweigerte er ihn mir, ohne Erklärung. Mir kamen die Tränen und die anderen Knaben lachten mich aus und verspotteten mich. Später fand mich Roderich im Pferdestall, wohin ich mich verkrochen hatte, um meine Kränkung und meine Enttäuschung zu verbergen. Er beugte sich zu mir, strich mir mit seiner alten Hand über die Wange, sodass die schwielige Hornhaut seiner Handfläche meine Haut kratzte, und sagte: Einer wie du … Als ich ihn fragte, was er damit gemeint habe, zog er seine Hand zurück, richtete sich mit rotem Kopf auf, zuckte mit den Schultern und machte sich schnell daran, den Rappen zu striegeln, das neue Streitross seines Herrn.

Einer wie du …

Ich hatte immer gewusst, dass etwas mit mir nicht stimmte. Ich hatte es an den Blicken meiner Eltern und meiner Brüder gespürt, auch am gelegentlichen Getuschel der Dienerschaft, das sofort abbrach, wenn ich den Raum betrat. Dann wichen sie meinem Blick aus, drehten sich um und taten geschäftig. Alle verhielten sich mir gegenüber seltsam. Sogar unser Lehrer, der ehrwürdige Herr Kaplan, behandelte mich anders als die anderen Knaben, er strafte mich schneller und härter und ließ mir keine Unart durchgehen, und obwohl er nie »einer wie du« sagte, waren es doch diese Worte, die ich nach dem Knabenturnier immer zu hören meinte. Einer wie du. Albert gegenüber war der Kaplan viel freundlicher und nachgiebiger, auch ehrerbietiger, obwohl Albert lauter und frecher und weniger fleißig war als ich. Er liebte Albert, das war deutlich zu spüren. Alle liebten Albert, meinen Bruder mit den blonden Locken.

Einer wie ich … Auch Saladin hatte mich anders behandelt als die übrigen Tempelritter, seine Gnade war wie eine Demütigung.

Wenige Monate nach jenem Turnier wurde ich als Page zu Lodewig von Tannenberg geschickt, einem benachbarten Ritter. Auf Burg Tannenberg erhielt ich meine Ausbildung. Ich lernte, wie sich ein Ritter zu benehmen hat, welches die ritterlichen Tugenden sind und wodurch er sich vor Gott und den Menschen auszeichnet. Ich bekam Unterricht im Fechten mit einem geschützten Degen und im Kampf mit dem Kurzschwert, der Hauslehrer der Burg vervollkommnete meine Fertigkeiten im Lesen und Schreiben und brachte mir Arithmetik und die Grundlagen der Astrologie bei, welche man die Königin der Wissenschaften nennt, und dazu kam noch der Religionsunterricht bei Pater Benedikt, dem Burgkaplan. Einmal in der Woche, sonntags nach dem Gottesdienst, wurden wir, die Söhne des Ritters, die beiden anderen Pagen und ich, ins benachbarte Kloster geschickt, wo sich der Abt zusätzlich um unsere religiöse Erziehung kümmerte und unsere Fortschritte in der Kenntnis der Heiligen Schrift verfolgte. Ich erhielt sogar Unterricht im Schachspiel, im Tanzen, Singen und Deklamieren. Und dafür musste ich meinem Herrn gehorchen und ihm in allen Bereichen dienen, auch in den persönlichsten. Meine Tage waren von Sonnenaufgang bis Sonnenuntergang so ausgefüllt, dass ich kaum Zeit zum Nachdenken hatte. Es ging mir gut, und natürlich war ich dankbar dafür, dass ich eine Erziehung genoss, die besser war als die vieler anderer junger Edelleute, aber trotzdem spürte ich auch auf Tannenberg zuweilen das unausgesprochene »einer wie du«.

Ich zeichnete mich in allen Fächern aus, ich war ein guter Fechter, bei der Jagd erlegte ich mehr Hasen und Fasane als die anderen Knaben und ich wusste mit dem Übungsschwert und dem Degen geschickt umzugehen. Schon mit dreizehn Jahren wurde ich Knappe. Ich hatte es mir redlich verdient, keiner kann sagen, Ritter Lodewig von Tannenberg habe mir etwas geschenkt, nur weil ich ein Stauffen war. Als Knappe wurde ich dann richtig im Kampf ausgebildet. So lernte ich, schwingende Strohpuppen mit der Lanze aufzuspießen und mit ungeschützten Waffen zu kämpfen.

Vier Jahre lang blieb ich noch im Dienst meines Herrn, dann kehrte ich auf die heimatliche Burg zurück. Und irgendwann wagte ich es, den Mann mit dem blonden, sorgfältig gepflegten Bart und den blauen Augen, den ich bis dahin Vater genannt hatte, zur Rede zu stellen, nachdem er eine etwas abfällige Bemerkung darüber gemacht hatte, was mir die Zukunft wohl bringen würde.

Die Wahrheit, die er mir kundtat, war ebenso einfach wie schmerzlich, obwohl sie mich, das muss ich gestehen, nicht unvorbereitet traf, hatte ich doch schon immer gespürt, dass etwas nicht stimmte. Er sei nicht mein Vater, sagte er, sondern mein Oheim, der Bruder meiner Mutter. Sie habe mich als Säugling bei ihm zurückgelassen, um ihrem Mann oder Gesellen, wie er es nannte, zu folgen, der schon vor meiner Geburt ins Heilige Land gezogen sei. Danach habe man nie wieder etwas von ihr gehört, was nur bedeuten könne, dass sie zu Tode gekommen sei.

Meine Fragen nach meinem Vater konnte oder wollte mir mein Oheim nicht beantworten, er sagte nur, meine Mutter habe angegeben, ich hieße Leu von Filnek, aber darauf solle ich mir nichts einbilden, es gebe im ganzen Reich keine Filneks, noch nie habe man von einer Familie dieses Namens gehört. Und als ich mich damit nicht zufriedengeben wollte und immer weiter fragte, wurde er zornig. Er, Konrad von Stauffen, habe mir seinen Namen gegeben und erwarte dafür meine Dankbarkeit. »Einer wie du sollte froh sein, dass ihm vor Gott und den Menschen ein Platz in der Welt eingeräumt wurde, ein ehrenvoller Platz«, sagte er ungehalten und in einem Ton, der jedes weitere Gespräch unmöglich erscheinen ließ. »Du kannst mir nicht den Vorwurf machen, dass ich bei deiner Erziehung etwas versäumt hätte.«

Einer wie du ... Diese Worte, nun auch von ihm ausgesprochen, dem mächtigen, hoch angesehenen Ritter, stürzten mich noch tiefer in die Unsicherheit, die mich mein Leben lang begleitet hatte und die wohl letztlich auch der Grund dafür war, dass ich mich so leicht dazu verführen ließ, mich den Kreuzfahrern anzuschließen. Ich wollte weg von der Burg Stauffen, möglichst weit weg. Ich wollte mein altes Leben hinter mir lassen, und vor allem meine Familie, in der ich mich immer fremd gefühlt hatte, nicht dazugehörig, und in der ich mich jetzt erst recht fremd fühlte, so fremd, dass ich niemandem mehr ins Gesicht schauen konnte.

Ich war wie vor den Kopf geschlagen und wusste nicht, was ich mit mir und meinem Leben anfangen und wohin ich meine Schritte lenken sollte. Da kam es mir gerade recht, dass überall im Land zu einem neuen Kreuzzug aufgerufen wurde. Jerusalem war in die Hände der Ungläubigen gefallen, und Prediger zogen durch das Land und versprachen Gottes Lohn und irdische Reichtümer allen, die bereit seien, dem Ruf zu folgen und den christlichen Brüdern im Heiligen Land beizustehen, um die Stadt Gottes und das Grab des Herrn zurückzuerobern. »Die Erde ist in Bewegung«, predigten sie, »weil der Gott des Himmels begonnen hat, sein Land zu verlieren. Zieht unter dem Banner Christi los, macht euch auf den Weg, ihr Krieger Gottes, und der Lohn im Himmel und auf Erden wird euch gewiss sein.«

Etwas Besseres hätte mir nicht passieren können. Auch mein Oheim war dieser Meinung, er stattete mich außer mit Proviant und Geld auch mit dem nötigen Rüstzeug aus, mit Waffen, zwei Pferden und einem Reitknecht, und gab mir seinen Segen. Die Pferde und den Reitknecht hatte ich auf der Reise, die viel mühseliger war, als ich erwartet hatte, bald verloren. Aber dafür gewann ich etwas ungleich Kostbareres, die Freundschaft Helmfrieds, des Templers. Er lehrte mich,

Gefahren frühzeitig zu erkennen und Strapazen zu überstehen, er erzählte mir alles, was er vom Heiligen Land und von Jerusalem wusste, und er war es auch, der mich zu einem Tempelritter machte.

Wir waren immer zusammen, und wir blieben auch zusammen, als das große Unglück über uns hereinbrach und unser gnädiger Kaiser Friedrich Barbarossa unterwegs, als wir schon die Küste Kleinasiens erreicht hatten, beim Baden in einem Fluss ertrank. Das Entsetzen, das uns packte, lässt sich nicht beschreiben und Heulen und Wehklagen erfüllten die Welt. Viele der Kreuzfahrer wurden von Zweifeln gepackt, sie glaubten, Gott habe sie verlassen und seine Hand von ihnen abgezogen, und in ihrem Kummer traten sie die Rückreise an. Ich weiß nicht, was ich damals ohne Helmfried getan hätte. Er betete lange, dann sagte er, der Ruhm und die Ehre Gottes seien wichtiger als alles andere, viel wichtiger als der Tod eines irdischen Kaisers, deshalb sollten wir nicht umkehren und uns nicht von der Verzweiflung anstecken lassen. Wir zogen weiter. Helmfried war mein Lehrer und mein Leitstern geworden, ich tat alles, was er mir sagte.

Wie gerne hätte ich ihm jetzt erzählt, welche Stürme in meinem Inneren tobten, wie gerne hätte ich ihn um Rat gefragt. Dabei wusste ich, was er mir geantwortet hätte: Du musst diese Liebe mit Stumpf und Stiel aus deinem Herzen reißen, du musst das Judenmädchen vergessen. Schließlich bist du ein Tempelritter und hast das Gelübde der Keuschheit abgelegt. Du hast dein Leben dem Herrn gewidmet.

Ja, du hast recht, Helmfried, dachte ich und senkte demütig den Kopf.

In diesem Moment trat mir eine Frau in den Weg und griff nach meinem Arm. Es war Daja. Ich erschrak und bemerkte erst jetzt, dass ich, ganz in Gedanken versunken, die Pilger zu Nathans Haus geführt hatte, und sie waren mir gefolgt wie Lämmer dem Hirten.

»Ich möchte mit dir sprechen«, sagte Daja. »Allein. Kannst du heute Abend, wenn es dunkel ist, zum Maulbeerbaum kommen?«

Ich nickte verwirrt und führte meine Herde in die nächste Gasse, Richtung Grabeskirche. Dabei hoffte ich, dass ihnen dieser kleine Umweg nicht aufgefallen war.

12

Al-Hafi

An folgende Worte des Propheten musste ich denken, als es Abend wurde und ich meinen Gebetsteppich ausbreitete, um Allah für das zu danken, was an diesem Tag geschehen war: *Eins seiner Wunderzeichen ist die Schöpfung der Himmel und der Erde und die Verschiedenheit eurer Sprachen und Farben; wahrlich, dies ist ein Zeichen für die ganze Welt.*

»Geh und bringe ihn her, deinen jüdischen Freund«, hatte Sittah mir befohlen. »Jetzt, sofort.«

Die Macht befiehlt, die Ohnmacht gehorcht, so ist die Welt eingerichtet. Ich war mir nicht sicher, ob es Sittahs stärkerer Wille war, der ihr mehr Macht verlieh, oder ob sie einfach nur ihre Position als Schwester des Sultans gegen mich ausspielte, jedenfalls fügte ich mich und machte mich auf den Weg. Die Welt besteht aus vierundsechzig Feldern, dachte ich, während ich so dahinschritt, und das Schicksal spielt Schach mit uns. Es kümmert sich nicht um den Einzelnen, es kennt kein Mitleid und kein Erbarmen, wir werden hin und her geschoben, wir werden geopfert, ohne dass wir den Sinn der Spielzüge erkennen können. Falls es einen solchen Sinn überhaupt gibt.

Ich fand Nathan mit den Seinen am Tisch sitzend vor, sie hatten gerade ihre Mahlzeit beendet. »Du sollst zum Sultan kommen«, sagte ich, »jetzt sofort.«

Ich sah, wie alle erschraken, und ich konnte sie gut verstehen: Zum mächtigsten Mann der Welt gerufen zu werden, bedeutet immer eine Gefahr. Ich machte den Mund auf, um die Absicht des Sultans zu erklären, aber Nathan winkte ab. Er sprach das Dankgebet, dann gab er Elijahu noch ein paar Anweisungen und küsste Recha zärtlich, wie man es tut, wenn man auf unbestimmte Zeit das Haus verlässt. Er hatte keine Erklärung verlangt, er hatte keine Ausflüchte gesucht, was ich an seiner Stelle wohl getan hätte, er ging einfach neben mir her. Ich fragte mich, ob seine Bereitwilligkeit ein Zeichen von Mut oder von Schicksalsergebenheit war, wagte aber nicht, ihm diese Frage zu stellen. Stattdessen teilte ich ihm, ohne meine Befürchtungen zu verhehlen, mit, was der Sultan von ihm wollte, vor allem was die Schwester des Sultans von ihm wollte, nämlich Geld.

»Das habe ich erwartet«, sagte Nathan nur.

Ich blieb stehen, packte ihn an der Schulter. »Verstehst du denn nicht, was das heißt? Sie werden dich heute um ein Darlehen bitten, dann morgen, übermorgen, nächste Woche, und sie werden erst damit aufhören, wenn sie dich völlig ausgesaugt haben. Für Saladin ist Geld nicht mehr wert als Sand und wie Sand rinnt es ihm durch die Finger. Nathan, das ist keine Partie unter gleichrangigen Partnern, deine Figuren stehen schlecht in diesem Spiel.«

Nathan nickte nur schweigend, und ich schwieg auch, bedrückt, weil ich es war, der ihn in eine solche Situation gebracht hatte. Warum hatte ich auch mit meinem reichen, angesehenen Freund vor ihnen prahlen müssen? Warum hatte ich nicht den Mund halten können?

Saladin empfing uns im Rosengarten, seinem Lieblingsplatz, einem Innenhof, in dem Sittah Rosen aus China, Indien und Ägypten hatte anpflanzen lassen. Dieser Ort verlieh der Audienz eine Atmosphäre von Vertraulichkeit, die mir nicht angemessen erschien. Saladin saß in einem Sessel, Sittah hatte sich etwas weiter entfernt auf einem Diwan niedergelassen, schön wie die voll erblühten Rosen, die mit ihr um die Wette prangten, und tat, als wäre sie in eine Stickerei vertieft. Aber ich kannte sie inzwischen gut genug, meine kluge Kusine, und wusste um ihre ausgeklügelten Berechnungen. Die Dame hatte sich einen strategisch günstigen Platz am Rand des Spielfelds gesucht.

Nathan verneigte sich vor dem Sultan, tief, aber nicht zu tief, und als ein Diener Stühle für uns brachte, setzte er sich so vorsichtig auf die Kante, als wolle er sich bereithalten, um gleich aufspringen und fliehen zu können. Ich sah seine Hände, die er fest auf die Knie drückte, die zitternden Fingerspitzen. Saladin beobachtete ihn gespannt, mit funkelnden Augen, ein Raubtier auf der Lauer.

Nach einigen belanglosen Förmlichkeiten sagte Saladin plötzlich: »Du nennst dich also Nathan. Nathan der Weise.«

Er hat das Spiel eröffnet, dachte ich, das war der erste Schachzug.

Nathan machte den Gegenzug, er schüttelte den Kopf. »Ich nenne mich nicht so.«

»Dann nennt dich das Volk so«, sagte Saladin, und als Nathan nicht antwortete, fuhr er fort: »Ich hätte den Mann, den das Volk den Weisen nennt, schon längst kennenlernen sollen. Schließlich kann es sich kein Herrscher leisten, auf Weisheit zu verzichten.«

Was redet er jetzt über Weisheit, dachte ich, soll er doch

endlich zur Sache kommen. Bis jetzt waren das nur sinnlose Bauernopfer, sonst nichts. Da machte Saladin den ersten wichtigen Zug, er brachte einen seiner Läufer in Stellung, indem er sagte: »Genug damit. Warum, Jude, glaubst du, habe ich dich rufen lassen?«

Nathan hob den Kopf, den er bescheiden gesenkt hatte. Niemand wagt es, dem Sultan frech ins Gesicht zu schauen. »Ich bin Kaufmann«, sagte er vorsichtig und schützte seinen eigenen Läufer mit einem Pferd. »Vielleicht soll ich dir einen Dienst erweisen? Es wäre mir eine Ehre, dem Sultan das zu besorgen, was er benötigt.«

Saladin stieß ein kurzes, spöttisches Lachen aus. »Ich habe alles, was ich brauche.« Dann wurde er plötzlich wieder ernst. »Nein, Jude, mich quält eine Frage, die mir in dieser Stadt die wichtigste zu sein scheint. Und da du im Ruf stehst, so weise zu sein, hoffe ich, dass du sie mir beantworten kannst. Sage mir, welcher Glaube ist der richtige? Wer hat recht, der Muslim, der Jude oder der Christ?«

Nathan wurde blass und auch mir fuhr der Schreck in die Glieder und für einen Augenblick verschlug es mir den Atem. Was hatte Saladin vor? Was führte er im Schilde? Was wollte er von Nathan? Warum hatte er ihn nicht einfach dazu aufgefordert, ihm Geld zu leihen? Das Gefühl nahenden Unheils ergriff mich. Eine Falle, dachte ich, das kann nur eine Falle sein. Die Antwort auf eine solche Frage kann einen Kopf und Kragen kosten, vor allem hier, in dieser Stadt, in diesem Land, wo schon so viele ihr Leben lassen mussten, wenn es um weit weniger wichtige Fragen ging. Ich sah, wie sich Nathans Lider über die Augen senkten, als weigere er sich, zu sehen, was um ihn geschah, oder als wolle er seine

Gedanken verbergen. Seine Nasenflügel bebten, er atmete schnell und flach wie ein Vogel, der ins Netz gegangen ist. Nein, das ist wirklich kein Spiel unter gleichwertigen Partnern, dachte ich und das Blut strömte aus meinem Kopf in meine Füße. Ich senkte den Blick und sah erst jetzt, dass ich die Hände zu Fäusten geballt hatte, so fest, dass die Knöchel weiß hervortraten.

Saladin beachtete mich nicht. Er hatte den Blick auf Nathan geheftet, der jetzt die Augen öffnete und sagte: »Ich bin ein Jude.«

Noch ein Bauernopfer, das Saladin aber nicht annahm. »Und ich ein Muslim«, sagte er. »Und der Patriarch ein Christ. Drei Religionen in einer Stadt. Sage mir, welche du für die wahre hältst.«

Nathan senkte wieder den Kopf. Über Saladins Gesicht flog ein Lächeln, ein spitzbübisches, hinterhältiges Lächeln, das ich aus unserer Kindheit kannte und das mir immer unheimlich gewesen war, denn es hatte bedeutet, dass er wieder einmal etwas ausgeheckt hatte. »Ein Weiser wie du«, sagte Saladin mit diesem Lächeln, »muss die Antwort doch wissen.« Das war der zweite Läufer. Saladin hatte seine Figuren zum Angriff geordnet.

Nathan war blass geworden und Saladin erhob sich. »Denke darüber nach, Jude«, sagte er. »Nimm dir Zeit, ich bin gleich wieder da.« Mit einem selbstzufriedenen Lächeln verließ er den Rosengarten und betrat den Palast. Er konnte es sich leisten, seinem Gegner eine Denkpause zu gewähren.

Sittah lehnte sich zurück, tat, als sei sie in ihre Stickerei vertieft, doch ich sah, dass sie Nathan unter gesenkten Lidern beobachtete und ihn nicht aus den Augen ließ. Die Dame war wachsam. Die Spitze der Sticknadel, die sie zwischen Daumen und Zeigefinger hielt, war auf Nathan gerichtet, der Faden glänzte blutrot.

Nathan strich sich über den Bart, seine Schultern spannten sich. Gerne wäre ich aufgestanden und hätte ihm die Hände auf die Schultern gelegt, um ihm zu zeigen, dass er nicht allein war, aber ich spürte Sittahs aufmerksamen Blick und wagte es nicht. Ich war verwirrt, wusste nicht, was ich denken sollte, und noch viel weniger wusste ich, was ich tun konnte, um meinem Freund zu helfen.

Saladin kam zurück. »Nun, Jude, hast du eine Antwort auf meine Frage gefunden?« Er setzte sich Nathan gegenüber, schlug ein Bein über das andere, legte die Hände zusammen.

Nathan, dachte ich, sei vorsichtig, mein Freund. Ich sammelte meine ganze Kraft auf diesen Gedanken, hoffte, er würde ihn spüren. Und in meinem Herzen flehte ich zu Allah, er möge Nathan die rechten Worte in den Mund legen, um meinen Vetter zu besänftigen, damit sich das Unheil, das sich wie eine dunkle Gewitterwolke über uns zusammenballte, vielleicht doch noch abwenden ließ.

Nathan wiegte bedächtig den Kopf hin und her. »Manche Dinge lassen sich nur durch ein Gleichnis erklären. Erlaubst du mir, Sultan, eine Geschichte zu erzählen?«

Er hat zur Rochade gegriffen, dachte ich, er hofft, damit seinen König vor einem direkten Angriff zu schützen. Was hatte er vor? Er war klug, mein Freund, er war ein ausgezeichneter Schachspieler, dennoch zweifelte ich, ob ihm das in dieser Situation etwas helfen würde. Für mein Gefühl war die Partie bereits entschieden, bevor der Kampf wirklich begonnen hatte.

Saladins Lächeln wurde noch selbstzufriedener. »Nun denn, Jude, erzähle. Ich hatte schon als Knabe eine Leidenschaft für gut erzählte Geschichten, nicht wahr, al-Hafi? Weißt du noch, wie gerne wir immer gelauscht haben, wenn uns unser alter Lehrer Omar al-Kabir eine Geschichte erzählte?«

Warum sprach er mich an? Warum wollte er mich einbeziehen? Was hatte er vor? Ich konnte nur nicken, aber mein Unbehagen wuchs.

»Nun«, sagte Nathan, »ich weiß nicht, ob ich diese Geschichte gut erzählen kann, aber ich will mich bemühen. Höre, großer Sultan: Vor vielen Jahren lebte ein Mann, der besaß einen Ring von unschätzbarem Wert. Der Stein war ein Opal, der in hundert Farben schimmerte. Diesem Ring nun wohnte eine geheime Kraft inne, nämlich dass er jeden, der ihn in diesem Glauben trug, vor Gott und den Menschen angenehm machte. Der Mann, der Besitzer des Rings, hinterließ diesen seinen kostbarsten Besitz dem Sohn, der ihm der liebste war, und verfügte in seinem Testament, dass dieser ihn wiederum seinem liebsten Sohn vermachen solle. Nicht dem ältesten, nicht dem klügsten, nicht dem stärksten, nein, dem, der ihm am liebsten war, und dieser Sohn sollte Oberhaupt der Familie werden.«

Sittah hatte ihr Stickzeug sinken lassen und lauschte ebenso gespannt wie Saladin, dessen Gesicht jetzt ernst und nachdenklich aussah. Ich beruhigte mich ein wenig, so wollte ich ihn sehen, das war der Saladin, der meinem Herzen nahestand.

Nathans Stimme wurde immer kräftiger, er hatte den Blick in die Ferne gerichtet, sein Atem ging wieder tief und gleichmäßig. »Auf diese Art wurde der Ring von einem geliebten Sohn auf den nächsten vererbt«, erzählte er weiter, »bis er schließlich an einen Mann geriet, der drei Söhne hatte, die ihm gleich lieb waren. Sobald er mit einem seiner Söhne zusammen war, wuchs seine Liebe ins Unermessliche und schwächte seine Vernunft so sehr, dass er im Lauf der Zeit jedem einzelnen Sohn insgeheim den Ring versprochen hatte. Als er alt wurde und spürte, dass seine Zeit bald zu Ende ging, tat ihm das Herz weh bei dem Gedanken, zwei seiner Söhne enttäuschen zu müssen. Deshalb ließ er heimlich einen Künstler kommen und beauftragte ihn, zwei Ringe herzustellen, die dem echten so sehr glichen, dass niemand sie unterscheiden könne. So geschah es. Sogar der Vater konnte nicht mehr erkennen, welcher Ring der echte war. Und als seine letzte Stunde nahte, rief er seine Söhne einzeln zu sich, den ältesten, den mittleren, den jüngsten, segnete einen jeden und gab ihm einen Ring. Dann starb er.«

Nathan schwieg.

»Und weiter?«, fragte Saladin. »Wie ging die Geschichte aus?«

»Wie es zu erwarten war«, sagte Nathan. »Nach seinem Tod zeigte jeder der drei Söhne seinen Ring vor, jeder behauptete, den rechten zu haben. Sie stritten, sie riefen Gott als Zeugen an, aber alles war vergebens. Die drei Ringe sahen vollkommen gleich aus.«

Saladin runzelte die Stirn. »Du willst sagen, das sei die Antwort auf meine Frage? Aber deine Geschichte hat einen Haken, Jude, die drei Religionen unterscheiden sich sehr deutlich voneinander, vom Gottesdienst bis hin zu den Speisegesetzen.«

»Aber sie unterscheiden sich nicht im Wichtigsten, im Glauben an Gott, der Himmel und Erde geschaffen hat, und in seinem Gebot, die Menschen zu lieben und Gutes zu tun. Alles andere, die Gebete, die Speisevorschriften, die Traditionen, sind nur Überlieferung, sind Geschichten.«

Jetzt hat er mit seinem Pferd einen unerwarteten Sprung gemacht, dachte ich und bewunderte ihn für seine Klugheit.

Saladin erkannte das auch und machte einen Gegenzug. »Und welche der Geschichten ist wahr?«

Nathan stieß einen Ton aus, einen leisen, klagenden Seufzer. Er hob die Hände und breitete sie aus, die Innenflächen nach oben, die überraschend hell und verletzlich aussahen. »Woher soll man das wissen, großer Sultan? Ich bin Jude, ich glaube meinen Vätern, die gesagt haben, ihr Ring sei der rechte. Du glaubst deinen und der Patriarch seinen. Wie könnte ich meinen Vätern weniger glauben als deinen? Oder umgekehrt. Das gilt natürlich auch für die Christen.« Ein Turm hatte eine Angriffsposition eingenommen.

Ich sah, wie sich Saladins Gesichtsausdruck veränderte. Erst war er zornig, dann hoben sich seine Mundwinkel und ein Lächeln breitete sich auf seinem Gesicht aus. »Nathan, man nennt dich wahrlich nicht umsonst den Weisen«, sagte er langsam.

»Die Geschichte ist noch nicht wirklich zu Ende«, fuhr Nathan fort. »Die Söhne zogen vor den Richter, und jeder schwor, den Ring von seinem Vater persönlich bekommen zu haben, kurz vor seinem Tod, zusammen mit seinem Segen.« Nathans zweiter Läufer war über das Spielfeld gezogen und stand bereit.

Saladin beugte sich vor. »Und wie urteilte der Richter?«

»Er war ein weiser Richter. Er sprach: ›Ich bin nicht dazu da, um Rätsel zu lösen. Da ihr alle drei keine Zeugen bringen könnt und jeder den anderen beschuldigt, steht eine Aussage gegen die andere. Aber soll der rechte Ring nicht die Kraft besitzen, seinen Träger vor Gott und den Menschen angenehm zu machen? Nun denn, das wird das Rätsel wohl lösen. Wen lieben zwei von euch am meisten? Der muss dann doch der Besitzer des echten Rings sein.‹ Die zerstrittenen Söhne schwiegen und sahen sich betreten an, und der Richter sagte: ›Keiner der Ringe macht seinen Besitzer angenehmer als die beiden anderen? So ist also keiner der Ringe echt? Vielleicht ist der echte ja verloren gegangen, und euer Vater ließ, um den Verlust zu verbergen, drei gleiche Ringe anfertigen?‹«

Nathan bereitete die entscheidenden Züge vor, ich erkannte es an dem kurzen Aufblitzen in seinen Augen, zu kurz, um verräterisch zu sein. Aber ich hatte schon zu oft mit ihm Schach gespielt, als dass es mir hätte verborgen bleiben können.

Saladin lachte. »Was für eine wunderbare Geschichte. Und wie ging es weiter?«

»Der Richter sagte: ›Ich gebe euch einen Rat, kein Urteil. Nehmt die Sache, wie sie ist. Soll jeder glauben, er sei im Besitz des rechten Rings. Denn eines steht fest, euer Vater hat euch geliebt, alle drei. Seid dankbar für diese Liebe, und bemüht euch, den Beweis für die Echtheit eures Rings zu erbringen, indem ihr sanftmütig und verträglich seid und nach guten, gottgefälligen Werken strebt. Ich lade euch wieder vor diesen Richterstuhl, in tausend Jahren. Dann sitzt hier vielleicht ein weiserer Richter, als ich einer bin.‹«

Nathan schwieg. Nach einer ganze Weile sagte er leise: »Vielleicht, großer Sultan, bist du ja dieser versprochene weisere Richter …« Jetzt hatte er seine Dame gezogen. Schach.

Saladins König ging ein Feld nach links. Ich sah, wie er aufsprang, wie er Nathans Hand ergriff und nicht mehr losließ. Tränen standen ihm in den Augen, er war noch immer so leicht zu rühren wie als Knabe, und ich wusste wieder, warum ich ihn früher geliebt hatte, nicht nur gefürchtet.

Nathan warf mir einen Blick zu, in dem aber nichts von Triumph zu lesen war, eher eine große Traurigkeit. Auch Sittah verstand die Situation, sie sah bestürzt aus. Der Dame blieb kein Zug, sie konnte nicht mehr eingreifen. Ihr Plan war nicht aufgegangen, mit Saladins Zuneigung hatte sie nicht gerechnet. Saladin würde Nathan nicht mehr um Geld bitten, einen Freund würde er nicht betrügen wollen. Schach und matt.

Nathan, dachte ich, du hast gewonnen, aber es ist ein gefährlicher Sieg. Hüte dich, du kannst den Herrscher der Welt nicht als dummen Jungen sitzen lassen. Er könnte das Gefühl bekommen, du habest ihn übertölpelt, und dann …

Da sprach Nathan die entscheidenden Worte, die jede Gefahr auslöschten. »Großer Sultan«, sagte er langsam und mit gesenktem Blick, »bevor ich gehe, habe ich noch eine Bitte.« Saladin zog die Augenbrauen zusammen, aber Nathan fuhr fort: »Ich komme von einer Reise zurück, und Gott hat es gefallen, mich gute Geschäfte machen zu lassen. Ich habe im Moment viel Geld, mehr als ich benötige, und da dachte ich, ob du nicht vielleicht ein Darlehen brauchen könntest … Die Stadt ist in Gefahr, die Feinde können jederzeit wieder angreifen …« Seine Stimme war immer leiser geworden.

Saladin schaute zu mir und hob die Augenbrauen. »Du hast mit ihm gesprochen, gib es zu, du hast ihm gesagt, dass ich Geld brauche.«

Ich zuckte mit den Schultern, da sprach Nathan aber schon weiter. »Mein Haus ist wohlbestellt, ich schulde niemandem etwas, nur noch dem jungen Tempelritter.«

Nun ließ Saladin Nathans Hand los. »Du willst meinen Feinden Geld geben?«

»Nicht deinen Feinden, nur dem jungen Mann, dem du das Leben geschenkt hast.«

Saladin sprang auf. »Du kennst ihn?«, fragte er erregt. »Wie heißt er? Wo ist er?«

Nathan hob erstaunt das Gesicht. »Dann weißt du nicht, dass deine gute Tat eine neue geboren hat? Deine Großmut hat sich fortgesetzt, sie hat mich dir zu ewigem Dank verpflichtet. Wisse, dieser junge Mann, den du verschont hast, hat meine Tochter aus dem Feuer gerettet.«

Saladin setzte sich wieder hin. Er schwieg, schließlich sagte er: »Genau so hätte auch Assad gehandelt, mein Bruder. Nathan, ich danke dir. Lass uns Freunde sein. Lass uns dem Vater danken, der jedem von uns einen Ring gab, und zeigen wir uns dieser Gabe würdig.« Er streckte die Hand aus, die Nathan ergriff.

»Der Tempelritter heißt Curd von Stauffen«, sagte er. »Er widmet seine Zeit hilfsbedürftigen Pilgern. Ich glaube, er ist bei den Johannitern untergekommen.«

Sie verabschiedeten sich voneinander wie Freunde, und Nathan versprach, das Geld noch heute zum Palast bringen zu lassen. Und ich dankte Allah aus tiefstem Herzen, dass er alles zum Guten gewendet hatte. Ich begleitete Nathan hinaus.

»Nathan«, sagte ich, »du hast das Spiel gewonnen.«

Er schaute mich an und lächelte traurig. »Du irrst dich, mein Freund. Es war kein Sieg, es war höchstens ein Remis. Es war nur eine Geschichte, nur ein Traum.« Seine Stimme wurde etwas lauter, feierlicher, sein Blick war in die Ferne gerichtet, als er fortfuhr: »Ich habe einen Traum, dass sich eines Tages die Menschheit erheben und die wahre Bedeutung ihres Glaubensbekenntnisses ausleben wird. Ich habe einen Traum, dass eines Tages die Söhne von Juden, Muslimen und Christen miteinander am Tisch der Brüderlichkeit sitzen können. Ich habe einen Traum, dass sich selbst diese Stadt eines Tages in eine Oase der Freiheit und der Gerechtigkeit verwandeln wird.« Seine Stimme senkte sich, wurde leiser. »Aber es ist nur ein Traum. Die Wirklichkeit ist eine andere.«

Daja

Ich, Daja, Erzieherin und Gesellschafterin Rechas und heimliche Gefährtin Nathans, der mir nur Gutes getan hatte, war plötzlich von einem bösen Geist besessen. Das Böse nagte an meiner Galle und meiner Leber und weckte Gedanken in mir, von denen ich nicht wusste, dass ich sie in mir trug. Es war, wie meine Großmutter immer gesagt hatte: Das ist der Satan, der seine Krallen in dein Fleisch schlägt. Ich hatte geglaubt, in den letzten vierzehn Jahren eine andere geworden zu sein. Nie hätte ich mir vorgestellt, dass ich Nathan verraten könnte. Einen solchen Gedanken hätte ich weit von mir gewiesen. Bis heute war Nathan für mich der Mensch, mit dem mich mehr als nur Freundschaft verband. Er war mein Retter, der Mann, dem ich alles zu verdanken hatte, der mich, als ich in größter Not und ohne Hoffnung war, von der Straße aufgelesen und in sein Haus gebracht hatte. Nie hätte ich mir einen Tag wie den heutigen auch nur vorstellen können.

Dabei hatte er angefangen wie viele vor ihm.

Als ich aufwachte, drang der Duft frisch gebackenen Brotes vom Backofen auf der Küchenterrasse durch mein geöffnetes Fenster und kitzelte verlockend meine Nase. Zipora ist mal wieder sehr früh aufgestanden, um uns eine Freude zu machen, dachte ich dankbar. Da spürte ich noch nichts, da war ich noch ganz ich selbst. Der Duft frischen Brotes, ein zärtlicher Kuss von Recha, ein paar freundliche Worte Nathans, ein vertrautes, nicht böse gemeintes Gekabbel zwischen Elijahu und Jakob – das alles erfüllte mich mit einer heiteren Zufriedenheit.

Nach der Morgenmahlzeit fragte Zipora, ob ich Lust hätte, zum Markt zu gehen. Sie brauche ein Huhn für eine Suppe, sagte sie, dazu frisches Wurzelwerk und Kräuter. Auch damit wollte sie mir einen Gefallen tun. Sie lächelte, wusste sie doch, wie sehr ich den Markt liebe, das weiß jeder, und oft genug wurde ich deshalb schon geneckt, zum Beispiel von Jakob, der von Zeit zu Zeit den Verdacht äußerte, ich hätte wohl einen heimlichen Verehrer, den ich auf dem Markt treffen wolle.

»Ein schönes, fettes Huhn«, sagte Zipora, als sie mir den Korb reichte. »Soll ich dir Geschem mitschicken, zum Tragen?«

Ich zog es vor, allein zu gehen.

Schon immer liebte ich den Markt, den Anblick der Menschen, die geschäftig herumlaufen. Ich liebe es, den Händlern zuzuhören, die ihre Waren über den grünen Klee loben, ich bewundere ihr ausgefuchstes Feilschen um den Preis, bei dem sie angeblich immer draufzahlen. Es macht mir noch nicht einmal etwas aus, wenn aufdringliche Händler und Marktfrauen die Hände nach mir ausstrecken, um mich am Ärmel festzuhalten, ich schüttele sie lachend ab.

Auf dem Markt habe ich immer das Gefühl, aufzuleben. Ich liebe die Gerüche, die mir in die Nase steigen und mich berauschen wie Wein. Ich liebe den Anblick von Obst und

Gemüse, von Töpferwaren und Stoffen, von Frauen, die mit scheuen Händen Tücher ausbreiten, sie betasten und kaufen oder, wenn sie zu teuer sind, bedauernd wieder zusammenfalten. Nichts bestärkt mich so sehr in der Überzeugung, in einer guten Welt zu leben, wie ein Gang zum Markt. Der Überfluss an Nahrung, der einem dort entgegenlacht, weckt in mir die Sicherheit, es könne nie einen Mangel geben, auch wenn dieses Gefühl trügerisch ist, denn natürlich gibt es Mangel. Schließlich sieht man nirgends so viele Bettler wie auf dem Markt.

Und welches Vergnügen es mir macht, die schönsten Früchte und das frischste Gemüse auszuwählen! Oft vergleiche ich dann die Fülle und den Überfluss mit dem kargen Leben bei meiner Großmutter. Wenn ich die eingelegten Gurken und Oliven sehe, habe ich immer das Fass mit Sauerkraut vor Augen, das vor Weihnachten schon ungenießbar geworden war und trotzdem bis ins Frühjahr hinein gegessen werden musste. Beim Anblick von Granatäpfeln, von Feigen, Datteln, Trauben und Rosinen taucht das Apfelbett im Keller meiner Großmutter vor mir auf, ich sehe mich davor stehen, stundenlang, und einen Apfel nach dem anderen umdrehen und prüfend betrachten, ich meine den süßlichen Geruch der Äpfel zu riechen, der sich mit dem schimmeligen, muffigen Geruch des Kellers mischte. Lediglich die angefaulten und verschrumpelten Äpfel durften zum Essen aussortiert werden. Selbst im Herbst, wenn unser Apfelbaum voller Früchte hing, gab es für uns nur wurmiges Fallobst, die makellosen Äpfel kamen sofort in den Keller. Wenn ich auf dem Markt Säcke sehe mit Gerste und Weizen, mit weißen und bunten Bohnen, mit gelben Linsen, mit roten Linsen, mit Kichererbsen, denke ich an das verschimmelte Getreide meiner Kindheit, an die Erbsen und Bohnen mit den fauligen braunen Flecken und den Maden. Nie war etwas frisch, grün, rotbackig und duftend gewesen, alles war stets grau, angegammelt und übel riechend.

Glücklich schlenderte ich von einem Stand zum nächsten, hielt da ein Schwätzchen, wechselte dort ein paar Worte, kaufte Wurzeln, Rüben, Kräuter, getrocknete Beeren, Zwiebeln, Knoblauch. Mein Korb wurde immer schwerer. Als dann beim jüdischen Metzger noch das Huhn dazukam, beauftragte ich Chajim, den hübschen, braunlockigen Sohn des Metzgers, die Sachen zu Nathans Haus zu bringen, und machte mich leichtfüßig und heiter auf den Heimweg.

Kurz vor unserem Haus stieß ich fast mit dem Tempelritter zusammen, der eine Gruppe deutscher Pilger herumführte. Und da muss er in mich gefahren sein, der böse Geist, der Teufel, der seine Krallen in mein Fleisch schlug, wie anders hätte ich erklären können, was ganz plötzlich mit mir geschah? Ich verstand es später selbst nicht mehr.

Von einem Moment auf den anderen brannte die Sonne zu heiß vom Himmel, von einem Moment auf den anderen waren die Stimmen vom Markt, die mir noch in den Ohren hallten, zu laut, und der tote Esel, an dem ich vorhin einfach vorbeigegangen war, stank auf einmal so entsetzlich, dass ich mir am liebsten die Nase zugehalten hätte wie ein Kind, und die Würmer in seinem offenen Bauch, die mir auf dem Weg zum Markt gar nicht aufgefallen waren, verursachten mir nun einen unerträglichen Brechreiz.

Es war, als hätte in meinem Inneren die Sehnsucht auf der Lauer gelegen, vierzehn Jahre lang, und nur auf den richtigen Moment gewartet, um hervorzubrechen und mich zu überwältigen. Die Sehnsucht nach einem milderen Licht, nach weicheren Schatten, nach einer Sonne, die nicht jeden Tag schien, nach kaltem Wind und sogar nach Frost. Nach langen Dämmerungen, nach plötzlichen Regenschauern im Sommer, nach Hagel, nach dunklen Wäldern, in denen es nach Moos und Pilzen und vermoderndem Laub roch. Und nach Schnee. Auch in Jerusalem schneite es alle paar Jahre einmal, aber nie war es diese glitzernde Decke, die sich über den ganzen Schmutz und den Unrat legte, die alles zudeckte und die Welt in ein weißes Wunder verwandelte.

So heftig brach die Sehnsucht in mir auf, so plötzlich, dass mir keine Zeit blieb, mich durch vernünftige Argumente zu wappnen, sie überschwemmte meinen Kopf und verdrängte jeden Gedanken. Von einem Moment zum nächsten war ich ein anderer Mensch geworden, waren die letzten vierzehn Jahre wie ausgelöscht, und alles, was mich hier hielt, was mir lieb und teuer geworden war, verschwand hinter meiner Sehnsucht wie hinter einer Staubwolke, die Menschen, die mir so vertraut waren, mit denen ich so viele Jahre gelebt hatte, bedeuteten mir nichts mehr, alles, was es zwischen mir und Nathan gegeben hatte, jede Dankbarkeit, jede Verpflichtung, jedes menschliche Gefühl, war wie ausgelöscht, ich wollte nur eines: zurück in die alte Heimat.

Natürlich dachte ich das nicht alles in diesem Moment, ich war ja so überwältigt von meinen Empfindungen, dass ich keinen klaren Gedanken fassen konnte. Ich stürzte mich auf den Tempelritter wie eine Raubkatze auf ihre Beute, griff nach seinem Arm und bat ihn, nein, drängte ihn, mich abends bei Anbruch der Dunkelheit unter dem Maulbeerbaum zu treffen.

Er nickte zum Zeichen, dass er mich verstanden hatte, obwohl er sehr verwirrt zu sein schien, und bog dann mit seinen Pilgern in die nächste Gasse ein. Ich war stehen geblieben und schaute ihnen nach, bis sie verschwunden waren, dann erst betrat ich das Haus.

Chajim hatte die Sachen schon gebracht, Zipora saß auf der Küchenterrasse und rupfte das Huhn, neben sich einen Eimer für die weichen Federn, die man zum Ausstopfen von Kissen verwenden konnte. »Willst du mir helfen?«, fragte sie und ich schüttelte den Kopf. Ich brachte keinen Ton heraus, die bösen Gedanken schnürten mir die Kehle zu.

Ich ging in mein Zimmer und setzte mich an den Webstuhl, aber meine Hand, die das Schiffchen ergriffen hatte, blieb reglos in meinem Schoß liegen. Mir war, als stritten zwei Frauen in mir. Die eine war die sanftmütige, freundliche Dame, zu der mich ein sorgenfreies, angenehmes Leben gemacht hatte, die andere war die heimatlose Landstreicherin, die durch Not und Entbehrung hartherzig und rücksichtslos geworden war.

Ich will zurück in die Heimat, sagte die Hartherzige, aber nicht als arme Frau. Nicht so, wie ich weggegangen bin. Und das geht nur, wenn Recha den Tempelritter heiratet und mich mitnimmt.

Du weißt, dass das unmöglich ist, wandte die Sanftmütige ein.

Doch, rief die Hartherzige triumphierend. Ich muss ihm nur verraten, was Elijahu mir vor Jahren einmal anvertraut hat.

Das darfst du Nathan nicht antun.

Warum nicht? Wenn es doch die Wahrheit ist.

Ist das dein Dank für alles, was er für dich getan hat? Dass du jetzt hinter seinem Rücken sein Unglück planst?

Wenn es doch die Wahrheit ist.

Du zerstörst eine Familie. Du zerstörst ein ganzes Haus. Du fügst Nathan den größten Schmerz seines Lebens zu.

Na und? Ist es etwa meine Schuld, dass Mädchen mannbar werden? Ist es meine Schuld, dass die Welt so ist, wie sie ist? Ich habe Heimweh.

Auf einmal?

Ja, auf einmal. Auf einmal habe ich es gemerkt. Und jetzt Schluss damit.

Ich schob das Schiffchen mit der Wolle durch die gespannten Fäden und klapperte so laut mit dem Kamm, dass der Lärm alle Gedanken in meinem Kopf übertönte.

Während Nathan sein Abendgebet sprach, schlich ich mich aus dem Haus, so wie ich mich früher aus der Hütte meiner Großmutter geschlichen hatte, um mich mit anderen jungen Leuten am Weiher zu treffen. Nein, ich war nie so unschuldig gewesen wie Recha, dachte ich gerührt, sie ist ein behütetes Kind und Nathan ist ein guter Vater. Ich würde ihn nicht verraten.

Der Mond stand nur noch als schmale Sichel über der Stadt, deshalb war es ziemlich dunkel. Ich sah den Tempelritter erst, als ich nahe genug war, dass ich ihn hätte berühren können. Er stand unter dem Baum, mit dem Rücken an den Stamm gelehnt, und begrüßte mich mit leiser Stimme. Wir setzten uns nebeneinander auf den Boden. Das Hundezahngras fühlte sich hart und rau an, ganz anders als das Gras zu Hause, das am Weiher besonders weich und üppig gewesen war. Der junge Mann neben mir wartete, und ich wusste nicht mehr, was ich zu ihm sagen sollte. »Erzähle mir, wie es jetzt bei uns aussieht, in der Heimat«, sagte ich schließlich.

»Was willst du wissen?«, fragte er erstaunt.

»Alles«, sagte ich, und weil mir nichts anderes einfiel, fügte ich hinzu: »Die Jahreszeiten, erzähle mir von den Jahreszeiten.«

»Hast du Heimweh?«, fragte er. »Bist du nicht glücklich mit Nathan und seiner Tochter?«

»Doch«, antwortete ich. »Natürlich bin ich das. Nathan ist ein guter, edler Mensch und Recha liebe ich wie ein eigenes Kind. Aber sie ist im mannbaren Alter, irgendwann wird sie heiraten.«

Ich hörte die unterdrückte Erregung in seiner Stimme, als er fragte: »Ist sie schon jemandem versprochen?«

»Nein«, sagte ich, »noch nicht. Und Nathan wird sie auch nicht gegen ihren Willen verheiraten. Er wird sie selbst entscheiden lassen.«

Eine Weile blieb es still zwischen uns, dann hörte ich ihn seufzen. »Wenn sie bloß keine Jüdin wäre«, sagte er und seufzte noch einmal.

Im Baum über unseren Köpfen raschelte es, hinter der Stadtmauer heulten Schakale. Mir fiel ein, wie früher, in kalten Winternächten, die Wölfe im Wald geheult hatten, ein drohendes, unheimliches Heulen.

»Und wenn sie keine Jüdin wäre?«, hörte ich mich plötzlich sagen. »Wenn sie Christin wäre wie du und ich? Wenn Nathan gar nicht ihr Vater wäre?«

Er sprang auf. »Willst du damit sagen, dass …«

Ich stand ebenfalls auf, erschrocken, entsetzt, weil mir gegen meinen Willen herausgerutscht war, was ich besser in meinem Herzen vergraben gelassen hätte. »Nichts«, stieß ich aus, »vergiss, was ich gesagt habe.«

Doch schon während ich, mit Tränen in den Augen, auf das Haus zulief, wusste ich, dass er es nicht vergessen würde. Es war zu spät. Worte, die einmal ausgesprochen sind, lassen sich nicht mehr zurücknehmen. Sogar böse Gedanken, die man gedacht hat, lassen sich nicht ungedacht machen. Sie bleiben in deinem Kopf und lauern nur auf eine günstige Gelegenheit, um auszubrechen und Unheil anzurichten.

14

Der Tempelritter

Meine Gedanken schlugen Haken wie ein Hase auf der Flucht vor dem Jäger, und wie ein Hase, gejagt und gehetzt, fühlte ich mich auch, ohne zu wissen, wer der Jäger war. Wieder einmal mied mich der Schlaf, wieder einmal irrte ich durch das nächtliche Jerusalem, durch die Gassen und Gässchen, die in der Unterstadt so eng und verwinkelt waren, dass das Mondlicht sie kaum erhellte. In meinen Ohren klangen Dajas Worte mal als leises, verheißungsvolles Flüstern, dann wieder als gellende Herausforderung: Und wenn sie keine Jüdin wäre? Wenn sie Christin wäre wie du und ich? Wenn Nathan nicht ihr Vater wäre? Natürlich überlegte ich auch, ob das, was Daja angedeutet hatte, wirklich der Wahrheit entsprach. Aber warum hätte sie mich anlügen sollen?

In den Häusern, die hier ganz eng beisammenstanden, lebten Menschen, ich hörte sie reden, lachen, schimpfen, rufen, und in einem Haus, das sich etwas schief und schmalbrüstig zwischen zwei andere geklemmt hatte, wurde gesungen. Es waren die Stimmen von Männern, begleitet von schnellen, rhythmischen Trommelschlägen. Eine Weile blieb ich stehen und hörte ihnen zu, aber die Melodie klang sehr fremd in meinen Ohren, ich hätte sie nicht nachsingen können. Deshalb ging ich bald weiter.

Aus manchen Fenstern fiel Licht und malte verzerrte Rechtecke auf das Pflaster, ließ die Ritzen zwischen den Pflastersteinen tiefschwarz werden, sodass sie ein krakeliges Muster ergaben, eine geheimnisvolle, unbekannte Schrift, eine Mitteilung, die ich nicht entziffern konnte und die vielleicht wichtig gewesen wäre. Ein Menetekel auf dem Pflaster von Jerusalem. Gewogen und zu leicht befunden.

Wieder schlugen meine Gedanken einen Haken und landeten in einem undurchdringlichen Dickicht, wo sich vor gar nicht langer Zeit noch ein wohlbestellter Acker befunden hatte, der reiche Ernte erwarten ließ, das Dickicht des Gelübdes, das ich vor Helmfried, dem Templer, abgelegt hatte: Gehorsam, Armut und Keuschheit. Helmfried, dachte ich, du hättest mir das Keuschheitsgelübde nicht abverlangen dürfen. Du hast es mich schwören lassen, als ich noch nicht ahnen konnte, was es heißt, eine Frau zu lieben und zu begehren. Es war zu früh, du hättest es wissen müssen. Darf man einer Raupe den Schwur abverlangen, nie zu fliegen, wenn sie noch gar nicht weiß, dass sie einmal ein Schmetterling sein wird? Die Natur selbst lässt das nicht zu. Es ist nicht meine Schuld, dass der Mann nicht halten kann, was der Knabe versprach. Manche Dinge entziehen sich dem Willen, das wird mir immer klarer. Ich habe zwar gelernt, mich zu beherrschen, Selbstbeherrschung war ein wichtiger Punkt in meiner Erziehung zum Ritter, aber was nützt mir das jetzt? Helmfried, ich war zu jung, du musst mich von meinem Gelübde lossprechen, du musst …

Mein Fuß stieß gegen einen Gegenstand, ein Mann schrie auf. Seine Stimme klang überlaut in der engen Gasse und wurde von den Hauswänden als Echo zurückgeworfen.

Erschrocken blieb ich stehen, die Haare in meinem Nacken richteten sich auf, ich meinte nichts anderes, als dass Helmfrieds Geist mich heimsuchte. Doch dann erkannte ich, dass ich in der Dunkelheit über einen Bettler gestolpert war, der sich, mit dem Oberkörper in einer Mauernische, zum Schlafen niedergelegt hatte. Er fluchte auf Arabisch, jedenfalls klang es wie Fluchen, ich entschuldigte mich verwirrt auf Deutsch und hastete weiter, bis seine Stimme hinter meinem Rücken zu einem Gemurmel wurde und schließlich ganz erstarb.

Ich fühlte mich einsam und verloren und sehr fremd in dieser Stadt, in diesem Land, dessen Sprache ich nicht verstand.

Die Mondsichel mit ihrer silbernen Aura hing wie ein umgekippter Heiligenschein über der Turmspitze der Jakobuskirche, als ich mich auf den Weg zum Hospiz der Johanniter machte. Im Vorraum brannte noch ein Öllämpchen, das ich löschte, bevor ich mich zu meiner Zelle tastete. Sie war schmal und auch am Tag dunkel, denn sie besaß nur ein kleines Fenster ganz oben, knapp unter der Decke, eher eine Luke, und der Holzladen war fast immer geschlossen, um die Hitze abzuhalten. Trotzdem war diese Zelle, die mir Bruder Innozenz zugewiesen hatte, um mir das große Dormitorium der Pilger zu ersparen, ein Privileg, eine Verneigung vor meinem Stand.

Müde, zerschlagen und noch immer von wirren Gedanken gehetzt, kniete ich mich nieder, stützte meine Ellenbogen auf das schmale Bettgestell und faltete die Hände. Aber es gelang mir nicht, mich ins Gebet zu versenken und die Ruhe zu finden, die ich so dringend gebraucht hätte. Meine Lippen murmelten das Vaterunser, aber meine Gedanken hörten nicht auf, im Zickzack durch meinen Kopf zu rasen, von einer Schläfe zur anderen, von der Stirn zum Hinterkopf und wieder zurück. Sie fühlten sich an wie Blitze, gefangen in einem Eisenkäfig, und auch mein Kopf schmerzte, als hätte ein Blitz in ihn geschlagen. Enttäuscht und verzweifelt gab ich es auf und erhob mich.

Als ich meinen Mantel auszog, stieg mir der leichte Brandgeruch in die Nase, der noch immer an meiner Kleidung haftete. Ich streckte mich auf dem dünnen Strohsack aus, verschränkte die Arme unter dem Kopf und starrte mit offenen Augen in die Dunkelheit. Ich brauche unbedingt einen neuen Mantel, dachte ich, aber wie soll ich Nathan um ein Darlehen bitten, wie soll ich ihm überhaupt je wieder unter die Augen treten können, nach dem, was ich an diesem Abend erfahren habe? Ich fühlte mich enttäuscht und betrogen, er hatte mir nicht die Wahrheit gesagt. Und ich hatte ihn bewundert und verehrt. Sollte Nathan sich nicht anders verhalten haben als mein Oheim? Hatte er wirklich ein Kind aufgezogen und es im Glauben gelassen, es sei seine Tochter? Warum? Warum hatte er alle belogen, Recha, mich, die ganze Welt? So wie mein Oheim mich und die Welt belogen hatte, als er mir den Namen Curd von Stauffen gab.

Curd von Stauffen ist tot, dachte ich, und Leu von Filnek ist nur eine Illusion. Nichts anderes als diese Fata Morgana, von der Helmfried mir einmal erzählt hat, als er von der Wüste und ihren Gefahren sprach. »So mancher irrte schon durch den endlosen Sand«, hatte er gesagt, »halb verdurstet, dem Tode nahe, da sah er plötzlich in der Ferne einen See auftauchen, ganz deutlich erkannte er ihn, das Wasser glitzerte in der Sonne. Voller Hoffnung lief er darauf zu, er lief und lief und kam dem See aber um keinen Schritt näher. Und schließlich ist er, die Rettung vor Augen, elendiglich im Sand verdurstet, denn das Wasser war nur eine Sinnestäuschung, eine Einbildung, die man im Morgenland Fata Morgana nennt.« Und dann hatte er, wie er es gerne tat, eine Lehre daraus gezogen und mir mit auf den Weg gegeben. »So ist es mit allem irdischen Glück, mein Sohn, du hechelst ihm hinterher und kannst es nie wirklich greifen. Drum hüte dich vor falschen Begierden und strebe nur nach der ewigen Seligkeit, die dir dein Gott im Himmel versprochen hat.«

Helmfried hatte sie jetzt hoffentlich gefunden, die ewige Seligkeit, er war als Märtyrer gestorben, für seinen Glauben. Er hatte noch im Tod gelächelt, war lächelnd vor seinen Herrn getreten.

Ich schloss die Augen und Recha tauchte vor mir auf, ihr schönes Gesicht war klar und rein wie das eines Engels. Über ihrer runden Stirn ringelten sich rotgoldene Locken. Etwas Helles, Strahlendes umgab sie, sie sah nicht aus wie die anderen Frauen in diesem Land, und ich fragte mich erstaunt, warum mir das nicht früher aufgefallen war. Sie war zu weißhäutig und zu hellhaarig. Langsam kam sie auf mich zu, ihr Leib war rank und biegsam wie eine Palme und ihre Brust über dem eng geschnürten Mieder bewegte sich leicht hin und her im Rhythmus ihrer Schritte. Doch als ich die Hände nach ihr ausstreckte, drehte sie sich um und verschwand in der Dunkelheit. Ich war wieder allein.

Was sollte ich tun? Irgendjemand musste mir sagen, was ich tun sollte, irgendjemand musste mir den Weg aus diesem Labyrinth der Gefühle und Gedanken zeigen. Ich faltete die Hände, um noch ein Vaterunser zu beten, und da kam mir der rettende Gedanke: Der Patriarch! Ja, er ist der Mann, der für solche Fragen zuständig ist. Er ist der Repräsentant unserer heiligen römischen Kirche, er ist der Stellvertreter des Papstes. Ich beschloss, ihn am nächsten Morgen aufzusuchen, ihm mein Problem darzulegen und um die Befreiung von meinem Gelübde zu bitten.

Getröstet drehte ich mich auf die Seite und schob den Arm unter den Kopf. Morgen.

Am nächsten Morgen, als ich aufwachte, war der Trost verblasst, ich war bedrückt und mutlos. Aber das Gefühl, dass ich den Patriarchen aufsuchen müsse, war noch da, denn es gab in der ganzen Stadt keinen anderen, an den ich mich hätte wenden können. Deshalb verrichtete ich mein Gebet, nahm die karge Morgenmahlzeit der Johanniter* zu mir und machte mich auf den Weg.

Ich ging sehr langsam durch die Gassen. Meine Füße waren schwer, ich blieb immer wieder stehen und betrachtete die Steine der Stadt. Mein Blick blieb an einer Mauerritze hängen, aus der Ysop* wuchs, von dem geschrieben steht: *Und nehmt ein Büschel Ysop und taucht es in das Blut in dem Becken und bestreicht damit die Oberschwelle und die beiden Pfosten. Und kein Mensch gehe zu seiner Haustür heraus bis zum Morgen.* Das war damals, bei den zehn Plagen, als der Herr umherging und die Ägypter schlug und die Häuser der Juden verschonte.

Ich betrachtete auch die Menschen, denen ich begegnete, und stellte überraschende und erstaunliche Ähnlichkeiten fest. Eine Frau, die eingelegte Oliven und getrocknete Feigen verkaufte, hätte trotz ihrer schwarzen Haare und ihrer schwarzen Augen die Schwester Kunigundes* sein können, unserer blonden, sommersprossigen Köchin zu Hause, auf der Stauffenburg, und ein Lastenträger hatte die gleichen weit auseinanderstehenden Augen mit dem ewig verwunderten Blick wie Konstantin, mein Fechtmeister auf Tannenberg. Nun, da ich damit angefangen hatte, drängten sich mir weitere Ähnlichkeiten auf. Eine Magd, die einen vollen Wasserkrug auf dem Kopf trug, lächelte genauso spitzbübisch und herausfordernd wie die Zofe meiner Tante. Und ein alter Hausierer hatte den gleichen Gang, wie Roderich ihn gehabt hatte, ein seltsames, unregelmäßiges Schlurfen. Und ein schwarzhaariger Knabe mit runden Wangen und blitzenden Zähnen, der einem Esel einen Eimer Wasser hinhielt, glich meinem blondlockigen Bruder Albert, der von allen geliebt wurde.

Aber so langsam ich auch ging, irgendwann stand ich dann doch vor der Tür des Patriarchen und klopfte.

Diesmal führte mich der Diener in einen Salon, der womöglich noch prächtiger ausgestattet war als das Schlafzimmer, das ich von meinem letzten Besuch her kannte. Im Gegensatz zum Purpur des Schlafzimmers war dieser Raum in Grün gehalten. Die Seidenvorhänge waren halb zugezogen, und das gedämpfte Licht, das sie hereinließen, warf einen grünlichen Schleier über den Raum und hüllte alles ein, auch die Gestalt des Patriarchen, der in einem Sessel mit grünen Polstern und vergoldeten Lehnen thronte. Das Licht erinnerte mich an einen Frühlingstag im Wald, wenn die Morgensonne durch die frisch ausgeschlagenen Blätter fällt. Der Patriarch empfing mich mit einem huldvollen Lächeln auf den vollen Lippen, die vorgewölbt waren wie die eines verwöhnten Kindes. Mit einer Handbewegung forderte er mich auf, auf einem Diwan Platz zu nehmen. Zwischen ihm und mir stand ein niedriger Tisch mit allerlei Leckereien und einem Krug, in dem sich, wie ich bald feststellte, mit Wasser vermischter Wein befand.

Ein Diener brachte mir einen Becher und goss mir Wein ein, der Patriarch forderte mich auf, zuzugreifen, und steckte sich ebenfalls ein Gebäck aus Sesam und Honig in den Mund. Es schmeckte süß, viel zu süß, und die kleinen Körner blieben zwischen meinen Zähnen hängen, aber der Patriarch nötigte mich, noch ein zweites zu essen, bevor er fragte: »Nun, Curd von Stauffen, was hast du herausgefunden?« Er schaute mich erwartungsvoll an.

Ich trank einen Schluck Wein, aber der allzu süße Geschmack blieb in meinem Mund und ließ sich nicht vertreiben. »Das ist nicht der Grund meines Kommens«, antwortete ich, schwieg einen Moment und fügte hinzu: »Ich kann das nicht tun.«

Als ihm klar wurde, dass ich keineswegs mit einem geheimen Bericht über die Waffen und Befestigungsanlagen des Sultans gekommen war, verschwand das Lächeln aus seinem Gesicht. Er legte ein angebissenes Gebäckstück zurück auf den Tisch, seine Miene wurde finster. Er gab sich keine Mühe, seine Enttäuschung und seinen Unmut zu verbergen.

»Der Sultan hat mir das Leben geschenkt«, sagte ich leise. »Ich kann nicht tun, was du von mir verlangst.«

Er schaute mich an, lange, bis ich seinen Blick nicht mehr aushielt und den Kopf senkte. Dann hörte ich ihn mit einer ganz anderen Stimme sprechen, mitleidig, fast sanft. »Ich verstehe dich, Curd von Stauffen«, sagte er. »Du verdankst dem Sultan dein Leben. Dass du jetzt nichts gegen ihn unternehmen willst, beweist dein edles Herz.« Er machte eine Pause, bevor er in eindringlichem Ton weitersprach: »Aber du darfst nicht vergessen, dass wir Diener unseres himmlischen Herrn sind und die Verantwortung für unsere geliebte katholische Kirche tragen. Wenn wir jetzt kampflos aufgeben, sind unsere heiligsten Stätten für immer verloren. Die Christenheit der ganzen Welt schaut auf uns, Curd von Stauffen, auf jeden Einzelnen von uns. Wir müssen unserem Gott zum Sieg über die Heiden verhelfen, so wie Judas, der Bruder des Jakobus, geschrieben hat: *Ich war genötigt, euch zu schreiben und zu ermahnen, für den ein für allemal den Heiligen überlieferten Glauben zu kämpfen.* Bedenke, Curd von Stauffen, was dir wichtiger ist, deine Ehre als Ritter oder die höhere Ehre Gottes.« Seine Stimme war bei den letzten Sätzen immer eindringlicher geworden, beschwörender.

Ich saß ihm gegenüber und senkte den Blick. Seine Worte hatten mich beeindruckt, sie klangen aufrichtig. Mir fiel jedoch nichts ein, was ich darauf erwidern konnte, mein Kopf war leer, trotz meines übervollen Herzens.

»Was ist es, was dich zu mir führt?«, fragte der Patriarch jetzt im Tonfall eines Priesters. »Sprich, mein Sohn, ich höre.«

So hatte Pater Benedikt gesprochen, wenn er mir die Beichte abnahm. Ich meinte seine Stimme zu hören, die sagte: *Gott sei in deinem Herzen und auf deinen Lippen, damit du aufrichtig und demütig deine Sünden bekennst.* Ich senkte die Augen und stellte mir den dämmrigen Beichtstuhl in unserer Kapelle vor, sah das runde Gesicht Pater Benedikts vor mir, den leicht zur Seite geneigten Kopf hinter dem Gitter, und mein Herz wurde weich und demütig. »Ich möchte etwas wissen«, sagte ich zögernd. »Ich habe eine Frage, die mir nur ein Mann der Kirche beantworten kann.«

Der Patriarch lehnte sich zurück. Sein Rock aus apfelgrüner Seide spannte sich über dem gewölbten Bauch, der sich mit seinen Atemzügen auf- und abbewegte. Als ich schwieg, hob er die weiße Hand mit dem Ring, dem Zeichen seiner Würde, und machte eine auffordernde Gebärde. »Sprich, mein Sohn«, sagte er noch einmal.

»Angenommen, ein Jude zieht ein Christenkind auf ...«, fing ich an, stockte, sprach dann weiter. »Ich meine, ein Mädchen, das getauft ist. Er zieht sie auf, sodass sie glaubt, sie sei Jüdin. Ist sie dann Jüdin geworden oder in Wirklichkeit noch immer eine Christin, eine Angehörige unserer heiligen katholischen Kirche?«

Wieder, wie beim letzten Mal, erlebte ich die Verwandlung, die sich mit ihm vollzog. Sein Gesicht mit den schlaffen Wangen straffte sich und bekam feste Konturen, die etwas vorgeschobenen Lippen zogen sich zurück und wurden schmal, seine Augen fingen an zu glitzern wie die eines Raubvogels. »Ist das passiert?«, fragte er mit schneidender Stimme. »Hier in unserer Stadt?«

Ich erstarrte. Zum ersten Mal kamen mir Zweifel, ob es wirklich richtig gewesen war, ihn aufzusuchen. Am liebsten hätte ich meine Worte zurückgenommen, nun blieb mir nur der Versuch, sie ein wenig abzuschwächen. »Ich wollte damit nicht sagen, dass es wirklich passiert ist«, sagte ich schnell, vielleicht zu schnell. »Ich möchte doch nur wissen, was es bedeuten würde, angenommen, es wäre passiert, so etwas oder etwas Ähnliches, was wäre dann mit dem Mädchen, was würde es für das Mädchen selbst bedeuten, für die Christen, für die Juden …« Meine Stimme erstarb unter seinem eisigen Blick.

Er richtete sich auf, verschränkte die Arme vor der Brust. Der vorher so weichlich aussehende Körper wurde machtvoll und kraftstrotzend, wie ein Felsblock saß er mir gegenüber. »Dafür gibt es eine eindeutige Aussage unserer heiligen Kirche. Der Jude, der so etwas getan hat, verdient den Tod. Er muss sterben. Er muss auf dem Scheiterhaufen verbrannt werden.«

Ich erschrak. Mit einem Schlag hatte sich die Stimmung im Raum verändert. Ich meinte die Kälte, die er plötzlich ausstrahlte, auf meiner Haut zu spüren und der süße Geschmack in meinem Mund wurde bitter. »Aber angenommen, das Mädchen wäre ohne ihn nicht mehr am Leben?«, wandte ich ein. »Angenommen, er hat ihr das Leben gerettet?«

Der Mann mir gegenüber runzelte die Stirn. Sein Raubvogelblick hielt mich fest, ließ mich nicht los. »Nichts, aber auch gar nichts rechtfertigt das Verbrechen, ein Christenkind als Juden aufzuziehen, selbst wenn es sich nur um ein Mädchen handelt«, sagte er mit der Strenge und der Autorität eines Richters, aber auch mit dem Hass eines Selbstgerechten. »Ich sage dir, Curd von Stauffen, dieses Mädchen wäre besser nicht mehr am Leben als ihrem Glauben entfremdet. Ein Jude, der einem Christenkind so etwas angetan hat, muss mit seinem Leben dafür bezahlen. Wer ist er? Nenne mir seinen Namen!«

Meine Wangen fingen an zu brennen, als habe er mir ins Gesicht geschlagen, zugleich überlief mich ein Frösteln. Warum hatte ich eine solche Wendung des Gesprächs nicht vorher bedacht? Ich hätte es doch wissen können. Ich kannte die unversöhnliche Haltung der Kirche gegenüber den Juden. Man sagt, es seien Priester gewesen, Männer der Kirche, welche die Kreuzfahrer immer wieder dazu aufgestachelt hatten, gegen die Juden im eigenen Land vorzugehen, bevor sie die lange Reise in den Orient antraten. Sie hatten zum »Krieg gegen die Ungläubigen« aufgerufen und das Volk hatte seinen geistlichen Führern gehorcht und in vielen deutschen Städten die Juden umgebracht. Wo war das gewesen? In Mainz? Ja, und in Worms und in Trier, aber nicht nur dort. Die Kreuzfahrer hatten manchmal davon erzählt, wenn wir abends am Feuer saßen. Ich hatte zugehört, aber damals hatte es mir nichts bedeutet, ich war sogar überzeugt davon gewesen, dass es richtig und gerecht sei. Damals hielt ich alle Juden für verächtlich, für Feinde Gottes. Damals kannte ich Nathan noch nicht. Damals kannte ich überhaupt keine Juden.

»Nenne mir seinen Namen«, sagte der Patriarch jetzt noch einmal und seine Stimme jagte mir eine Gänsehaut über den Leib.

»Ich … es ist doch nur eine Frage, die mir durch den Kopf gegangen ist«, stammelte ich hilflos. »Ich …«

Er unterbrach mich, seine Stimme wurde noch härter, noch schärfer. »Du lügst, Curd von Stauffen«, sagte er. »Eine solche Frage geht einem nicht nur so durch den Kopf. Wer ist der Jude? Als dein geistliches Oberhaupt fordere ich dich auf, mir seinen Namen zu nennen.«

Mir wurde schwindlig, auf einmal hatte ich das Gefühl, in dem grünlichen Licht zu versinken wie in einem See voller Entengrütze. Der Patriarch sprach weiter, aber ich verstand ihn nicht mehr. Jedenfalls weiß ich nicht mehr, was er sagte, und als er mir die Hand hinhielt, zum Zeichen dafür, dass unsere Unterredung beendet war, erhob ich mich, küsste seinen Ring und lief zur Tür. Ich floh. Nur weg von hier, weg von diesem Mann, der Nathans Tod verlangte.

Ich wusste nicht, wohin ich meine Schritte lenken sollte. Am liebsten wäre ich in eine Kirche gegangen, ich sehnte mich nach der Stille, nach der Dämmerung, nach dem Geruch von Weihrauch. Aber ich wollte keine Pilger treffen, ich wollte mit niemandem sprechen, wollte niemandem behilflich sein. Kopflos und ohne nachzudenken, lief ich hinunter in das Tal Hinnom, zum Acker Hakeldamach, der einst um das Geld, für welches Judas den Herrn verraten hatte, gekauft worden war und wo man heutigentags die Pilger begräbt. Zu dem Ort, an dem auch Helmfried hätte begraben werden sollen.

Vor dem Friedhof, unter einer Gruppe von Bäumen, traf ich ein paar Knaben. Sie hatten einen Hund mit einem Strick an einem Baum festgebunden und bewarfen ihn mit Steinen. Zwei der Knaben, sie mochten vielleicht zehn, zwölf Jahre alt sein, warfen einen Stein nach dem anderen auf das Tier, drei kleinere suchten eifrig neues Wurfmaterial zusammen. Der Hund war noch jung, mit einem sandgelben Zottelfell und langen, herunterhängenden Ohren, er bellte und heulte und versuchte, sich loszureißen, aber der Strick war zu kurz und zog ihn immer wieder zurück. Er blutete aus einer Wunde am Kopf, er blutete aus mehreren Wunden an den Flanken, und jedes Mal, wenn er von einem Stein getroffen wurde, jaulte er in den höchsten Tönen. Ein Stein traf ihn am Hinterlauf, er knickte ein. Seine Vorderpfoten hoben sich, als wolle er beten, er riss den Kopf zurück und heulte den Himmel an. Ich hätte mir am liebsten die Ohren zugehalten wie damals, als ich mit ansehen musste, wie ein Jäger einen Hund erschlug, der nach ihm geschnappt hatte. Die Knaben hörten nicht auf, den Hund zu steinigen, und das Jaulen des Tiers wurde immer jämmerlicher und leiser. Was für ein grausames Land, dachte ich und ging mit schnellen Schritten und abgewandtem Gesicht an ihnen vorbei auf den Friedhof.

Die Grabhügel waren von Dornen und trockenem Gras überwuchert, nur auf wenigen standen Holzkreuze. Der Acker Hakeldamach sah wirklich aus, wie Helmfried gesagt hatte: ein Ort der Schande und der Trauer. Vor irgendeinem Grabhügel blieb ich stehen, das Kreuz an seinem Kopfende bestand aus zwei roh zusammengefügten Holzbrettern, ohne Namen.

Helmfried, sagte ich, was ist, wenn der Patriarch herausbekommt, dass es um Nathan geht? Das habe ich nicht gewollt.

Ich hörte ihn antworten: Na und, er ist doch nur ein Jude.

Er ist Rechas Vater.

Nein, er hat sie ihrem Glauben gestohlen.

Vor mir lief ein Tier durch das dürre Gras, ich konnte nicht erkennen, was es war, ich sah nur die Bewegung der Halme. Es könnte eine Schlange sein, dachte ich und trat einen Schritt zur Seite. Dann wandte ich mich wieder an Helmfried und sagte: Aber er liebt sie und sie liebt ihn, er hat sie aufgezogen.

Na und?, erwiderte er. Auch dein Oheim hat dich aufgezogen.

Das Jaulen des Hundes wurde lauter und lauter, es dröhnte in meinen Ohren und erfüllte meinen Kopf, übertönte meine Gedanken, übertönte Helmfrieds Stimme, sodass ich ihn nicht mehr verstand.

Sei still, Helmfried, sagte ich. Das geht dich nichts mehr an, du bist tot.

Von oben, von einer Moschee, drang die Stimme eines Muezzins herunter, der die gläubigen Muslime zum Gebet rief. Ich drehte mich um und verließ den Acker. Die Knaben waren verschwunden, der Hund lag neben dem Baum, die Beine von sich gestreckt, den Kopf grotesk zur Seite gewandt, mit aufgerissenem Maul und heraushängender Zunge. Sein sandgelbes Fell war blutbefleckt und seine Augen so verdreht, dass nur noch das Weiße zu sehen war. Er war tot.

Die Stimme des Muezzins wurde lauter.

Nur einer kann mir jetzt noch helfen, dachte ich. Nur der Sultan besitzt die Macht, das Unheil abzuwenden. Er war Gottes Werkzeug, sonst wäre ich nicht mehr am Leben. Was einmal war, kann auch ein zweites Mal sein. Ich werde zu ihm gehen, ihm die ganze Geschichte erzählen und ihn bitten, mir zu helfen und Nathan vor der Rache des Patriarchen zu schützen. Falls das nötig sein sollte.

Geschem

Bei Sonnenaufgang kamen die Kamele. Ich hatte schon lange vor dem Tor gestanden und gewartet, bereits als es noch dunkel war, denn vor lauter Aufregung war ich früh aufgewacht. Ich hatte gesehen, wie sich der Himmel im Osten langsam verfärbte, wie er erst grau wurde und dann rosa, ich hatte gehört, wie die Vögel in den Bäumen aufwachten und anfingen zu singen, und ich hatte gespürt, wie die ersten Sonnenstrahlen auf meine Haut trafen.

Es waren neun Tiere, zwei kleinere und sieben große, die von vier Fellachen geführt wurden. Die Männer hielten auf unserem Vorplatz an, schnalzten mit den Zungen und stießen kurze, kehlige Befehle aus. Die Kamele knickten in die Knie und ließen sich dann langsam auf den Boden sinken, wobei die Sättel auf ihren Rücken hin- und herschwankten. Ich machte ein paar Schritte in ihre Richtung und blieb stehen. Aus der Nähe waren sie doch sehr groß.

Recha kam heraus. Sie betrachtete die Kamele und lief zu einem der beiden kleineren Tiere hinüber. Es war weiß und schön wie der Vollmond im Winter und sehr jung, fast noch ein Kalb. Als Recha neben ihm stand, drehte es ganz langsam den Kopf zu ihr und legte seine Lippen an ihre Wange, als wolle es sie küssen. Ich sah, wie Recha den schlanken Hals des Kamels streichelte, wie ihre Finger über seine Stirn glitten, über die edle Rundung der Nase, die weichen, dunklen Lippen, die sich unter ihrer Berührung hoben wie zu einem Lächeln. Sie beugte sich vor, schmiegte ihre Wange an seine und schloss die Augen. Auf ihrem Gesicht lag eine solche Innigkeit, dass ich den Blick abwandte, weil ich auf einmal das Gefühl hatte, etwas Verbotenes gesehen zu haben.

Der älteste der Fellachen, vermutlich der Vater der drei anderen, ein Mann mit blitzenden Augen und einem dichten Bart, der bereits grau verfärbt war und weiß an den Spitzen, winkte mich näher und fragte: »Wie heißt du, Junge?«

»Geschem«, antwortete ich. »Geschem Ibn Ibrahim.«

»Gehörst du in dieses Haus?«, fragte er, und als ich nickte, sagte er: »Was hat ein muslimischer Junge im Haus eines Juden verloren?«

Ich zuckte zusammen, verwirrt, weil ich meinen arabischen Namen gesagt hatte, und beschämt, weil ich auf einmal das Gefühl hatte, Elijahu und Nathan verraten zu haben.

»Geh und sage Bescheid, dass wir angekommen sind«, sagte er, und ich meinte, in seiner Stimme nicht nur Verwunderung herauszuhören, sondern Verachtung.

Verstört lief ich ins Haus, um den anderen zu sagen, dass sie nun bereitstanden, die Kamele, die uns nach Jericho bringen würden, in die Palmenstadt, deren Mauern beim Klang von sieben Posaunen vor den Kindern Israels eingestürzt waren, nachdem sie die Stadt zum siebten Mal umrundet hatten.

Nathan war es gewesen, der Herr, der die Reise vorgeschlagen hatte. Natürlich hatte er es Recha zuliebe getan, denn sie war in der letzten Zeit oft seltsam abwesend und antwortete nicht, wenn jemand sie ansprach. Er plane eine

Reise nach Jericho, hatte er gesagt, zusammen mit Elijahu und Jakob, ob sie nicht mitkommen wolle, sie habe ihn schon lange nicht mehr begleitet. »Wir werden drei, höchstens vier Tage unterwegs sein. Du würdest Fatma wiedersehen, Recha, und dir, Daja, würde ein wenig Abwechslung auch guttun.«

Ich wusste nicht, wer diese Fatma war, aber ich sah, wie sich Rechas Gesicht vor Freude rötete. Sie fiel ihrem Vater um den Hals und küsste ihn.

Und da hörte ich Elijahu sagen: »Wir sollten Geschem mitnehmen, damit er sieht, wo der Balsam herkommt. Er stellt sich gut an und scheint eine feine Nase zu haben, ich bin wirklich sehr zufrieden mit ihm.«

Ich senkte schnell den Kopf, um meine Überraschung und meine Freude über dieses Lob zu verbergen. Elijahu ließ mich jeden Tag an verschiedenen Fläschchen mit Balsamöl riechen, um meine Nase zu üben, und ich musste dann sagen, ob ich einen Unterschied entdeckte. Bisher hatte er sich immer nur schweigend angehört, was ich mehr oder weniger stotternd vorbrachte, dies war das erste Lob. Als Nathan mir die Hand auf die Schulter legte und fragte, ob ich mitkommen wolle, konnte ich nur nicken, vor Freude hatte es mir die Sprache verschlagen.

Im Haus liefen bereits alle geschäftig umher. Noch immer verwirrt und unsicher, half ich Elijahu und Jakob, unseren Proviant und die Wasserschläuche in die Satteltaschen zu packen. Zipora brachte für Elijahu noch Bällchen aus gestampften Kichererbsen, die er, was jeder weiß, besonders gern isst. Nathan wies uns an, Wein, Oliven und Öl einzupacken, dazu ein paar Tücher aus Damaskus, als Geschenke für seine Handelsfreunde in Jericho, und dann stiegen wir auf.

Recha hatte das weiße Kamel gewählt, mir wurde das kleine dunkle zugewiesen, das wirklich viel kleiner war als die anderen, die Nathan, Elijahu und Jakob bestiegen. Trotzdem beschlich mich ein seltsames Gefühl, als es sich erhob und ich dabei erst schräg nach vorn kippte, dann schräg nach hinten. Aber ich klammerte mich an den dicken, weit herausragenden Sattelknauf, wie Elijahu es mir gesagt hatte, und drückte meine Beine fest gegen den Leib des schwankenden Tieres.

Daja hatte es abgelehnt, mitzukommen. Sie war in den letzten Tagen sehr schweigsam gewesen, hatte sich meist in ihrem Zimmer aufgehalten und gewebt. Bis zum Abend hatte man das Klappern ihres Webstuhls hören können. Jetzt standen sie und Zipora vor dem Haus, sie wünschten uns eine gute Reise und eine glückliche Heimkehr und winkten, als sich unsere kleine Karawane in Bewegung setzte.

Die Kameltreiber hatten uns in die Mitte genommen, einer, der Älteste, ritt voraus, einer am Schluss und je einer auf jeder Seite. Ein paar Knaben, die einen zweirädrigen Karren mit Gemüse zogen, blieben stehen und starrten uns an. Als ihre Blicke an mir hängen blieben, schoss mir das Blut in den Kopf und ich konnte ein zufriedenes Lächeln nicht unterdrücken. Ich richtete mich auf und verstärkte den Druck meiner Oberschenkel. Bis wir um die Ecke bogen, meinte ich noch ihre neidischen Blicke auf meinem Rücken zu spüren, aber ich erlaubte mir nicht, mich umzudrehen. Ich war stolz, zum ersten Mal war ich stolz. Bis vor Kurzem wäre ich froh gewesen, einmal auf einem Esel reiten zu dürfen, von einem Kamel hatte ich nie zu träumen gewagt. Die Welt sah anders aus, wenn man sie von dieser Höhe aus betrachtete, größer, weiter, schöner. Ein Glucksen stieg in meiner Kehle auf, und als es mir über die Lippen rollte, drehte Elijahu sich um und lachte mir zu.

Bald hatten wir die Stadt hinter uns gelassen und ritten den Weg entlang, der durch die Berge von Judäa hinunter in die Ebene führt, in der das Salzmeer liegt. Solange wir noch in der Nähe der Stadt waren, sahen wir manchmal Zelte am Wegrand stehen, Zelte, die aus Stangen errichtet und mit Tüchern und Tierhäuten bespannt waren. Davor spielten kleine Kinder, größere zerrieben Körner mit einem Mörser zu Mehl oder führten andere Arbeiten aus, und ein Knabe, fast nackt, nur mit einem Tuch um die Hüften geschlungen, trieb ein paar Ziegen und Schafe einen Hang hinauf. Neben einem größeren Zelt waren gerade ein paar Männer dabei, eine Ziege zu schlachten. Nicht weit von ihnen saß eine Frau unter einem Baum und säugte ein Kind.

Die Kamele bewegten sich ruhig und gleichmäßig. Ich hatte inzwischen heraus, dass ich mich dem Schaukeln anpassen musste, dann brauchte ich mich nicht mehr mit den Beinen festzuklammern. Nur manchmal, wenn es etwas steiler bergab ging, wurde ich steif und meine Muskeln zitterten. Vor mir ritt Elijahu. Ich sah seinen breiten Rücken, der sich mit den Schritten seines Kamels hin- und herbewegte, ich sah die kräftigen Beine, die locker über den Leib des Tieres hingen. Als er sich umdrehte und mir zunickte, schlug eine Welle der Dankbarkeit über mir zusammen und die Erinnerung an die vergangene Nacht überwältigte mich.

Gestern Abend hatte ich kaum einschlafen können vor Aufregung und Vorfreude. Ich hatte auf meinem Bett gelegen und Elijahus Atemzügen gelauscht, die immer tiefer wurden und in ein leises Schnarchen übergingen. Als ich einschlief, war ich glücklich, das weiß ich noch genau, ich hatte keine schlimmen Gedanken. Und dennoch kam er wieder zu mir, dieser hässliche, bedrohliche Traum, den ich schon so oft geträumt hatte.

Zuerst sah ich den Rauch, immer sieht man zuerst den Rauch, dann züngelten Flammen auf und kamen näher, ich fühlte schon die Hitze an meiner Haut, versuchte, mich gegen den Schmerz zu wappnen, der bald kommen würde, spürte bereits, wie mich die glühenden Feuerfinger erst an der linken Schulter packten, dann am linken Bein. Beißender Rauch drang in meine Nase und meine Augen, ich konnte nichts mehr sehen, ich hörte nur noch prasselnde Flammen, berstendes Holz, zusammenbrechende Mauern und Schreie, verzweifelte Schreie, gleich würden mir die Sinne schwinden ... Doch in diesem Moment wurde ich gepackt und hochgehoben. Auf starken Armen wurde ich fortgetragen, fort von den Flammen, fort von der Angst.

Es war Elijahu, der mich trug, ich erkannte ihn an seinem Geruch, an seinem festen Griff, an seinem Gang. So hatte er mich damals getragen, als er mich in Nathans Haus gebracht hatte. Mein Kopf lag an seiner Brust und sein Herzschlag übertönte das Prasseln des Feuers und die Schreie der Menschen, von denen ich nicht wusste, wer sie waren. Ich spürte das gleichmäßige Wiegen, hörte das gleichmäßige Pochen seines Herzens und alle Angst fiel von mir ab. Beim Aufwachen heute Nacht hörte ich noch immer sein Herz klopfen, spürte noch immer die Wärme seines Körpers und merkte, dass er auf meinem Lager saß und mich in den Armen hielt, so wie man ein Kind hält. »Du hast schlecht geträumt«, sagte er leise. »Du hast geschrien. Aber nun ist alles gut.« Er legte mich wieder zurück, deckte mich zu, strich mir über die Haare und ging hinüber zu seinem Lager. Und ich wusste, dass wirklich alles gut war.

»Nimm einen Schluck Wasser«, sagte Elijahu jetzt, »du darfst nicht vergessen zu trinken.« Ich zog den Schlauch aus der Satteltasche und trank.

Die Sonne stand hoch am Himmel, der ganz hell war, fast weiß, und nur am Horizont einen dunkleren Saum aufwies. Auf einem fernen Hügelkamm sahen wir Steinböcke. Ihre Umrisse hoben sich deutlich gegen den hellen Himmel ab. Einer der Kameltreiber, die gleich hinter der Stadt ihre Krummschwerter herausgezogen hatten, um möglichen Räubern zu zeigen, dass sie bereit waren, uns zu verteidigen, begann zu singen, eine seltsam eintönige, beruhigende Melodie. Es klang, als würden die Steine singen, als würde die Luft surren, als würde das dürre Gestrüpp summen. Meine Gedanken flossen ineinander wie die Bilder vor meinen Augen, Bilder, die ich, da war ich mir sicher, nie vergessen würde, Bilder von Felsen, von Kakteen am Wegrand, vom schimmernden Band des Salzmeers, das manchmal für einen Moment auftauchte und wieder verschwand. Über einem Hügel kreisten Vögel. Da und dort wuchsen Bäume aus dem steinigen Boden, Johannisbrotbäume, Akazien, Tamarisken.

Unter einem der Bäume hielten wir um die Mittagszeit Rast. Jakob breitete Decken aus, auf die wir uns setzen konnten. Wir aßen die Köstlichkeiten, die Zipora uns eingepackt hatte, und tranken von dem inzwischen warm gewordenen Wasser. Jakob sagte etwas, was ich nicht verstand, und Recha lachte. Ich schloss die Augen, mein ganzer Körper spürte noch immer das Schaukeln des Kamels. Und außerdem wollte ich den Blicken des ältesten Fellachen ausweichen, der manchmal zu mir herschaute, prüfend und spöttisch. Ich schämte mich, und zugleich schämte ich mich, weil ich mich schämte. Ich wusste doch selbst nicht, warum ich meinen arabischen Namen gesagt hatte. Ich hätte es gern ungeschehen gemacht. Und plötzlich kam mir der Gedanke, dass ich noch immer nicht wusste, wer ich war. Zwei Namen zu haben, war nicht besser als einer, es war fast so schlimm, wie gar keinen zu haben.

Dann ritten wir weiter, hinunter zu der Ebene, in der das Salzmeer nun schon zu sehen war. Wie eine riesige, silberne Muschel erstreckte es sich in südlicher Richtung. Hinter dem Wasser, am anderen Ufer, erhoben sich, blau im Dunst, die Berge von Moab. Im Norden tauchte Jericho auf, eine grüne Insel im gelben Sand, und im Süden waren steinige Hänge zu sehen, endlose Hänge, die, so sagte Elijahu, bis dahin reichten, wo einmal Sodom gestanden hatte, die Stadt der Sünde, die Gott gestraft hatte.

Es wurde schon Abend, als wir, vorbei an Dattelpalmen, Tamarisken, Feigenbäumen und Granatapfelbäumen, an denen die Früchte schon reif wurden, vorbei an Gemüsegärten und Schafpferchen, die ersten Häuser erreichten. Durch ein hohes Tor gelangten wir auf einen großen, von mehreren Häusern umringten Innenhof. Ich sah Dattelpalmen, einen kleinen Gemüsegarten und einen Hühnerstall, in dem die Hühner wie zu unserer Begrüßung aufgeregt gackernd herumtrippelten.

Menschen kamen aus den Türen, Männer verneigten sich, Frauen zogen sich Tücher vor die Gesichter. Sie stießen Freudenrufe aus, segneten uns und halfen uns beim Absteigen. Recha umarmte und küsste ein Mädchen, das vermutlich diese Fatma war, und beide verschwanden in einer Tür. Nathan wurde sofort von einigen Männern umringt, die ihn berührten und auf ihn einsprachen.

Ich zitterte, um mich herum drehte sich alles, mir wurde schwarz vor den Augen. Mit ein paar Schritten war Elijahu bei mir und stützte mich. Gesichter tauchten vor mir auf, verschwommene, besorgte Gesichter, Münder öffneten sich, ohne dass ich die Worte verstand, die herauskamen, bis ein Gesicht deutlicher wurde, das Gesicht einer Frau, und eine Stimme rief: »Mussa! Komm!« Dann sah ich einen Jungen, kaum größer als ich. »Bring ihn zu deinem Bett, du kannst heute im Hof schlafen«, sagte die Frau. Der Junge und Elijahu führten mich in ein Haus. Nach dem langen Schaukeln fiel mir das Gehen schwer, ich hinkte stärker als sonst.

Im Haus war es kühl, kühler, als ich erwartet hatte. Der Junge deutete auf ein Lager in einer Ecke, und Elijahu half mir, mich niederzulegen. »Ruh dich aus«, sagte er, »das war heute sehr anstrengend. Ich weiß noch genau, wie mir nach meinem ersten Kamelritt der ganze Körper wehgetan hat.« Ich schloss dankbar die Augen. »Wie heißt du?«, hörte ich den Jungen fragen, den seine Mutter Mussa genannt hatte. »Er heißt Geschem«, antwortete Elijahu für mich, und ich fügte mit letzter Kraft hinzu: »Geschem Ben Abraham.«

Ihre Stimmen wurden leiser, sie hatten den Raum verlassen. Ich war allein. Vorsichtig dehnte ich meine Glieder, vor allem mein linkes Bein schmerzte und war verkrampft. Ich massierte es, bis der Krampf nachließ, dann rollte ich mich zusammen. Der Ruf eines Muezzins, der wie ein Echo an mein Ohr drang, begleitete mich in den Schlaf.

Am nächsten Morgen wurde ich vom lauten, unermüdlichen Krähen eines Hahns geweckt. Es dauerte einen Moment, bis ich wusste, wo ich war, dann schaute ich mich um und fand neben meinem Bett einen Krug mit Wasser und einen Teller mit gestampften Bohnen und Fladenbrot. Gierig fiel ich darüber her. Doch es dauerte nicht lange, da wachten auch die anderen auf und sammelten sich auf einem überdachten Vorplatz. Die Frauen brachten uns Käse und Brot, Oliven, Knoblauch, Honig und Rosinen, zum Trinken gab es frische Ziegenmilch. Mussa saß neben mir und schaute mir beim Essen zu, und erst, als ich fertig war, sagte er: »Komm mit, Geschem. Elijahu möchte, dass ich dir die Pflanzungen zeige.«

Wir gingen zwischen Häusern und Höfen hindurch, vorbei an Märkten und Moscheen, an Häusern aus Stein oder Holz und Lehmhütten. Mussa war viel schneller als ich, es fiel mir schwer, mit ihm Schritt zu halten, und insgeheim verfluchte ich mein linkes Bein, das zwar nicht lahm war, sich aber nicht ganz strecken ließ und deshalb etwas kürzer war als das rechte, sodass ich eher hüpfte als lief. Mussa schien es zu merken, er blieb an einem Garten stehen und tat, als gäbe es da etwas zu sehen. Nachdem ich ihn eingeholt hatte und wir unseren Weg fortsetzten, ging er langsamer.

Die Balsampflanzungen befanden sich am Stadtrand und waren eingezäunt. Sie würden gut bewacht, sagte Mussa, vor allem jetzt, da die Erntezeit bevorstehe. Die nicht sehr hohen Balsambäume standen in langen Reihen, dazwischen liefen die Bewässerungsrinnen. Die Stämme und Äste waren hell und aus den Knospen an den fast blattlosen Zweigen wuchsen kleine Früchte, rundlich mit einer tropfenförmigen

Spitze, Zwillingsfrüchte, immer zwei aus einer Knospe. Sie waren hellgrün mit rötlichen Bäckchen, wie kleine Äpfel. »Sie sind bald reif«, sagte Mussa. »Dann werden wir sie ernten und Balsam herstellen. Man braucht ihn für Weihrauch, für Parfüm und für Medizin, zum Beispiel gegen Schlangenbisse. In diesem Jahr wird es eine sehr gute Ernte geben, unsere Quellen haben genügend Wasser gespendet, wir konnten die Felder ausreichend bewässern.« Er lächelte. »Deshalb ist Nathan doch gekommen, um die bevorstehende Ernte zu begutachten.«

Ich betrachtete die unscheinbaren Früchte und fragte verwundert, ob aus ihnen tatsächlich kostbarer Balsam gewonnen würde.

Mussa erklärte es mir. Die Früchte wurden geerntet und zu Balsam gekocht, ebenso die jungen Zweige, die man zerkleinern würde, aber am wichtigsten war das Harz. Er zeigte mir dunkle Narben an den Stämmen. »Zur Erntezeit ritzt man kurze, tiefe Schnitte in das Holz. Dann muss man schnell ein hohles Gefäß darunterhalten und das Harz auffangen, das aus der Wunde läuft. Das Harz ist es, das in Öl erhitzt wird, bis es sich auflöst, und daraus wird der kostbarste Balsam. Aber jetzt komm, ich zeige dir die Stadt.«

Es war ein seltsamer Tag, den ich in Jericho verbrachte, zusammen mit Mussa, der mich voller Stolz herumführte. Ich lief neben ihm her, neben ihm, dem Muslim, durch eine muslimische Stadt, ich wusste gar nicht, ob es hier überhaupt Juden gab, und wieder zweifelte ich, wer ich war. Seine Art zu sprechen war mir vertraut, ich mochte ihn, er hätte ein Freund sein können, ein Bruder. Ich aß und trank mit ihm bei seinen Großeltern, ich redete mit ihm, ich lachte mit ihm und wusste nicht, ob ich ein Fremder war, ob er ein Fremder war, ob ich nach Jericho gehörte oder ins jüdische Viertel von Jerusalem. Doch als der Muezzin zum Nachmittagsgebet rief und er in einer Moschee verschwand, blieb ich draußen. Ich setzte mich auf den Boden, lehnte mich mit dem Rücken an die Wand und hätte am liebsten geweint. Nicht aus Trauer, nicht aus Sehnsucht. Warum? Ich wusste es nicht. Vermutlich würde ich es nie wissen.

Am späten Nachmittag traten wir wieder in den Innenhof, den ich nun schon kannte. Nathan, Elijahu und Jakob saßen mit ihren Geschäftsfreunden unter einer Dattelpalme und tranken Minztee.

»Bist du krank?«, fragte Elijahu erschrocken, als er mich sah.

»Nein«, sagte ich, »nur müde. Schrecklich müde.«

Ich ging ins Haus und legte mich wieder aufs Bett. Die Tür ging auf, Elijahu kam herein. »Geschem?«, fragte er. Und als er sich neben mich setzte und meine Hand nahm, wusste ich, wohin ich gehörte. Ich hatte mich entschieden. Alles andere war egal. »Ja«, sagte ich, »das bin ich. Geschem Ben Abraham.«

Er streichelte mir über die Haare. »Morgen reiten wir zurück.«

Ich zog mir die Decke über den Kopf und machte die Augen zu.

16

Recha

Sie trafen mich unerwartet. Fünf Worte, die von einem Moment zum anderen mein Leben veränderten. Fünf Worte, die mir zeigten, dass nicht nur der Mensch zerbrechlich ist, sondern auch seine Welt. Wie Glas ist sie, man darf sie nur vorsichtig berühren. Ein harter Griff oder sogar ein paar unbedacht ausgesprochene Worte und sie zerfällt in Scherben.

Ich saß in meinem Schlafgemach, nach einem langen, wohligen Bad, noch eingehüllt in den Duft des Rosenöls, und hinter mir stand Daja und kämmte meine Haare. Sie sprach vom Sommer, der zu Ende ging, und erzählte vom Herbst in ihrer Heimat, von dunklen Morgenstunden, wenn der Nebel in Schwaden aus Senken und Tälern aufsteigt und die Hügel einhüllt, sodass der Horizont mit dem grauen Himmel verschwimmt. Ich hörte zu und hörte nicht zu, ich war noch matt und entspannt, ich betrachtete die Sonnenstrahlen, die durch das offene Fenster hereinfielen und die Farben des bunten Teppichs, den mir mein Vater einmal aus Bagdad mitgebracht hatte, aufleuchten ließen, als wären Edelsteine eingewebt. Ich bewegte meine nackten Zehen, die noch im Schatten lagen und unter meinem blauen Überwurf hervorkrochen wie neugierige, rundliche Tierchen. Silberschnecken, dachte ich und musste lächeln.

Ich träumte also vor mich hin, als ein anderer Ton in Dajas Stimme mich aufhorchen ließ, sie klang jetzt angespannt, gepresst. »Ich muss dir etwas sagen, Recha. Ich habe ihn getroffen.«

»Wen?«, fragte ich, obwohl ich mir die Antwort denken konnte.

»Ihn, deinen Engel, den Tempelritter.«

Auf einmal war auch ich angespannt, und mir stockte der Atem, als ahnte ich bereits, was mich erwartete. Daja hielt einen Moment inne, ihre Hand mit dem Kamm tauchte vor meinem Gesicht auf, ein Schatten, so dicht vor meinen Augen, dass ich unwillkürlich zurückzuckte, dann kämmte sie weiter. Ihre Stimme war rau, fast tonlos, und die Worte kamen seltsam abgehackt aus ihrem Mund, als weigerten sie sich, ausgesprochen zu werden. »Ich habe es nicht nur meinetwegen getan, sondern auch deinetwegen«, sagte sie. »Er liebt dich, und ich habe sehr wohl bemerkt, dass du ihn ebenfalls liebst, du brauchst es nicht zu leugnen. Ich wollte doch nur, dass er dich heiratet.«

Ich wurde rot, spürte, wie mir das Blut in den Kopf schoss, als ich dieses Wort hörte, das ich nicht einmal zu denken wagte. »Das geht doch gar nicht«, stieß ich aus. »Er ist Christ, und wenn das Gerücht stimmt und er ein Neffe des Sultans ist, dann ist er vielleicht Muslim. Und ich bin Jüdin.«

»Nein, bist du nicht«, sagte sie. »Du bist Christin wie er und das habe ich ihm auch gesagt.«

Ich wollte lachen, wollte sie fragen, ob sie zu viel Wein getrunken habe, ob sie von einem plötzlichen Fieber befallen sei oder ob die Sonne ihr den Verstand ausgetrocknet habe, aber etwas in ihrer Stimme ließ mich schweigen. Und dann sprach sie die Worte aus, die mit einem Schlag meine Welt zerbrachen: »Nathan ist nicht dein Vater.«

Warum bin ich nicht aufgesprungen und habe sie geschüttelt? Warum habe ich sie nicht angeschrien, du lügst, sei still, ich will nichts mehr hören? Warum blieb ich einfach sitzen? Warum reagierte ich nicht, warum war ich wie gelähmt? Ich saß nur da, spürte den Kamm, der über meine Kopfhaut kratzte, und hörte die Worte, die nun gehetzt aus ihrem Mund kamen und sich gewaltsam in meine Ohren drängten und meine Gedanken fraßen wie Heuschrecken die Saat.

Sie wisse es von Elijahu, sagte sie, er habe sich einmal verplappert, vor Jahren, an irgendeinem Abend, als er zu viel Wein getrunken hatte, und am nächsten Morgen habe sie ihm schwören müssen, es nie, nie jemandem zu verraten, keiner Menschenseele. Und jetzt habe sie ihren Schwur gebrochen und es doch getan, sie habe vergessen, dass die Zunge eines Menschen gefährlicher sein könne als ein scharfes Messer.

Die Sonnenstrahlen hatten meine nackten Zehen erreicht, die Nägel glänzten wie Perlmutter. Ich starrte meine Füße an, bis eine Haarsträhne über meine Augen fiel und die Sonne verdeckte. Ich wollte nichts mehr hören, ich wollte nichts mehr denken, ich wollte Daja zum Schweigen bringen, aber ich blieb sitzen und ließ ihre Worte auf mich herunterprasseln, zerstörerisch wie die Hagelkörner in Ägypten.

Ihre Stimme klang immer gehetzter, immer drängender. Sie verstehe jetzt selbst nicht mehr, warum sie sich zu solch einer Dummheit habe hinreißen lassen, sie habe plötzlich Heimweh bekommen, einen Anfall von Heimweh, wie eine Krankheit sei es gewesen, als hätte ein Fieber sie gepackt und ihre Vernunft ausgetrocknet. Sie habe sich gedacht, wenn der Tempelritter mich heiraten würde, könnte sie mit ihm und mir in die Heimat zurückkehren. Dieser Gedanke sei ihr so folgerichtig vorgekommen, so klar und so vernünftig, dass sie keinen anderen Weg gesehen habe, als ihm das Geheimnis meiner christlichen Herkunft zu verraten, und jetzt könne sie ihre Worte nicht mehr zurücknehmen, unbedachte Worte verbreiteten sich wie der Wind in alle Richtungen, und niemand könne sie wieder einfangen, selbst wenn er es wolle.

Mir schnürte es die Kehle zusammen, und ich versuchte, nicht zu verstehen, was ich nur allzu gut verstand. Ich wünschte mir, ich würde träumen und aufwachen und wissen, dass ich nur geträumt hatte.

Daja kämmte und kämmte und kämmte. Das Kratzen auf meiner Kopfhaut war mir unangenehm, aber ich wehrte mich nicht. Er war nicht mein Vater. Ich war nicht seine Tochter. Alles, was mir bisher natürlich und richtig erschienen war, so über jeden Zweifel erhaben, stimmte nicht mehr. Ich gehörte nicht in dieses Haus, in dieses Zimmer, dies war nicht mehr der Ort, auf den ich ein natürliches Anrecht hatte, der mir aufgrund meiner Geburt zustand. Ich hatte kein Zuhause mehr. Mein Zuhause war eine Illusion gewesen, ein Schloss in den Wolken, die Mauern, die ich so fest und sicher gewähnt hatte, nichts anderes als eine Fata Morgana. Noch eine Strähne fiel mir über das Gesicht, ich senkte den Kopf. Kämm weiter, Daja, kämm alle Haare nach vorn, bitte, ich will nichts mehr sehen. Mein Vater ist nicht mein Vater.

»Er hat dich als Säugling bekommen«, sprach sie weiter. »Deine Mutter hat dich einem Klosterbruder übergeben, als sie im Sterben lag, und ihm gesagt, er solle dich zu Nathan bringen. Wer sie war, weiß ich nicht, das wusste Elijahu auch nicht, nur dass sie keine von hier war, eine Fremde, eine von jenseits des Meeres.«

Ich war noch immer wie gelähmt. Mein Herz klopfte, und mein Mund war so trocken, dass mir die Zunge am Gaumen klebte. Ich hätte kein Wort herausgebracht, selbst wenn ich es gewollt hätte.

»Du hast Glück gehabt, dass Nathan dich genommen hat«, sagte Daja beschwörend. »Es gibt so viele Findelkinder, um die sich niemand kümmert, die froh sein können, wenn jemand ihnen etwas zu essen gibt, wenn sie überhaupt am Leben bleiben. Kinder, die schwer arbeiten müssen oder als Sklaven verkauft werden. Oder namenlose Kinder, die sterben und irgendwo verscharrt werden.«

Meine Haare fielen wie ein Vorhang vor mein Gesicht, ein flammender Vorhang, der mich vor der Welt verbarg. Der mich vor mir selbst verbarg. Ich schloss die Augen, ich wollte nichts mehr sehen, um mich herum sollte es so dunkel sein wie in meinem Herzen. Ich wollte ihre Worte nicht hören, die so unglaublich klangen und die ich doch glauben musste. Daja sprach von ihrem Gewissen, wie gut Nathan immer zu ihr gewesen sei und wie schlecht sie es ihm gelohnt habe, dass sie es verdiene, für diesen Verrat aus dem Haus gejagt zu werden. Sie würde sich die Zunge herausreißen, wenn sie ihre Worte damit ungesagt machen könnte, aber es sei nun mal passiert. Und sie habe ja die Wahrheit gesagt. Nur die Wahrheit.

Ja, es war die Wahrheit, aber eine Wahrheit, die ich lieber nicht erfahren hätte. Früher hätte ich mich in Dajas Arme geworfen und geweint, früher hätte ich ihren Trost gefordert, von ihr verlangt, dass sie die Wogen glättet und dem Sturm befiehlt, sich zu legen. Aber das ging jetzt nicht mehr, das war vorbei, für immer vorbei. Ich war so allein wie nie in meinem Leben. Ich konnte ihr nicht zeigen, was sie mir angetan hatte, ich wollte es ihr nicht zeigen. Deshalb stand ich auf, mit steifen Gliedern und versteinertem Herzen, und schickte sie mit einer Handbewegung hinaus. Mit gesenktem Kopf verließ sie mich.

Ich weiß nicht mehr, wie ich es schaffte, mich anzuziehen und das Haus zu verlassen. Zipora rief mir etwas hinterher, als ich schon durch das Tor trat, ich erkannte ihre Stimme, verstand aber ihre Worte nicht. Blind und taub lief ich die Straße entlang, die zum Markt führte, und als ich um die Ecke bog, stieß ich mit einer Frau zusammen, die einen Korb mit Äpfeln trug. Der Korb fiel zu Boden und die Äpfel rollten über die staubige Straße. Mit rotem Kopf half ich ihr, die Äpfel einzusammeln. Und während ich mich bückte, fiel mir plötzlich noch etwas ein: Wenn Nathan, der Jude, nicht mein Vater war, war ich dann keine Jüdin mehr? Gehörte ich nicht mehr zu meinem Volk, nicht mehr zu Elijahu, Zipora, Jakob und allen anderen? Wer war ich dann? Die Steine verschwammen vor meinen Augen, ich musste mich an die Mauer lehnen, um nicht umzufallen.

Die Frau griff nach meinem Arm und stützte mich. »Was ist mit dir, Recha?«, fragte sie besorgt. »Bist du krank? Brauchst du Hilfe?« Erst jetzt erkannte ich sie, es war Sara, die Köchin unserer Nachbarn, eine Freundin von Zipora.

Ich schüttelte den Kopf und schob ihre Hand von meinem Arm, aber ich brachte kein Wort heraus. Ich riss mich zusammen und ging weiter. Sorgfältig setzte ich einen Fuß vor den anderen, um nicht zu schwanken, denn ich wusste, dass Sara mir nachschauen würde, ich meinte, ihre Blicke auf meinem Rücken zu spüren. Ich wusste auch, dass sie sofort zu Zipora laufen und ihr von meinem seltsamen Verhalten berichten würde. Das kümmerte mich aber nicht, ich lief und lief, wie getrieben lief ich, ich musste mich bewegen, musste vor meinen Gedanken davonlaufen, ich musste das Haus hinter mir lassen, das mir auf einmal so fremd war.

Erst als ich unten war, im Tal, wo im Winter der Bach Kidron fließt, hielt ich inne, setzte mich auf einen Stein und starrte in das ausgetrocknete Bachbett. Aus einem zackigen Riss in der Erde ragte ein Grashalm, den ich gar nicht gesehen hätte, hätten Ameisen nicht eine schnurgerade Straße zu diesem Halm gebildet. Mit gemeinsamer Anstrengung zerrten sie ihn heraus und schleppten ihn zu ihrem Bau unter einem Baum. Ich beobachtete ihre Geschäftigkeit, die mir so sinnlos vorkam.

Alles kam mir sinnlos vor. Mein Vater war nicht mein Vater. Warum hatte er es mir nie gesagt? Warum hatte er mich im Glauben gelassen, ich sei seine Tochter? Er hatte doch wissen müssen, dass ich es irgendwann erfahren würde. Warum hatte er mich belogen? Wenn ich früher manchmal nach meiner Mutter gefragt hatte, hatte er immer gesagt: Sie ist kurz nach deiner Geburt gestorben. Frag jetzt nicht, ich werde dir später mehr von ihr erzählen. Später … Jetzt war es zu spät. Wer war meine Mutter? Und warum war Daja so sicher, dass sie eine Christin gewesen war? Sie konnte doch auch eine Jüdin gewesen sein. Warum hätte sie sonst verlangt, man solle mich zu Nathan bringen? Als ob nur Christen nach Jerusalem kämen! Und selbst wenn sie keine Jüdin war, dachte ich zornig, ich bin eine. Ich bin eine Jüdin, und diese Stadt, von der Gott selbst gesagt hat: *Das ist Jerusalem, das ich mitten unter die Heiden gesetzt habe und unter die Länder ringsumher,* ist meine Heimat. Hier bin ich aufgewachsen, von hier lasse ich mich nicht vertreiben.

Hier unten war ich so oft gewesen, mit meinen Freundinnen, als ich noch ein Kind war, als ich noch ahnungslos war, als ich mich noch ganz sicher gefühlt hatte. Ich sehnte mich nach dieser Zeit zurück, wäre so gern wieder das unbeschwerte Kind gewesen. Ich sah uns auf den Steinen am Bachrand herumhüpfen. Schoschi, die immer etwas ungeschickter war als wir anderen, rutschte aus und fiel ins Wasser, und Elijahu kam angelaufen, hob sie hoch und tröstete sie, und während sie in der Sonne saß und wartete, dass ihre Kleider trockneten, pflückten wir Blumen und flochten daraus einen Kranz für Schoschi, und Elijahu warnte uns vor Schlangen. Und plötzlich meinte ich Leas Stimme zu hören: Schade, dass man Glück immer erst im Nachhinein erkennt, und Elijahu sagte: Komm, wir müssen nach Hause, dein Vater wartet bestimmt schon. Elijahu hat es gewusst, dachte ich, die ganzen Jahre hat er es gewusst und trotzdem hat er immer gesagt: Dein Vater wünscht das und das, dein Vater meint dies und jenes … Tränen stiegen mir in die Augen. Aber auch dieser Trost blieb mir verwehrt, ich konnte nicht mehr weinen, wie ich als Kind geweint hätte. Ich fühlte mich so hilflos, ich wusste nicht, wie es weitergehen sollte. Ich konnte doch nicht so tun, als wäre meine Welt noch dieselbe …

Ich berührte die empfindliche, rosafarbene Haut, die sich über der Wunde an meinem rechten Arm gebildet hatte, dünn und verschrumpelt und glänzend, die Narbe würde ich nie mehr verlieren, nie die Erinnerung an den Brand. Ein Bild tauchte vor meinen Augen auf, das Bild eines jungen Mannes mit Locken, so schwarz wie ein Rabe und mit Wangen wie Balsambeete, wie es im Hohelied steht, aber diesmal erfüllte es mich nicht mit dankbarer Sehnsucht. Es war Zorn, der in mir aufstieg, heftiger, heißer Zorn. Nur seinetwegen war Daja auf die Idee gekommen, das Geheimnis zu verraten, das Elijahu ihr vor Jahren anvertraut hatte. Der Zorn blieb, auch als ich mir sagte, er könne ja nichts dafür. Aber er wollte mich nur als Christin, das hatte Daja gesagt, und was war seine Liebe wert, wenn sie davon abhing, welche Religion ich hatte? Was durfte ein Mann überhaupt von einer Frau verlangen, die er zu lieben vorgab? Dann wurde das Bild des schönen jungen Mannes von einem anderen Bild zurückgedrängt, dem Bild des Mannes, der mir bisher der wichtigste im Leben gewesen war.

Langsam stieg ich den Hang wieder hinauf. Ich musste mit ihm sprechen, mit dem Mann, den ich in Gedanken noch immer meinen Vater nannte. Was würde ich sagen? Wie würde ich es sagen? Mich bedrängten so viele Fragen, dass ich nicht wusste, wie ich anfangen sollte. Aber mir blieb noch etwas Zeit zum Nachdenken, er war nicht zu Hause, er war mit Elijahu für einen oder zwei Tage nach Hebron gereist.

Zwei Mädchen kamen mir entgegen, die größere, selbst höchstens sechs, sieben Jahre alt, trug einen Jungen, der eigentlich schon zu groß war, um getragen zu werden. Er saß auf ihrer Hüfte, gestützt von ihren gefalteten Händen, klammerte sich an ihrem Hals fest und weinte laut. Sie hatte die Hände unter seiner Sitzfläche gefaltet, um sein Gewicht zu halten, ihr schmächtiger Oberkörper wurde in einem unnatürlich aussehenden Winkel zur Seite gedrückt. Die Kleine, die neben den beiden herlief, hielt sich am Rock ihrer Schwester fest und ließ sich mitziehen. Als sie näher kamen, sah ich, dass das Knie des Knaben aufgeschlagen war und blutete und dass das Gesicht der großen Schwester rot und verschwitzt war und vor Anstrengung fast zu platzen schien. Ich blieb stehen und schaute den Kindern hinterher, bis sie in einem Torbogen verschwunden waren, erst dann ging ich weiter.

Ich lief durch die Gassen und sah nur Kinder, nie war mir aufgefallen, wie viele Kinder es in Jerusalem gab. Die meisten waren arm, zerlumpt, schmutzig. Kein Wunder, die Kinder der Reichen ließ man nicht unbeaufsichtigt in den Straßen herumlaufen. Kinder, dachte ich, Bettelkinder, Findelkinder, Waisenkinder. Mein Vater unterstützt viele Arme, besonders Witwen und Waisen, egal ob sie jüdisch, muslimisch oder christlich sind, mein Vater hat ein großes Herz und eine offene Hand, das weiß jeder in dieser Stadt. Und sofort korrigierte ich mich: Er, den ich bisher meinen Vater nannte, hat ein großes Herz und eine offene Hand ... Und gleich war die Frage da: Warum hat er mich behalten, statt mich in ein Waisenhaus zu geben, in ein Kloster? Warum hat er sich nicht mit Geld von der Verantwortung freigekauft? Kannte er meine Mutter? Hatte er Verpflichtungen ihr gegenüber? War er etwa doch mein Vater?

Ich ging am Tuchmarkt vorbei, und diesmal blieb ich nicht stehen, um mir die vielen Stoffe anzuschauen, die bunten Stickereien, die Bänder und Schleifen, wie ich es am Tag zuvor noch getan hätte, die anpreisenden Rufe der Händler ließen mich gleichgültig. Da spürte ich auf einmal eine Hand an meinem Arm, jemand packte mich am Ärmel und hielt mich fest. Ich drehte den Kopf zur Seite und sah ein Mädchen, fast so groß wie ich, sehr dünn und mit einem Buckel, der ihre rechte Schulter nach oben schob und ihren Hals schief zog. »Im Namen Allahs, des Allbarmherzigen, gib mir etwas, ich habe Hunger.«

Ich starrte sie an und dachte, das hätte ich sein können, dieses Schicksal ist mir erspart geblieben. Ich sah ihre flehenden Augen, sah, wie sich langsam Enttäuschung auf ihrem Gesicht ausbreitete, als ich sie nur regungslos anblickte. »Im Namen Allahs …«, begann sie erneut. Da griff ich auch schon in meine Tasche, in der ich immer ein paar Münzen hatte, nahm sie heraus und drückte sie in ihre ausgestreckte Hand.

Ihre Augen wurden groß, vielleicht hatte sie noch nie so viel Geld auf einmal gesehen. »Allah möge es dir danken«, stammelte sie. »Er möge dir ein langes, glückliches Leben schenken, einen Mann und viele Söhne.« Ihre Finger schlossen sich um den Schatz, sie drehte sich um und lief davon, so schnell es ihr missgestalteter Körper zuließ.

Auf einmal war ich von einer ganzen Horde jüngerer Kinder umringt, die diese Szene offenbar beobachtet hatten. Hände streckten sich nach mir aus, viele Hände, und schmutzige Finger berührten mich, hielten mich fest, zogen und zerrten an mir. Stimmen bettelten, flehten, drohten. Der Kreis um mich wurde immer enger, die fordernden Stimmen dröhnten in meinen Ohren und machten mir Angst. Ich geriet in Panik und schlug um mich. Was wollten sie von mir, ich gehörte nicht zu ihnen, ich wollte weg, ich fing an zu schreien: »Ich habe nichts mehr, gar nichts«, und drehte meine leere Tasche nach außen. Da ließen sie mich endlich los und zogen enttäuscht ab.

Ich lief davon, schlug den Weg zu unserem Haus ein und wieder sah ich nur Kinder: Kinder, die Lasten schleppten, Kinder, die Wasser aus den Zisternen holten, Kinder, die etwas verkaufen wollten, ein paar Mandeln, Oliven, Muscheln, geflochtene Bänder …

Vor unserem Haus, am Rand des Vorplatzes, saß Geschem, mit dem Rücken zu mir. Langsam ging ich hinüber und blieb hinter ihm stehen. Er hielt ein Stöckchen in der Hand und malte Schriftzeichen in den Sand, den er vorher geglättet hatte. »Du kannst ja schon deinen Namen schreiben«, sagte ich erstaunt.

Erschrocken drehte er sich um, offenbar hatte er mich nicht kommen gehört, und als ich mich neben ihn auf die Steine setzte, rutschte er scheu und verlegen ein wenig zur Seite.

»Ich kann noch viel mehr«, sagte er dann, wischte mit der flachen Hand seinen Namen aus dem Sand, ergriff das Stöckchen und schrieb: »Elijahu.«

Ich glättete den Sand, nahm ihm das Stöckchen aus der Hand und schrieb: »Jerusalem.« Er las das Wort laut, lachte und schrieb: »Stadt Gottes.« Ich schrieb: »Abraham«, er antwortete mit »Isaak«, ich mit »Jakob«. Eine Weile lang vertrieben wir uns die Zeit mit Schreiben und Lesen, das Spiel schien ihm Spaß zu machen, er genoss es, mir zu zeigen, was er alles wusste.

Und dann fragte ich: »Du bist gern hier bei uns, nicht wahr?«

Er hielt mitten in der Bewegung inne, warf mir einen erstaunten Blick zu und sagte: »Ich danke Gott jeden Morgen und jeden Abend dafür, dass er mich in euer Haus geführt hat. Du hast ja keine Ahnung, wie es ist, wenn man nirgendwo dazugehört.«

»Erzähl es mir«, forderte ich ihn auf.

»Ein Mensch, der nirgendwo dazugehört, ist wie ein abgerissenes Blatt im Wind«, sagte er langsam, als suche er nach Worten, und trotzdem klang es, als habe er diese Sätze schon oft gedacht. »Ein Mensch ohne Namen ist weniger als ein Hund, denn jeder Hund hat einen Namen, mit dem er gerufen wird. Ein Mensch ohne Namen ist unsichtbar, man schlägt ihn noch nicht einmal, man scheucht ihn nur mit einer Handbewegung zur Seite oder tritt im Vorbeigehen nach ihm. Er ist es nicht wert, dass man einen Gedanken an ihn verschwendet. Er ist höchstens eine lästige Fliege, noch nicht einmal ein Moskito, vor dem man sich hütet, weil er einen stechen könnte.«

Seine Worte rührten an mein Herz. Warum hatte ich ihn früher nie gefragt, wie es ihm ging, warum war mir das egal gewesen?

»Ich glaube, sogar Gott oder Allah sieht einen Menschen erst, wenn er einen Namen hat, wenn er irgendwo dazugehört.«

Ich erschrak. »So etwas darfst du nicht sagen.«

»Ich weiß.« Er senkte den Kopf. »Aber irgendwie stimmt es doch. Was meinst du, hat keiner von beiden gewusst, wer für mich zuständig ist, Gott oder Allah? War das der Grund dafür, dass sie sich beide nicht um mich gekümmert haben?«

»Gott oder Allah sind nur verschiedene Namen für den einen, der Himmel und Erde gemacht hat«, sagte ich. »Mein

Vater sagt, es sind nur die Wege, ihm zu dienen, welche die Religionen unterscheiden, der Kern ist gleich: die Liebe zu Gott und die Liebe zu den Menschen. Und die Dankbarkeit für das Leben.«

Er schwieg, dann sagte er so leise, dass ich ihn kaum verstand: »Bis Nathan mir einen Namen gab, hatte ich wenig Grund, Gott für mein Leben zu danken. Aber jetzt bin ich ihm wirklich dankbar. Ich danke ihm dafür, dass sich mein Schicksal von einem Tag zum anderen geändert hat. Für das Wunder. Denn das ist mir geschehen, ein Wunder, von dem ich nie zu träumen gewagt hätte.«

Er hob das Gesicht und schaute mich an, und ich sah zum ersten Mal, was für ein hübscher Knabe er war, mit schönen Augen, runden Wangen und einem vollen Mund. Auf seiner Oberlippe zeigte sich bereits ein Flaum. »Alles ist anders geworden, seit ich einen Namen habe«, sagte er. »Nicht nur ich habe mich geändert, die ganze Welt um mich herum ist anders geworden. Der Himmel ist blauer und die Luft klarer, selbst wenn ich mir das vielleicht nur einbilde.« Er senkte den Blick. »Auch du hättest vorher nicht mit mir gesprochen«, fügte er leise hinzu. »Und das bilde ich mir nicht ein.« Er wurde rot, vermutlich war er selbst überrascht von dem, was er gesagt hatte.

Ich wusste, dass er recht hatte. Erst seit Nathan und Elijahu sich um ihn kümmerten, hatte ich ihn überhaupt bemerkt. Erst seit er Geschem war, hatte ich ihn wirklich wahrgenommen. Als wäre er ein anderer Mensch geworden. Oder überhaupt erst ein Mensch. Die Scham lähmte meine Zunge. Ich griff nach dem Stöckchen und schrieb in den Sand: »Es tut mir leid.«

Diesmal las er die Worte nicht laut vor, er nickte nur.

Schweigend saßen wir nebeneinander, jeder in seine Gedanken versunken. Bis er auf einmal sagte: »Du hast Glück gehabt, du hast immer in diesem Haus gelebt. Du hast ja keine Ahnung, wie schlimm das Leben sein kann, die Not, das Elend, der Hunger. Du kannst dir gar nicht vorstellen, wie das ist.«

Darauf wusste ich keine Antwort. Es stimmte ja, ich konnte es mir nicht vorstellen. Aber ich hatte es auch nie versucht. Seltsam, dieser Junge hatte etwas in mir verändert. Mein Unglück schien mir plötzlich weniger groß als vorher, ich war nicht mehr so allein.

Ich stand auf, klopfte den Sand aus meinem Kleid und beugte mich zu ihm. »Danke«, sagte ich, strich ihm über die Haare und ging ins Haus. In meinem Zimmer legte ich mich aufs Bett, starrte hinauf zur Decke und dachte an Nathan, an meinen Vater. Ich würde ihn fragen, warum er mich behalten hatte, was er von meiner Herkunft wusste, ob ich jemand ohne Namen war, schlimmer als ein Hund, wie Geschem gesagt hatte. Und ich würde ihn fragen, wie es mit mir weitergehen solle. Niemand konnte mehr so tun, als wäre nichts geschehen. Ich nicht, mein Tempelritter nicht, Daja nicht und auch er nicht, Nathan, den sie hier in Jerusalem den Weisen nennen.

Das Licht in meinem Fenster wurde langsam grau, von der Moschee herüber drang ganz leise der Ruf des Muezzins an mein Ohr, Zeit zum Abendgebet. Die Tür ging auf. Zipora brachte mir einen Becher Milch mit gestampfter Vanille und gesüßt mit Honig, als wäre ich krank und müsste gepflegt werden. Aber sie sagte kein Wort, sie strich mir nur über die Wange und ließ mich wieder allein.

17

Elijahu

Es fällt mir schwer, von diesem Tag zu erzählen, sehr schwer, obwohl ich ihn in Gedanken immer wieder durchlebe und herauszufinden versuche, wo wir uns anders hätten entscheiden sollen, ob es überhaupt in unserer Hand gelegen hätte, den Gang der Ereignisse zu beeinflussen, oder ob alles so geschah, weil der Lauf der Sterne oder die Hand des Höchsten es so bestimmt hatte. Obwohl es mir widerstrebt, in diesem Fall an die Hand des Höchsten zu denken. Vielleicht war es ja auch die Strafe für unseren Hochmut, für unseren Stolz auf die wunderbaren Stoffe, den Brokat, die Seide, die Stickereien und die Spitze, der uns dazu verleitet hatte, sie noch am selben Abend zum Palast des Sultans zu bringen. Hätten wir nicht bis zum nächsten Vormittag warten können? War es die Freude, die uns töricht und leichtsinnig werden ließ? Wer kennt schon die verschlungenen Wege des Schicksals, wer merkt rechtzeitig, dass er ins Labyrinth des Unheils gerät, wenn er seinen Schritt nach rechts oder nach links lenkt? Wer vermag schon ein unangenehmes Gefühl in der Magengegend richtig einzuschätzen?

Die heiß ersehnten Schiffe mit den Steuereinnahmen aus Ägypten waren endlich angekommen, und Sittah, die Schwester des erhabenen Sultans, hatte bei uns Stoffe für neue Kleider bestellen lassen. »Beweise, was du kannst«, hatte al-Hafi zu Nathan gesagt. »Einen solchen Auftrag bekommst du so bald nicht wieder. Und es wäre außerordentlich wichtig für dich, auch Sittah auf deine Seite zu ziehen, du weißt doch, wie einflussreich sie ist, die ›Dame‹. Es wäre ein großartiger Schachzug, mein Freund, und würde deine Stellung am Hof endgültig sichern.«

Wir prüften unsere Vorräte, unsere geheimen Schätze, die wir für besondere Gelegenheiten in den hintersten Winkeln unserer Gewölbe gelagert hatten, wir verhandelten mit den besten Webern der Stadt, mit den Färbern, wir reisten nach Hebron, wo zwei gute Geschäftsfreunde Nathans lebten, wir schickten einen Boten nach Bethlehem, und als dieser mit der feinsten Spitze zurückkam, hatten wir schließlich die prachtvollsten Stoffe zusammen, die wir je auf einem Haufen gesehen hatten. Nathan war aufgeregt und stolz. »Lass uns zum Palast gehen«, sagte er. »Zeigen wir Sittah, was wir ihr anzubieten haben.«

Ich erschrak, ich hatte ein unangenehmes Gefühl in der Magengegend, führte das aber darauf zurück, dass ich, wie alle einfachen Menschen, eine gewisse Scheu davor empfand, in den Bereich der Macht zu geraten. Ich war bis zu diesem Tag noch nie im Palast gewesen, ich vermied es sogar, in seine Nähe zu kommen, und nahm dafür lieber einen Umweg in Kauf. Aber Nathan war an diesem frühen Abend so fröhlich, so heiter und so stolz, wie ich ihn selten gesehen hatte, deshalb stimmte ich schließlich widerstrebend zu. Hätte ich mich wehren sollen? War das der entscheidende Fehler?

Ich muss zugeben, dass mich der Palast des Sultans sehr beeindruckte, sogar so sehr, dass ich mit gesenktem Kopf hinter Nathan herlief und kaum wagte, einen Blick auf die Umgebung zu werfen, doch allein das Mosaik des Fußbodens in der Eingangshalle war so kunstvoll, wie ich es noch nie gesehen hatte, Ranken, Blüten, Trauben, bunte Vögel, ich konnte mich nicht sattsehen. Wir wurden in einen großen Saal geführt, wo sich der Sultan mit seinem Gefolge aufhielt. Al-Hafi kam uns mit raschen Schritten entgegen und zeigte uns einen Tisch, auf dem wir die Stoffe ausbreiteten. Auch der Tempelritter war da. Er trug nicht mehr den weißen Mantel mit dem roten Kreuz auf dem Rücken, sondern ein kostbares dunkles Gewand und einen weißen Turban.

Ich lächelte bei dem Gedanken an die Geschichte, die sich in Jerusalem die Spatzen von den Dächern pfiffen, nämlich dass er der Sohn Assads sei, des verschollenen älteren Bruders von Saladin. Zumindest sei der Sultan überzeugt, dass er es sei, hatte al-Hafi gesagt, als er die Stoffe bestellte. Er, al-Hafi, halte es durchaus für möglich, die Ähnlichkeit sei wirklich auffallend, und außerdem habe man damals, als Assad verschwunden war, gemunkelt, es sei wegen einer Frau gewesen, einer Fremden. »Aber Curd von Stauffen ist Christ«, hatte Nathan gesagt. »Verlangt man nun von ihm, Muslim zu werden?« Und al-Hafi hatte geantwortet: »Der Sultan ist so glücklich, dass er ihn gefunden hat, ich glaube, es ist wohl egal, ob er Christ ist oder Muslim. Als Neffe des Herrschers darf er sein, was er will. Und außerdem heißt er jetzt nicht mehr Curd von Stauffen, sondern Leu von Filnek.«

Ich betrachtete ihn, diesen schönen jungen Mann, der tatsächlich aussah wie ein arabischer Prinz, braun, mit schwarzen Locken, die unter dem Turban herausschauten, mit einer geraden Nase, vollen Lippen und einem kräftigen Kinn. Er sah älter aus als in seinem Templermantel, männlicher. Dieser Leu von Filnek also lachte über das ganze Gesicht und streckte Nathan beide Hände entgegen und Nathan begrüßte ihn so herzlich wie einen wiedergefundenen Sohn.

Dann kamen der Sultan und seine Schwester. Nathans Gesicht strahlte vor Stolz, als er nach einer tiefen Verbeugung unsere Schätze glatt strich und einen Schritt zur Seite trat, zu al-Hafi und Saladins neuem Neffen.

Der Sultan, den ich zum ersten Mal aus der Nähe sah, war nicht sehr groß und eher schmächtig, neben ihm sah al-Hafi aus wie Goliath, von dem es heißt, er sei sechs Ellen und eine Handbreit groß gewesen. Aber der Sultan hielt sich sehr gerade und strahlte Kraft aus, obwohl ich nicht sagen könnte, woran das lag. Vielleicht daran, dass alle ehrerbietig zur Seite wichen, um ihm Platz zu machen. Oder an seiner Kleidung. In seinem Bart, der das vornehme, ernste Gesicht umrahmte, zeigten sich bereits viele silberne Fäden. Sittah, die Schwester des Herrschers, war wirklich so schön, wie ich es oft genug gehört hatte, eine Frau in der Blüte ihrer Jahre. Und wie alle Frauen ließ sie sich von schönen Stoffen verzaubern, ihre Augen wurden groß und auf ihrem Gesicht erschien ein fast andächtiger Ausdruck. Als sie näher trat und die Hände ausstreckte, schöne Hände mit feingliedrigen Fingern und hennaroten Handflächen, wurde ich an Zipora erinnert. Mit der gleichen andächtigen Bewegung hatte Zipora die Hände nach dem Tuch ausgestreckt, das ich ihr aus Hebron mitgebracht hatte. Verwirrt zog ich mich in eine Ecke zurück und setzte mich auf ein Polster vor einem Wandteppich in dunklen Brauntönen, so dunkel wie ich. Von hier aus konnte ich alles beobachten, ohne selbst besonders aufzufallen.

Ich sah, wie Sittah einen Stoff nach dem anderen hochhob, ihn sich vor den Körper hielt und mit ein paar aufreizenden Drehungen ihrem Bruder vorführte. Was sie sagte, konnte ich nicht verstehen, das ging in den bewundernden Ausrufen und dem anerkennenden Gemurmel im Saal unter, aber an ihren Bewegungen erkannte ich, dass sie alle Stoffe behalten wollte, sie raffte sie zusammen und drückte sie an ihre Brust. In diesem Moment sah sie aus wie ein kleines Mädchen, das ein Geschenk bekommen hat. Der Sultan nickte lächelnd, sagte etwas zu al-Hafi und legte Nathan den Arm um die Schulter, wie man einem Freund den Arm um die Schulter legt. Mir traten Tränen des Stolzes und der Rührung in die Augen, als ich das sah, denn schließlich war er der mächtigste Mann der Welt.

Al-Hafi war hinausgegangen und kam nun zurück. Er zählte sorgsam Goldstücke auf den Tisch und schaute zu, wie Nathan seinen Mantel aufklappte und das Geld in seinem Gürtel verstaute. Die anderen Männer des Gefolges hatten nur Augen für Sittah, die ihnen immer wieder die Stoffe zeigte und mit tänzelnden Schritten vor ihnen auf und ab lief. Alle waren sie gefangen von der schönen Schwester des Sultans, alle außer einem. Dieser eine stand im Schatten einer Säule und beobachtete Nathan. Ich kannte ihn, jeder in Jerusalem kannte ihn, es war Abu Hassan, der Hauptmann, der den hinterhältigen Anschlag der Templer bei Bint Jbeil zurückgeschlagen hatte. Sein Ruhm hatte sich in der ganzen Stadt verbreitet. Unsere Leute behaupteten allerdings, er sei ein übler Judenhasser und würde sich nur zurückhalten, um Saladin zu gefallen. Jedenfalls sei es für einen Juden nicht ratsam, in seine Nähe zu kommen. Ich sah, wie sich das Gesicht

Abu Hassans verfinsterte, als Nathan das Geld einsteckte und sich dabei angeregt mit dem Sultan und al-Hafi unterhielt.

Ich ließ Abu Hassan nicht aus den Augen. Seine dicken, über der Nasenwurzel zusammengewachsenen Brauen bildeten einen schwarzen Strich über den glühenden Augen, einen Balken, der das Gesicht in zwei Hälften teilte, in eine hohe, seltsam helle Stirn und in ein schwarzes Bartgestrüpp, in dem weiße Zähne aufblitzten, als er einem anderen Mann, einem Krieger mit einem langen Schwert in einer silbernen Scheide, etwas zuflüsterte. Abu Hassan deutete mit einer schnellen, unauffälligen Handbewegung zu Nathan hinüber, der gerade seinen Mantel über dem Geldgürtel schloss. Der Mann warf einen verstohlenen Blick auf Nathan, dann sagte er etwas zu Abu Hassan, dieser nickte, der Mann lief zur Tür und verschwand. Ich spürte, wie mir ein Frösteln über den Rücken lief.

Es war schon Nacht, als wir den Palast verließen und uns auf den Heimweg machten, eine dunkle Nacht, in ein paar Tagen würden wir Rosch Chodesch feiern, den Neumond. Nathan war gelöst und heiter, bei jedem anderen hätte ich gesagt, er sei aufgekratzt, ein Wort, das mir für ihn aber unangebracht erschien. »Wir haben ein gutes Geschäft gemacht«, sagte er, und ich schaute mich erschrocken um, aber zum Glück waren wir allein auf der Straße. Trotzdem legte ich warnend den Finger auf den Mund. Nathan lachte und umarmte mich schnell und beruhigend. Diese Vertraulichkeit brachte mich dazu, endlich von dem zu sprechen, was mir schon lange auf dem Herzen lag.

»Ich brauche deinen Rat«, sagte ich, stockte, zögerte und sprach es dann doch aus: »Findest du es nicht lächerlich, wenn ein Mann meines Alters an eine Frau denkt? Wird man nicht über mich lachen und mich einen alten Bock nennen?«

Nathan blieb stehen. »Lächerlich?«, rief er. »Lächerlich? Im Gegenteil, es ist wunderbar. Du denkst an Zipora, nicht wahr?«

Ich nickte, noch nicht einmal verwundert darüber, dass er es wusste, ich war daran gewöhnt, dass er meine Gedanken kannte. Er besaß die Gabe, dem Menschen ins Herz zu schauen. Wir gingen weiter.

»Heirate«, sagte Nathan nach ein paar Schritten. »Besser spät als nie. Es steht geschrieben: *Es ist nicht gut, dass der Mensch allein sei; ich will ihm eine Gehilfin machen, die mit ihm sei*. Und es steht nicht dabei, dass dies nur für junge Männer gilt, kein Wort davon.«

Aus einem der Häuser drang die keifende Stimme einer Frau, in einem anderen schrie ein kleines Kind und in der Ferne heulten die Schakale. Es waren die üblichen Geräusche, es war eine Nacht wie alle Nächte. »Aber du selbst hast nicht mehr geheiratet«, sagte ich. Diese Bemerkung war mir herausgerutscht, und verlegen fügte ich hinzu: »Verzeih, ich wollte nicht aufdringlich sein.«

Nathan wandte sich langsam zu mir. Seine Heiterkeit war verflogen, seine Stimme klang jetzt sehr ernst. »Nein, ich habe nicht mehr geheiratet, meine Trauer war zu groß. Ich hatte eine Frau, eine gute Frau, die mir sieben Söhne geboren hat. Sie war es, die Freude und Glück in mein Haus brachte, und es hat nie eine gegeben, die einem Vergleich mit ihr standgehalten hätte. Keine einzige.« Er schwieg, dann sagte er: »Außerdem hatte ich ja Recha, für die ich sorgen musste. Mein Herz war nicht leer.«

Ein paar junge Männer kamen uns entgegen, lachend und wild gestikulierend. Wir traten, ohne es abgesprochen zu haben, in einen Hauseingang, um sie vorbeizulassen. Juden wissen immer, wie sie sich zu verhalten haben.

»Wann wirst du heiraten?«, fragte Nathan, als nichts mehr von ihnen zu hören war und wir weitergingen.

»Ich weiß es nicht«, antwortete ich. »Ich habe sie noch nicht einmal gefragt, ob sie will.«

Nathan lächelte. »Sie wird wollen und sie wird dir eine gute Frau werden, da bin ich mir sicher. Warte nicht zu lange, mein Freund. Wir werden euch ein schönes Fest bereiten. Alle werden sich mit euch freuen.«

Schweigend setzten wir unseren Weg fort. Ich dachte an Zipora, und mein Herz wurde warm bei der Vorstellung, mit ihr mein Leben und mein Bett zu teilen, denn zum ersten Mal ließ ich diese Vorstellungen zu, die ich mir sonst immer verboten hatte. Ich würde mich nicht mehr heimlich in eines der Bordelle schleichen müssen. Bei diesem Gedanken seufzte ich erleichtert.

Wir waren schon in der Nähe unseres Hauses, nur noch zwei Gassen entfernt, als es geschah.

Wir bogen um die Ecke, und die Gasse lag vor uns, eine Gasse, durch die wir schon so oft gegangen waren, dass wir den Weg mit verbundenen Augen gefunden hätten. Nathan summte vor sich hin, aber ich spürte auf einmal, wie meine Muskeln steif wurden. Ich blieb stehen, griff nach Nathans Arm, um ihn zurückzuhalten, und lauschte. Der Ewige hat mich mit scharfen Sinnen gesegnet, nicht nur meine Nase ist vortrefflich, ich habe auch die Ohren eines Wüstenfuchses. Nathan wandte den Kopf zu mir um und hob fragend die

Augenbrauen. Nur die Schakale waren zu hören und der Ruf eines Nachtvogels. Ich zuckte hilflos mit den Schultern. Ich hörte nichts Verdächtiges und trotzdem hatte ich auf einmal das deutliche Gefühl eines nahenden Unheils. Doch ich schob dieses Gefühl zur Seite. »Nichts«, murmelte ich und ging weiter. Aber auch Nathan schien etwas zu spüren, wir beschleunigten beide unsere Schritte. Und als es dann wirklich kam, das Unheil, war es zu spät.

Plötzlich lösten sich aus dem Schatten des Hauses vor uns vier, fünf Gestalten, vermummte Gestalten in langen, schwarzen Umhängen, und die Tücher, die sie sich vor die Gesichter gebunden hatten, ließen nur die Augen frei. Wir erstarrten, dann drehten wir uns um und liefen wie gehetzt den Weg zurück, den wir gekommen waren, ein verzweifelter Versuch, der Gefahr zu entfliehen, so wie Schafe losstieben, wenn sie den Löwen entdecken, der sie reißen will. Aber wie Schafe waren auch wir viel zu langsam, die Angreifer, vermutlich deutlich jünger und kampfgewohnter als wir, hatten uns schnell eingeholt und drängten sich zwischen uns.

Einer stieß mich grob gegen die Mauer eines Hauses, und als ich mich wehrte, holte er aus und schlug mir mit der Hand ins Gesicht, einmal, zweimal. Ich hob schützend die Arme und sah, wie er einen halben Schritt zurücktrat und den Fuß anhob, und noch bevor ich verstand, was geschah, rammte er mir auch schon das Knie ins Gemächt. Der Stoß hatte eine solche Wucht, dass mir der Schmerz wie ein Messer durch den Leib schoss und mir schwarz vor den Augen wurde. Ich stürzte zu Boden, fühlte, wie mein Kopf auf die Steine schlug. Das alles geschah lautlos, ich hörte nur mein eigenes Stöhnen. Der Schmerz in meinem Unterleib breitete sich aus, erfüllte meinen ganzen Körper und wollte als Schrei aus mir herausbrechen. Doch als ich mühsam die Augen aufmachte, sah ich, dass der Mann über mir kniete und drohend sein Schwert hob. Ich presste die Lippen zusammen und verschluckte meine Pein, meine Schmerzensschreie, meine Tränen, bis ich zu platzen meinte.

Ich weiß nicht, wie lange es dauerte, eine Ewigkeit oder nur wenige Minuten, ich weiß noch nicht einmal, ob mir der Schmerz die Sinne raubte. Ich weiß nur, dass ich nicht an Nathan dachte, der Schmerz war so heftig, dass ich meine ganze Kraft darauf konzentrierte, ihn auszuhalten und nicht zu schreien. Das ist es, was ich mir heute übel nehme, dass ich gar nicht an ihn dachte. Er starb und ich kümmerte mich nur um mich selbst. Das Erste, woran ich mich erinnere, war der Ruf eines Mannes, ein unterdrückter Ausruf, den ich mit meinem verwirrten Kopf nicht verstand, nur das Echo der Stimme hallte in meinen Ohren nach und mischte sich mit dem Geheul der Schakale, die ich immer noch zu hören meinte.

Der Mann über mir sprang auf, und ich spürte erst jetzt, dass er mich die ganze Zeit mit einem Knie und der linken Hand zu Boden gedrückt hatte. Er hob das Schwert, senkte langsam die Spitze zu mir. In diesem Moment glaubte ich, er würde zustechen. Ich schloss die Augen und fing unhörbar an, das Sch'ma Israel zu sagen, wie es schon meine Vorväter getan hatten, wenn sie ihre letzte Stunde herannahen fühlten. Aber der Stich kam nicht. Ich machte die Augen auf und sah, wie mein Peiniger mit einer schwungvollen Bewegung sein Schwert in die Scheide zurücksteckte. Dann schaute er noch einmal zu mir herunter, hob den Fuß und trat mir mit aller

Wucht in den Bauch, bevor er sich umdrehte und von der Nacht verschluckt wurde.

Ich wandte den Kopf und sah Nathan ein ganzes Stück von mir entfernt auf dem Boden liegen. »Nathan!«, rief ich leise, und als er nicht antwortete, rief ich etwas lauter: »Nathan!« Noch immer antwortete er nicht. Stöhnend versuchte ich, mich aufzurichten, aber es gelang mir nicht, mein Gemächt brannte wie Feuer, und der Schmerz war so heftig, dass sich alles vor meinen Augen drehte. Wie ein Hund kroch ich auf allen vieren zu ihm hinüber, zu meinem Herrn, meinem Freund, meinem Bruder.

Er war nackt, sie hatten ihm die Kleider vom Leib gerissen und achtlos zur Seite geworfen, und ich wusste sofort, dass er tot war, noch bevor ich den Stich in seiner Brust sah, das Blut, das herausquoll, die gebrochenen Augen.

Ich fühlte mich wie in einem Albtraum, die Zeit stand still, die Erde tat sich auf, um alles zu verschlingen, es gab nur noch ihn und mich. Mit zitternden Händen griff ich nach seinem Mantel und bedeckte seine Blöße. Fast beiläufig stellte ich fest, dass der Gürtel mit dem Geld verschwunden war, natürlich war er das, aber es berührte mich nicht. Nichts war mehr von Bedeutung, nur dass er tot war, er, mein Freund, mein Bruder. Ich berührte mit zitternden Fingern seine Wange, die sich noch warm anfühlte. Mein Herz weigerte sich zu verstehen, was geschehen war, ich sprach auf ihn ein und wusste zugleich, dass es sinnlos war. Nie wieder würde ich seine Stimme hören, nie wieder seine Hand auf meiner Schulter spüren, nie wieder seinen gütigen Blick sehen. Ich drückte ihm die Augen zu. Ein großer Mann war gegangen, groß an Weisheit und Güte, ein großer Sohn Israels, und die

Erkenntnis der Unwiderruflichkeit traf mich tiefer und heftiger, als mich die vorherigen Schläge getroffen hatten. Der Schmerz in meinem Herzen war größer als die Schmerzen meines Körpers.

Wie anders ließe es sich erklären, dass ich ihn trotz meiner Verletzung hochheben und nach Hause tragen konnte? Wie es geschah, weiß ich nicht mehr, ich erinnere mich nur an eine tiefe, tiefe Dunkelheit, an eine absolute Stille, die von dem toten Körper auf meinen Armen ausging und nur von meinem eigenen Keuchen unterbrochen wurde.

Zipora kam mir in der Eingangshalle entgegen. Ich brachte keinen Ton heraus. Sie war es, deren verzweifeltes Schreien und Weinen alle zusammenlaufen ließ, alle, die im Haus Nathans lebten, der von uns gegangen war. Für immer.

Ich spürte, wie mir wieder schwarz vor den Augen wurde, und schwankte. Jakob sprang herzu und hob mir vorsichtig den toten Freund aus den Armen. Erst da brach ich zusammen und eine gnädige Bewusstlosigkeit senkte sich auf mich. Aus der ich lieber nicht mehr erwacht wäre.

18

Recha

Das Bild hat sich für immer in mein Gedächtnis eingegraben, obwohl ich erst im Nachhinein verstand, was geschehen war. Elijahu stand in der offenen Tür, im flackernden Licht der Öllampen, und hielt meinen Vater auf den Armen, als biete er Gott ein Opfer dar. Dieser Moment dehnte sich ins Unendliche, ich spürte, wie mir das Blut aus dem Kopf in die Beine sackte, aber mein Herz weigerte sich zu verstehen, was geschehen war. Ich sah, wie Elijahu schwankte, wie Jakob hinzusprang, ihm meinen Vater von den Armen hob und ihn behutsam, mit den Füßen zur Tür, auf den Boden legte, bevor er sich um Elijahu kümmerte, der lautlos zusammengebrochen war. Seine Bewegungen kamen mir unendlich langsam vor, unerträglich verzögert, und als ich zu meinem Vater laufen wollte, fühlte sich die Luft an wie zäher, durchsichtiger Brei, durch den ich mich mühsam vorarbeiten musste.

Und noch immer verstand ich nicht, was geschehen war. Ich küsste das Gesicht meines Vaters, das noch warm war, und bat ihn, endlich die Augen aufzumachen. Ich wollte, dass er mich anschaute und lächelte, wie er es schon so oft getan hatte, wenn ich ihn weckte. Ich nahm seine schlaffe Hand und drückte sie an meine Wange, damit er mich streichelte, wie er mich schon so oft gestreichelt hatte. Und erst als Daja mich von ihm wegzog, die Arme um mich schlug und mich festhielt, traf mich die Erkenntnis wie ein Schlag, die Welt um mich herum wurde dunkel, und ich hatte das Gefühl, als fließe das Leben aus mir heraus. Dann zerrissen Schreie die Luft und zuckten wie Blitze durch meinen Kopf, und schließlich merkte ich, dass ich es war, die schrie. Mein Schmerz und meine Verzweiflung drängten aus mir heraus, ich schrie und schrie.

Daja brachte mich in mein Zimmer. Die ganze Nacht saß ich dort auf dem Boden, mit dem Rücken an die Wand gelehnt. Aus den Schreien wurden Schluchzer, die meinen Körper schüttelten, bis ich mich vor Schmerzen krümmte. Es war das Kind, das weinte, das verlassene Kind, das vaterlose Kind.

Sonst habe ich keine Erinnerung an jene Nacht, in der mein Vater starb, ich weiß nicht, was ich dachte, ob ich überhaupt etwas dachte. Auch der Tag danach ist in einem Meer aus Tränen versunken, aus dem nur wenige Bilder auftauchen: Mein Vater in seinen weißen Totengewändern. Sein Gesicht, starr, mit geschlossenen Augen und leicht geöffnetem Mund. Männer, viele Männer, die in unserer Halle beteten, bevor sie ihn in ein weißes Tuch hüllten und unter lautem Singen und Beten zu seiner letzten Ruhestätte auf dem Ölberg brachten. Die Konturen seines Körpers, die sich unter dem Tuch abzeichneten, als sie ihn in die Grube sinken ließen. Die Erdschollen, die auf das Tuch mit der Leiche meines Vaters fielen, bis nichts mehr von ihm zu sehen war. Jakobs versteinertes Gesicht, als er das Kaddisch sprach, denn mein Vater hatte keinen Sohn, keiner seiner sieben Söhne war am Leben geblieben.

Ich hatte mir das Kleid zerrissen zum Zeichen meiner Trauer und saß barfuß in der Halle auf einem Kissen. Ich erfüllte die Gebote der Tradition, tat, was jeder Hinterbliebene unseres Volkes tut, wenn ein naher Angehöriger in die andere Welt gegangen ist. Ich tat alles, was man von mir erwartete, ich erfüllte meine Pflichten als Tochter, aber ich tat es mit leerem Herzen und mit leerem Kopf, alles Gefühl floss mit meinen Tränen aus meinem Körper, und ich empfand nichts als eine schmerzhafte Sehnsucht, ihm in den Tod zu folgen, und immer wieder zog ich mir das Tuch über den Kopf, vergrub mein Gesicht in den verschränkten Armen und gab mich meinen Erinnerungen hin. Dann sah ich ihn vor mir, wie er mir nach einer Reise entgegenlief, mit ausgestreckten Armen, oder wie er mit mir am Schachbrett saß und mich geduldig im Spiel unterrichtete, wie er bei Tisch das Brot brach und den Segen sprach, wie er, als ich krank war, an meinem Bett saß und mir Geschichten erzählte, wie er …

Und immer wieder dachte ich auch an unser letztes Gespräch, glücklich und erleichtert, dass es stattgefunden hatte, jetzt noch mehr als an jenem Abend, als er aus Hebron zurückgekommen war, jenes Gespräch, durch das er wieder zu meinem Vater geworden war.

Er hatte mir von Gath erzählt, von seinem großen Verlust und seiner Verzweiflung, und schließlich von der Dankbarkeit, die er empfunden hatte, als er mich in den Armen hielt. »Ich habe dir den Namen gegeben, den meine Frau der Tochter gegeben hätte, die sie sich immer wünschte«, hatte er gesagt. »Du bist meine Tochter, vor Gott und der Welt, und du wirst immer meine Tochter bleiben. Glaube mir, die Liebe ist ein starkes Band, manchmal noch stärker als Blut.« Das

Bild stand mir ganz klar vor Augen, ich meinte seine Stimme zu hören, seine Hände zu spüren, die er mir segnend auf den Kopf gelegt hatte, meinte den Minztee zu riechen, den wir getrunken hatten und dessen Duft sich mit dem ihm eigenen Geruch nach Samt und Moschus mischte. So lebendig war das Bild, dass ich zu träumen glaubte. Gleich würde ich aufwachen und froh sein, dass alles nur ein Traum war.

Neben mir saß Jakob und las das Buch Hiob und die Klagelieder des Jeremias. Zuweilen erhob er seine Stimme und las eine Stelle laut vor, dann schwiegen die Trauergäste und hörten ihm zu. Alle paar Stunden stand er auf, um nach Elijahu zu schauen, und wenn er zurückkam, schüttelte er nur traurig den Kopf und setzte sich mit einem Seufzer wieder neben mich.

Zipora achtete darauf, dass alle Gebote der Tradition gewahrt wurden, sie sorgte auch dafür, dass das Seelenlicht für meinen Vater nie ausging, zumindest dreißig Tage lang würde es brennen. Und sie empfing, unterstützt von Daja, die Trauergäste und bewirtete sie. Mein Vater war ein angesehener Mann gewesen, die Gäste kamen in großer Zahl. Sie brachten etwas zu essen mit, Brot, Linsen, Eier, Obst und Wein. Sie saßen eine Weile mit uns Schiwa, erzählten mit leisen Stimmen, wie großherzig Nathan bei dieser oder jener Gelegenheit gewesen sei, welche Worte der Ermunterung und der Zuversicht er gefunden habe, wie viele Menschen seiner Güte und seiner Barmherzigkeit ihr Leben verdankten. Und immer wieder verfluchten sie die feigen Mörder und zitierten die Worte des Höchsten: *Die Rache ist mein, ich will vergelten zur Zeit, da ihr Fuß gleitet; denn die Zeit ihres Unglücks ist nahe, und was über sie kommen soll, eilt herzu.* Bevor sie gingen, um den Nächsten Platz zu machen, wünschten sie mir Kraft und Stärke und sprachen mir Mut zu.

Das Leben geht weiter, sagten alle, das Leben geht weiter. Aber wie sollte es weitergehen ohne ihn, ohne meinen Vater? Darüber hatte ich nie nachgedacht, keine Sekunde lang war mir der Gedanke gekommen, dass ich einmal ohne ihn leben müsste. Wie ein kleines Kind war ich gewesen, hatte mich darauf verlassen, dass er, der Vater, mir immer sagen würde, was zu tun sei. Und jetzt war er nicht mehr da, er hatte mich allein zurückgelassen. Meine Kindheit, die mir nun wie ein langes, fröhliches Spiel erschien, war vorbei. Endgültig vorbei. Die Zukunft lag vor mir wie eine dunkle Höhle, ich wusste, dass ich sie würde betreten müssen, aber der Gedanke daran erfüllte mich mit Angst.

Jeden Morgen, bevor ich meinen Platz in der Halle einnahm, wo wir für die Schiwa Kissen vor den Wänden ausgelegt hatten, und jeden Abend, wenn mit Anbruch der Dunkelheit die letzten Trauergäste das Haus verlassen hatten, schaute ich nach Elijahu. Er hatte nach seinem Zusammenbruch heftiges Fieber bekommen, er lag in seinem Zimmer, ohne jemanden zu erkennen und ohne auf Worte oder Berührungen zu reagieren. Jakob hatte gleich nach der Beerdigung Jo'aw Ben Levi geholt, den besten Arzt und Heiler der Stadt. Der Arzt flößte dem Kranken Tränke ein, wickelte seinen glühenden Körper in feuchte Tücher und verbrannte Kräuter im Raum, um ihn zu stärken, aber das Fieber wollte einfach nicht fallen. Geschem pflückte jeden Tag einen Strauß Ysop und legte ihn neben Elijahus Kopf, um seinen Geist zurückzurufen, und wir beteten für ihn, weil Jo'aw Ben Levi gesagt hatte, ohne die Hilfe des Höchsten gebe es keine Heilung.

Al-Hafi kam gleich am ersten Tag. Jakob rückte zur Seite, um ihm Platz zu machen, und er setzte sich auf das Kissen neben mir. Zipora brachte ihm Wasser und ein paar getrocknete Feigen, dann zog sie sich sofort zurück. »Allah heilige seine Seele und erleuchte sein Grab«, sagte al-Hafi mit Tränen in der Stimme. »Dein Vater war ein weiser und gerechter Mann, sein Andenken wird für immer lebendig bleiben.« Als er seine Hand auf meine legte, fing ich wieder an zu weinen.

Tag für Tag kam er und blieb lange neben mir sitzen und seine schweigende Anwesenheit hatte etwas Tröstliches. Einmal begleitete ihn Leu von Filnek, der frühere Tempelritter, mein Engel, mein Retter. Mein Herz zog sich zusammen, als er den Raum betrat. Er sah so anders aus in seinem kostbaren dunklen Mantel und mit dem weißen Turban, so schön und so fremd. So hatte ich mir immer die Prinzen vorgestellt, von deren Abenteuern die Geschichtenerzähler zu berichten wussten. Er blieb einen Moment lang in der Tür stehen, bewegungslos, und unsere Blicke trafen sich. Dann kam er auf mich zu und ergriff meine Hände, die in seinen anfingen zu zittern wie zwei kleine Vögel, noch ohne Federkleid, die ein plötzlicher Sturm aus dem Nest geworfen hat. Erschrocken ließ er meine Hände los und ich versteckte sie in meinen Ärmeln.

Eine ganze Weile saßen wir nebeneinander. Ich war verwirrt, ich sehnte mich danach, allein zu sein, und zog mein Tuch über den Kopf. Diesmal war es nicht das Feuer, das vor meinem inneren Auge auftauchte, es war nicht die Erinnerung an die starken Arme, die mich aus den Flammen getragen hatten, sondern jener Abend, als der Tempelritter uns in unserem Haus besucht hatte. Ich sah uns um den Tisch sitzen, ich sah, wie mein Vater das Glas hob und dem jungen Mann zutrank, ich sah, wie er die Arme ausbreitete wie ein biblischer Prophet und sagte: »Eines Tages wird der Geist des Herrn über die Welt kommen, der Geist der Weisheit und des Verstandes, der Geist des Rates und der Stärke, der Geist der Erkenntnis und der Furcht des Herrn. *Da werden die Wölfe bei den Lämmern wohnen und die Panther bei den Böcken lagern.«* Und ich hörte den Tempelritter weitersprechen: *»Kühe und Bären werden zusammen weiden, dass ihre Jungen beieinanderliegen, und Löwen werden Stroh fressen wie Rinder.«*

Doch auf einmal drangen ganz andere Worte an mein Ohr. Leu von Filnek hatte Daja herbeigerufen, zum Übersetzen, und ich hörte, wie er von Rache sprach, davon, dass die Mörder ihre Tat mit dem Leben büßen müssten. Vor der Strafe dürfe noch nicht einmal der christliche Patriarch sicher sein.

»Wieso der Patriarch?«, fragte al-Hafi erstaunt. »Wie kommst du auf den Patriarchen?«

Er halte die Christen für schuldig, erklärte Leu von Filnek, sie hätten die Tat entweder selbst begangen oder begehen lassen.

Jakob mischte sich ein. »Warum sollten es die Christen gewesen sein? Räuber und Mörder gibt es überall, in jedem Volk. Es müssen Räuber gewesen sein, schließlich haben sie ihm sein Geld gestohlen. Wenn Elijahu wieder zu sich kommt, wird er uns sagen, wer diese Untat begangen hat, er war dabei, er hat die Mörder gesehen.«

Ich ertrug es nicht länger. »Aufhören«, rief ich, nein, schrie ich. Und als sie mich erschrocken anschauten, sagte ich: »Ich will an meinen Vater denken, nicht an seine Mörder. Rache macht ihn nicht wieder lebendig.« Und als sie nichts antworteten, fügte ich leise hinzu: »Mein Vater hat nie vom Gott der Rache gesprochen, immer nur vom Gott der Liebe.«

Al-Hafi schob sich zwischen mich und Leu von Filnek und erzählte mit leiser, eindringlicher Stimme die Geschichte eines Mannes, der einen Ring von unschätzbarem Wert besessen habe, einen Ring mit der Gabe, seinen Besitzer vor Gott und den Menschen angenehm zu machen, und diesen Ring habe er dem Sohn vermacht, der ihm der liebste war. Wir lauschten, und zum Schluss sagte al-Hafi: »Diese Geschichte hat Nathan erzählt, ich war dabei. Und ich sage euch: Diese Geschichte wird bleiben, auch wenn wir und unsere Kinder und Kindeskinder Nathan schon längst in die andere Welt gefolgt sind. Noch nach vielen Generationen wird man sie erzählen und sich dankbar an Nathan erinnern, den man zu Recht den Weisen genannt hat.«

Wir schwiegen alle. Leu von Filnek saß mit gesenktem Kopf neben Daja und lauschte den letzten Worten, die sie flüsternd übersetzte, und Jakob wischte sich mit dem Ärmel über die Augen. Ich streckte die Hand aus und legte sie auf al-Hafis. Wir schauten uns an und auf seinem Gesicht erschien der Anflug eines Lächelns. Ich konnte nicht zurücklächeln, aber ein warmes Gefühl stieg in mir auf. Ich war nicht allein in meinem Schmerz, ich war nicht die Einzige, die den Verlust eines teuren Menschen ertragen musste.

Zipora und Geschem kamen herein und eilten mit raschen Schritten auf mich zu. Zipora beugte sich vor, bis ihr Gesicht meines fast berührte. »Elijahu ist aufgewacht«, sagte sie leise. »Ich glaube, du solltest nach ihm schauen.«

Ich erhob mich. Meine Muskeln und meine Gelenke waren steif vom langen Sitzen, ich schwankte. Da war auch schon Geschem neben mir, aufmerksam wie immer, und erbot sich, mich zu stützen.

Im Zimmer hing der Geruch nach Kräutern, der Arzt stand an einem Tisch und hantierte mit verschiedenen Fläschchen, über einem Kohlenbecken brodelte ein kleiner Kessel, aus dem würziger Dampf aufstieg, und vor dem Fenster hing ein nasses Laken, um die Sonne abzuhalten. Der Raum war in ein sanftes, gedämpftes Licht gehüllt.

Ich setzte mich auf den Rand des Bettes. Elijahu lag halb auf der Seite, zusammengekrümmt, mit geschlossenen Augen, und atmete schwer. Sein Gesicht war rot, und als ich seine Wange berührte, fühlte sich seine Haut heiß und trocken an. »Elijahu«, sagte ich und griff nach seiner Hand. »Elijahu, hörst du mich?«

Er drehte langsam den Kopf zu mir und öffnete zum ersten Mal, seit er zusammengebrochen war, die Augen, aber sein Blick war glasig, er schien mich nicht zu erkennen, und plötzlich durchfuhr mich die Erkenntnis, dass ich auch ihn verlieren könnte, und mein Herz krampfte sich zusammen vor Angst. Das wäre mehr, als ich ertragen könnte, ich brauche ihn doch!

Ich ließ meinen Kopf auf seine Brust sinken und schob meine Hand in seinen struppigen Bart. Ich hörte sein Herz schlagen und roch den vertrauten Duft nach Balsam, der sich schon immer in seiner Kleidung und seinen Haaren festgesetzt hatte. Wie oft hatte ich so an seiner Brust gelegen, früher, als ich noch ein Kind gewesen war. Wie oft hatte er mich auf den Arm genommen, wenn ich mir wehgetan hatte oder wenn ich zu müde gewesen war, um weiterzugehen. »Elijahu«, sagte ich noch einmal.

Da spürte ich, wie er mir den Kopf streichelte und mit heiserer, brüchiger Stimme sagte: »Es war Abu Hassan, er war es, der für den Überfall verantwortlich ist. Du musst al-Hafi sagen, dass es Abu Hassan war.«

Ich richtete mich auf. »Hast du ihn erkannt?«

Aber Elijahu antwortete nicht. Er hatte die Augen wieder geschlossen, sein Atem ging kurz und flach. Er stöhnte und auf einmal erschienen feine Schweißperlen auf seiner Stirn und neben den Nasenflügeln, bald war sein Gesicht von einer glänzenden Schweißschicht überzogen. Ich erschrak und rief den Arzt. »Er schwitzt«, flüsterte ich.

Jo'aw Ben Levi zog mich vom Bett fort. »Er braucht noch sehr viel Ruhe«, sagte er, »aber dem Ewigen sei gedankt, das Schwitzen ist ein gutes Zeichen.« Er lächelte. »Darauf habe ich die ganze Zeit gewartet.« Ich hörte seiner Stimme an, wie erleichtert er war.

Geschem tauchte ein Tuch in ein Gefäß mit Wasser, kniete neben dem Bett nieder und wischte Elijahu den Schweiß ab, und sein Gesicht zeigte eine solche Zärtlichkeit und Liebe, dass ich schnell den Blick abwandte. Der Arzt schob mich aus der Tür. Auf meinem Weg zurück zur Halle beschloss ich, das, was Elijahu gesagt hatte, erst einmal für mich zu behalten. Ich wollte die Verdächtigungen nicht zusätzlich anstacheln, das alles hatte Zeit.

Die sieben strengen Trauertage gingen vorbei, wir räumten die Kissen weg und versuchten, einen Alltag zu leben, der ohne ihn, der das Herz des Hauses gewesen war, nur schwer gelingen wollte. Jakob kümmerte sich um den Handel, Zipora versorgte das Haus, Daja half ihr, wie sie es immer getan hatte, und Geschem hatte die Pflege Elijahus übernommen, denn Jo'aw Ben Levi hatte das Haus wieder verlassen, nachdem Elijahu außer Gefahr war. Alle waren beschäftigt und schienen zu wissen, welches ihre Aufgaben waren. Nur ich hatte das Gefühl, meinen Platz in der Welt verloren zu haben. Meine Rolle als Tochter war mir genommen und in der neuen, als Herrin des Hauses, fühlte ich mich noch nicht sicher.

Elijahu ging es von Tag zu Tag besser, und endlich konnte ich ihn fragen, was in jener verhängnisvollen Nacht geschehen war. »Waren es Muslime oder Franken oder gar Juden?«, wollte ich wissen.

»Es waren die Leute von Abu Hassan, das habe ich dir doch gesagt«, rief er mit einer Stimme, die noch immer ziemlich schwach war. »Ich habe gesehen, mit welchen Blicken er Nathan beobachtet hat, dort im Palast.«

»Vielleicht irrst du dich ja«, wandte ich ein. »Leu von Filnek glaubt, es waren die Christen. Und alle anderen sind überzeugt, dass es gemeine Räuber waren, von denen es hier genug gibt, fremde und eigene.«

»Ich sage dir, es war Abu Hassan.«

»Aber erkannt hast du keinen?«, beharrte ich.

Er wandte den Kopf zur Seite. »Wie hätte ich jemanden erkennen sollen? Es war Nacht, eine besonders dunkle Nacht, und außerdem waren sie vermummt, die Gesichter verhüllt bis auf schmale Augenschlitze. Dunkle Gestalten, ich könnte noch nicht einmal sagen, ob es vier oder fünf waren. Es ist alles so schnell gegangen …«

Jetzt drehte er sich wieder zu mir, hielt mir sein Gesicht hin, auf dem sich eine tiefe Traurigkeit breitmachte. »Weißt du, was das Schlimmste ist?«, fragte er und Tränen traten ihm in die Augen. »Das Schlimmste ist, dass ich ihm nicht geholfen habe. Ich habe ihn im Stich gelassen, ich habe nur an mich selbst gedacht.«

Ich griff nach seinen Händen, ich legte meinen Kopf auf seine Brust. Er hatte meinen Vater geliebt, er hatte immer zu ihm gestanden, auch damals in Gath.

»Ich weiß alles«, sagte ich leise. »Er hat mir von damals erzählt, von seiner Frau und seinen Söhnen. Und von dir. Er hat gesagt, ohne dich und deine Hilfe hätte er das nicht überstanden. Du seist ihm immer ein treuer Freund und Bruder gewesen.« Elijahus Brust hob und senkte sich schnell und unregelmäßig, er weinte. »Wirst du bei mir bleiben, Elijahu?«, fragte ich. »Ich brauche dich, so wie er dich gebraucht hat.«

Er legte die Arme um mich und drückte mich an sich. Wir schwiegen lange, und als sich sein Atem beruhigt hatte, sagte er: »Natürlich bleibe ich bei dir. Sein großes Herz hat uns zu einer Familie gemacht.«

Seine Hand streichelte meine Haare.

Mein Vater sorgte auch nach seinem Tod für mich, es war, als habe er mir den Weg in mein neues Leben geebnet. Geschäftsfreunde kamen und boten ihre Hilfe an, zumindest so lange, bis Elijahu wieder ganz hergestellt sei und sich um alles kümmern könne. Und der Sultan ließ mir durch al-Hafi Geschenke bringen, Salben und Öle und eine kostbare Perlenschnur. »Ich soll dir ausrichten, dass du dich immer an ihn wenden kannst, wenn du Hilfe oder Schutz brauchst, an ihn und seine Schwester.«

Ich war erschrocken, ich war verlegen, ich wollte die Geschenke nicht annehmen, aber al-Hafi bestand darauf.

»Warum macht er mir Geschenke?«, sagte ich. »Ich kenne ihn doch gar nicht.«

Al-Hafi lächelte traurig. »Er hat deinen Vater sehr geschätzt. Er hat geweint, als er von seinem Tod erfuhr.«

Wir saßen im Innenhof, wo wir früher so oft gesessen hatten, und für einen Moment war es, als sei er nur mal eben ins Haus gegangen und komme gleich wieder zu uns. Ich erzählte al-Hafi vom letzten Gespräch mit meinem Vater, auch davon, was vor fast achtzehn Jahren in Gath geschehen war, von seiner Frau, seinen sieben Söhnen und von ihrer grausamen Ermordung.

Nathan hatte nicht geweint, als er es mir erzählte, er hatte ganz ruhig und gleichmäßig gesprochen, als berichte er von einer lange zurückliegenden Reise, von etwas, was irgendwann einmal irgendwem passiert war, als habe er sich alles so oft in Gedanken wiederholt, dass er nicht mehr nach Worten suchen musste. Nein, er hatte nicht geweint, nur ich hatte geweint, um meine toten Brüder, um das Leben, das wir hätten haben können, das mein Vater hätte haben können. Und auch jetzt, als ich es al-Hafi erzählte, kamen mir wieder die Tränen.

Er hörte schweigend zu. Erst als ich fertig war und mir mit dem Ärmel die Augen abwischte, seufzte er tief und sagte: »Das ist wahrlich ein großer Mensch, der Verzweiflung und Rachsucht überwindet und sie in Liebe zu den Menschen verwandelt.«

»Al-Hafi«, sagte ich, »ich werde eines Tages einen Sohn haben. Ich werde ihn Nathan nennen, und ich werde ihn lehren, dass es nichts Größeres auf dieser Welt gibt als Liebe und Barmherzigkeit. Ich werde dafür sorgen, dass mein Vater in seinen Kindeskindern weiterlebt.«

Danach schwiegen wir beide. Erst als die Mondsichel über dem Feigenbaum stand, verabschiedete er sich.

Am Tag darauf schickte Leu von Filnek einen Boten und kündigte seinen Besuch an. Ich ging zu Daja, um sie zu bitten, im Innenhof einen Imbiss vorbereiten zu lassen und dafür zu sorgen, dass wir ungestört wären.

Sie strich mit den Händen die frisch gewaschenen und gefalteten Wäschestücke glatt, die sie in den Schrank räumen wollte, und ich sah, dass ihre Finger zitterten. Unsere Beziehung war eine andere geworden. Das Kind in mir empfand noch die gleiche Zuneigung zu ihr wie früher, dennoch war es, als hätten wir die Rollen getauscht. Ich legte meine Hand auf ihre. »Alles wird gut«, sagte ich, so wie sie es früher immer zu mir gesagt hatte, wenn ich mir wehgetan hatte oder wenn mein Vater zornig auf mich war, alles wird gut, und damals hatte ich ihr geglaubt, weil ich ihr glauben wollte.

Sie hob den Kopf. »Lass mich dabei sein«, bat sie. »Du bist ein junges Mädchen, du musst auf deinen Ruf achten.«

Fast hätte ich gelacht. »Du irrst dich, Daja, ich bin kein junges Mädchen mehr, ich bin eine erwachsene Frau.« Und dann sagte ich noch einmal: »Alles wird gut.« Und für einen Moment fühlte ich mich stark und sicher.

Doch als er dann vor mir stand, mein Engel, mein Lebensretter, war es mit meiner Selbstsicherheit vorbei. Er müsse unbedingt mit mir sprechen, sagte er bedrückt, er finde keine Ruhe, bevor er mir nicht ein Geständnis gemacht habe.

Daja, die ihn zu mir geführt hatte, erstarrte, und ich war auf einmal so verlegen, dass mir bei dem Gedanken, allein mit ihm hier im Innenhof zu sitzen, die Röte ins Gesicht schoss. Deshalb schlug ich einen Spaziergang durch die Stadt vor, und er, offenbar erleichtert, war sofort damit einverstanden.

Wir gingen nebeneinanderher, ohne Daja als Aufpasserin, aber das war auch nicht nötig. Leu von Filnek sprach nicht von Liebe, wie sie vielleicht erwartet und wie ich es befürchtet hatte. Stattdessen erzählte er von seinem Besuch beim Patriarchen, den er um die Befreiung von seinem Keuschheitsgelübde habe bitten wollen.

Ich hörte zu und verstand nicht, warum er mir das erzählte, bis er sagte, der Patriarch habe den Tod jenes Juden verlangt, der ein Christenmädchen seinem Glauben entzogen habe.

Ich schaute ihn nicht an, ich hielt den Kopf gesenkt, ich sah das Pflaster, die Grashalme, die zwischen den Ritzen hervorwuchsen, ich sah, wie meine Füße einen Schritt nach dem anderen machten, und trotz der Sonne spürte ich in meinem Inneren Kälte aufsteigen.

»Ich habe das nicht gewollt«, sagte er. »Ich habe Nathans Namen nicht genannt.«

Die Kälte in mir breitete sich weiter aus, und ich wunderte mich, dass sich meine Füße dennoch bewegten, abwechselnd der linke und der rechte. Die Riemen meiner Sandalen waren mit Staub bedeckt, und ich fragte mich, warum ich neben ihm herging, welche krummen Wege uns, ihn und mich, eigentlich zusammengeführt hatten. War es die Hand Gottes, wie mein Vater gesagt hätte? Aber welchen Gottes?

Der Mann neben mir hielt das Schweigen offenbar nicht aus. Er fing an zu erzählen, wie ein Sturzbach kamen die Worte aus seinem Mund, als wolle er mich damit überschwemmen, als wolle er alles, was er vorher gesagt hatte, ungesagt machen. Er erzählte von seiner Kindheit, von der Burg, auf der er aufgewachsen war. Ich lauschte, ohne recht zu verstehen, was er meinte, wenn er von ritterlichen Tugenden sprach, von seiner Lehrzeit auf einer fremden Burg. Erst als er von seinem Oheim anfing, den er immer Vater genannt hatte, von seiner Mutter, die ihn als Säugling bei ihrem Bruder zurückgelassen hatte, wurde ich aufmerksam. Das verstand ich nur allzu gut. Er blieb stehen. »Auch das ist etwas, was uns verbindet«, sagte er. »Wir sind beide verlassene, elternlose Kinder.«

Ich blieb ebenfalls stehen. »Das stimmt nicht«, sagte ich. »Ich bin kein verlassenes, elternloses Kind. Ich hatte einen Vater, der mich liebte.«

Ich senkte den Kopf und sah ihn wieder vor mir, meinen Vater, als ich ihm die Frage gestellt hatte, ob er Verpflichtungen dieser Frau gegenüber gehabt habe und ob er vielleicht doch mein Vater sei. Er hatte gelächelt, ein trauriges Lächeln, und gesagt: »Ich wäre froh, wenn es so gewesen wäre, aber das stimmt nicht. Ich weiß nicht, warum deine Mutter wollte, dass du zu mir gebracht wirst. Vielleicht habe ich sie gekannt, vielleicht habe ich ihr einmal geholfen. Oder sie hatte nur von meinem Ruf als Wohltäter gehört. Sie war tot, das hatte der Klosterbruder gesagt. Er kannte ihren Namen nicht und ich kannte ihn auch nicht. Und ich muss gestehen, ich habe überhaupt nicht versucht, ihn herauszufinden, denn ich war viel zu glücklich über dich. Für mich warst du ein Geschenk Gottes, so wie alle Kinder für ihre Eltern ein Geschenk Gottes sind.« Und als ich fragte: »Aber wer bin ich wirklich?«, hatte er mich in die Arme genommen und gesagt: »Wer du wirklich bist, kannst nur du herausfinden. Kein Vater kann seiner Tochter sagen, was für ein Mensch sie sein wird, selbst ein leiblicher Vater kann das nicht. Für mich bist du meine Tochter.«

Ich hob den Kopf und blickte Leu von Filnek ins Gesicht. »Nein, ich war nicht verlassen«, sagte ich noch einmal. »Ich hatte einen Vater. Kein Kind könnte sich einen liebevolleren und zärtlicheren Vater wünschen. Und glaube mir, die Liebe ist ein starkes Band, manchmal noch stärker als Blut.«

Wir setzten unseren Weg fort. Nun erzählte er von dem Kreuzzug, dass er sich leichten Herzens den Kreuzrittern angeschlossen habe, weil er nicht mehr in der Burg seines Oheims bleiben konnte. Und von einem Templer, den er unterwegs kennengelernt habe und der zu seinem väterlichen Freund geworden sei. Er erzählte von den Strapazen der Reise, vom tragischen Tod des Königs Barbarossa. Und schließlich von dem Kampf bei Bint Jbeil, das er Tebnin nannte. Und davon, dass der Sultan alle Templer töten ließ, nur ihn nicht.

»Du bist vor einem Oheim geflohen, um einen anderen zu finden«, sagte ich. »Ist das nicht seltsam?«

Er hob die Schultern und ließ sie wieder fallen. »Aber der andere hat mich nur behalten, weil er musste, und dieser hier will mich, weil er in mir seinen toten Bruder sieht.«

Wir gingen hinunter zum Bach Kidron und setzten uns

auf die Steine am Ufer, wo ich schon so oft gesessen hatte. In der trockenen Erde vor uns zankten sich ein paar Spatzen um etwas, was ich nicht erkennen konnte, und am steinigen Ufer sonnte sich eine Eidechse. »Bald kommen unsere hohen Feiertage«, sagte ich, »und nicht lange danach wird der erste Regen fallen. Dann fließt hier der Bach und an den Hängen wachsen über Nacht Blumen.«

Er starrte bedrückt vor sich hin.

Ich überlegte, was ich sagen könnte. Ich wollte nicht lügen, ich wollte nichts versprechen, aber er tat mir leid. »Weißt du, was mein Vater gesagt hätte? Ein Fuchs in der Falle beißt um sich. Wer ist schuld, der Fuchs oder der Fallensteller?« Er hatte den Kopf gehoben und blickte mich an, als ich fortfuhr: »Außerdem ist es nicht sicher, dass der Patriarch für den Tod meines Vaters verantwortlich ist. Es könnte so sein, aber es könnte auch ein fanatischer Muslim gewesen sein oder nur ein gemeiner Räuber. Vielleicht werden wir das nie wissen. Und eigentlich ist es auch nicht wichtig. Wichtig ist doch nur, dass er gelebt hat und wie viel Gutes er getan hat. Dass er mir ein Vater war. Ich möchte ohne Zorn an ihn denken, ohne Rachegefühle.«

Er schwieg. Dann gingen wir zurück. Am Tor verabschiedeten wir uns. Ich schaute ihm lange nach, bevor ich das Haus betrat. Mein Haus. Die ersten Schritte in eine unbekannte Zukunft. Und ich hörte die Stimme meines Vaters: »Lass dir Zeit, meine Tochter, lass dir Zeit.«

Als ich am Innenhof vorbeiging, sah ich Zipora und Daja den Tisch für die Abendmahlzeit herrichten. Unter dem Feigenbaum, auf einem bequemen Sessel und gestützt durch Kissen, saß Elijahu. Neben ihm stand Geschem, einen Fächer in der Hand, mit dem er lästige Fliegen vertrieb und Elijahu Kühlung zufächelte.

Die hohen Feiertage rückten näher und bald danach würde der ersehnte erste Regen fallen und die Zisternen würden sich wieder füllen.

Nachbemerkung

Die Koexistenz der Religionen, die bis heute nicht gelingt, ist kein häufiges Thema in der Literatur, und wenn man sich damit beschäftigt, stößt man selbstverständlich auf Gotthold Ephraim Lessings *Nathan der Weise*. Nach Goethes *Faust* gehört *Nathan der Weise* zu den meistgespielten Stücken auf deutschen Bühnen und sein Einfluss auf die Aufklärung ist wohl nicht zu überschätzen.

Die Geschichte spielt etwa in den Jahren 1191 und 1192, zur Zeit des dritten Kreuzzugs, in Jerusalem, das 1187 von Saladin wieder zurückerobert worden war, nachdem es achtundachtzig Jahre lang unter christlicher Herrschaft gestanden hatte. Lessing konzentrierte sich vor allem auf die Spannungen zwischen den Religionen, es ging ihm um die Botschaft der gegenseitigen Toleranz, der Alltag und die Lebendigkeit seiner Figuren spielten daher für ihn keine so große Rolle. Zudem konnte er die Kenntnis des historischen Hintergrunds, die Geschichte der Kreuzzüge, damals wohl noch voraussetzen. Heute hat sich das geändert, deshalb habe ich versucht, diesen Hintergrund zu erhellen und, soweit es für das Verständnis der Handlung notwendig ist, einzubauen.

Von den vielen Büchern, die ich im Vorfeld gelesen habe, möchte ich zwei herausstellen: Amin Maalouf, *Der Heilige Krieg der Barbaren. Die Kreuzzüge aus der Sicht der Araber* (dtv, München 2006, 4. Auflage); und ganz besonders: Erzbischof Wilhelm von Tyros, *Geschichte der Kreuzzüge und des König-*

reichs Jerusalem (Verlag von Adolph Krabbe, Stuttgart 1840). Dieses Buch wurde mir – dank der Fernleihe der bayerischen Bibliotheken – freundlicherweise von der Universitätsbibliothek Eichstätt geliehen.

Lessings *Nathan der Weise* ist eine weltanschauliche Erörterung in Form eines Dramas, und das ist unter anderem ein Grund dafür, dass das Stück heute schwer lesbar ist, ganz abgesehen davon, dass die meisten Menschen ungern Theaterstücke lesen. Zudem erscheinen Lessings Figuren doch sehr im Dienst der Gedanken zu stehen, die er verbreiten wollte; die Menschen als Charaktere kommen mir dabei zu kurz. Mein Bedürfnis war es, sie etwas plastischer darzustellen, lebendiger. Das lässt sich in einem Roman natürlich viel einfacher machen als in einem Drama. Vor allem Nathans Tochter Recha, die bei Lessing eher eine Nebenfigur ist, wollte ich buchstäblich mehr Platz einräumen. Sie war mir besonders wichtig, weil sie Nathan am nächsten steht und für die Tradierung seiner Werte eine entscheidende Rolle spielt.

Um die Figuren in eine soziale Wirklichkeit einzubetten und einen möglichen Alltag zu beschreiben, habe ich zusätzlich einige Personen eingeführt, zum Beispiel Elijahu, Nathans Verwalter, und einen namenlosen Findeljungen, der nicht weiß, wer er ist, und es nie wissen wird. Zur Person wird er erst, als Nathan ihm einen Namen gibt, Geschem. Im Mittelalter gab es viele Waisen, Halbwaisen, Findelkinder, ausgesetzte Kinder – Kindheit spielte nicht annähernd die Rolle, die sie heute spielt. Außerdem habe ich Abu Hassan eingeführt, einen Hauptmann Saladins, um die auch damals schon verbreitete fanatische Haltung zu zeigen, denn Lessings Figuren waren mir zu sehr idealisiert.

Ich habe mich so weit wie möglich an Lessings Vorgabe gehalten, schon um ihm meine Reverenz zu erweisen. Nur wo mir die Handlung zu fantastisch und nicht mehr logisch erschien, habe ich mir erlaubt, sie zu verändern und so weiterzutreiben, wie sie meines Erachtens eher hätte ablaufen können. Dennoch soll mein Buch keineswegs ein Gegentext zu Lessing sein. Nur eine Variation.

Mirjam Pressler
Juli 2008

Zeittafel

1095	Papst Urban II. ruft beim Konzil in Clermont zum Kreuzzug auf.
1096–1099	1. Kreuzzug
1099	Eroberung Jerusalems durch die Kreuzfahrer
1100	Gründung des Königreichs Jerusalem unter Balduin von Boullion
1113	Anfänge des Johanniterordens
1119	Anfänge des Templerordens
1146–1174	Nur ad-Din regiert als Herrscher von Aleppo, Damaskus, Mosul und Mesopotamien.
1147–1149	2. Kreuzzug unter Konrad III. und Ludwig VII.
1155–1190	Regentschaft von Friedrich I. Barbarossa als römisch-deutscher Kaiser
1171	Salah ad-Din (Saladin), Sohn eines Kurdenführers, stürzt die Fatimidendynastie in Ägypten.
1187	Schlacht bei Hattin. Saladin besiegt das Heer der Kreuzfahrerstaaten und erobert wichtige Städte. Am 2. Oktober 1187 Eroberung von Jerusalem
1189–1199	Richard I., genannt Richard Löwenherz, regiert als König von England.
1189–1192	3. Kreuzzug unter Kaiser Friedrich I. Barbarossa, König Richard Löwenherz von England, König Philipp II. August von Frankreich
1190	Barbarossa ertrinkt beim Baden im Fluss Saleph.
1191–1192	Waffenstillstand zwischen den Kreuzfahrern und Saladin

Zitatnachweis

Altes Testament zitiert nach: Das alte Testament, Hebräisch-Deutsch, Württembergische Bibelanstalt, Stuttgart 1974

Neues Testament zitiert nach: Brockhaus Verlag, Wuppertal 1984/1991

Koran zitiert nach: Der Koran, Goldmann Verlag, München 1959

S. 47 Und als sie ihre Augen aufhoben … *Hiob 2, 12–13*
S. 48 Bei Gott ist Weisheit … *Hiob 12,13*
S. 49 Fürchte dich nicht, denn ich … *Jesaja 43,1*
S. 56 Wir sind in Feuer und Wasser … *Psalm 66,12*
S. 60 Entsündige mich mit Ysop … *Psalm 51,9*
S. 67 Das ist Jerusalem, das ich … *Ezechiel 5,5*
S. 74 Denn siehe, in jenen Tagen … *Joel 4,1–2*
S. 74 Als Jesus dies gesagt hatte … *Johannes* 18,1
S. 89 Allah kennt die Geheimnisse … *Koran, Sure, 35,39*
S. 89 Sprich du in meiner Sache … *Psalm 17,2*
S. 91 Er bereitete euch die Erde … *Koran, Sure, 2,23*
S. 107 Da werden die Wölfe … *Jesaia 11,6–9*
S. 113 Seine Locken sind kraus … *Hoheslied 5,11–16*
S. 138 Ihr Gläubigen, schließt keine … *Koran, Sure 3,119*
S. 145 Er lehrte aber des Tages … *Lukas 21,37*
S. 146 Jesus ging hinaus mit seinen … *Johannes 18,1*
S. 146 Und als er auf dem Ölberge saß … *Matthäus 24,3–5*
S. 146 Ihr werdet aber von Kriegen … *Matthäus 24,6*

S. 146 Wer aber ausharrt bis … *Matthäus 24,13*
S. 154 Eins seiner Wunderzeichen ist … *Koran, Sure 30,23*
S. 181 Und nehmt ein Büschel Ysop … *Exodus 12,22*
S. 184 Ich war genötigt, euch … *Der Brief des Judas, 3*
S. 210 Das ist Jerusalem, das ich … *Ezechiel 5,5*
S. 224 Es ist nicht gut, dass der Mensch … *Genesis 2,18*
S. 233 Die Rache ist mein … *Deuteronomium 32,35*

Glossar

Abraham: Für die Juden ist Abraham der Stammvater, mit dem Gott einen ewigen Bund schloss (Genesis 17,4-7). Die Muslime verehren Abraham (arab.: Ibrahim) als den Vater Ismaels, der als Ahnherr der arabischen Stämme (Ismaeliten) gilt und zusammen mit seinem Vater die Kaaba, das Heiligtum in Mekka, gründete (Sure 2,125-133). Für die Christen ist Abraham vor allem ein Symbol für den Gehorsam gegenüber Gott. Abraham war bereit, seinen eigenen Sohn zu opfern (Genesis 22,1-14). Im Neuen Testament wird er als Urbild des wahrhaften Glaubens beschrieben (Römer 4).

Ben: (hebr.: »Sohn«) als Bestandteil eines Namens bedeutet das Wort »Sohn von«.

Derwisch: (persisch, meist übersetzt mit »Bettler«) Fakir, islamischer Mystiker und Asket, gewöhnlich Mitglied eines Derwischordens, aber auch wandernder Bettelmönch

Erzengel Gabriel: Für die Juden ist er der Engel, der den Menschen die göttliche Botschaft bringt und sie auslegt (Daniel 8). Für die Christen ist er vor allem der Engel, der Maria die Geburt Jesu verkündet (Lukas 1). Für die Muslime gilt er unter der arabischen Namensform Djibril (auch Djabrail) als der höchste Engel, von dem Mohammed die Offenbarung des Korans empfangen hat.

Franken: zur Zeit der Kreuzzüge im Vorderen Orient allgemein übliche Bezeichnung für die aus Europa gekommenen Kreuzfahrer

Gabriel: siehe Erzengel Gabriel

Hedschra (auch Hidjra): Emigration des Propheten Mohammed von Mekka nach Medina. Beginn der muslimischen Zeitrechnung

Heiliges Grab: Grabstätte Jesu (nach Matthäus 27,60), über der Konstantin der Große im 4. Jh. die Jerusalemer Grabeskirche errichten ließ

Hospitaliter: Ordensgemeinschaft, die sich seit dem frühen Mittelalter unter anderem der Krankenpflege in Hospitälern widmet

Hospiz: (von lat. hospitum, »Herberge«) Unterkunftsstätte für Reisende, besonders Pilger, meist in einem Kloster oder in der Nähe eines Klosters

Ibn: (arab.: »Sohn«) als Bestandteil eines Namens bedeutet es »Sohn von«.

Jerusalem: Für die Juden ist Jerusalem (hebr.: Jeruscha-lajim) die Stadt des Salomonischen Tempels und damit einstiges religiöses und kulturelles Zentrum des Volkes Israel. Für die Christen ist Jerusalem die Heilige Stadt, in der Jesus wirkte und starb und wo sich sein Grab befindet. Für die Muslime ist Jerusalem (arab. El-Kuds, »die Heilige«) die drittheiligste Stadt (nach Mekka und Medina); hier befinden sich die beiden wichtigen islamischen Stätten, der Felsendom und die al-Aqsa-Moschee.

Johanniter: aus der Hospitalbruderschaft hervorgegangene Ordensgemeinschaft, die bereits 1048 in Jerusalem ein Hospital zur Betreuung der Pilger und zur Pflege der Kranken gründete

Kaddisch: (aram.: »Heiliger«) altes aramäisches Gebet; Verkündigung der Heiligkeit Gottes und der Erlösungshoffnung. Dieses Gebet wird traditionell von den Söhnen bei der Beerdigung der Eltern und während des ganzen Trauerjahres und am Jahrestag des Todes gesprochen.

Koran: heiliges Buch des Islam, das nach muslimischem Glauben dem Propheten Mohammed wörtlich diktiert wurde und aus 114 Suren besteht

koscher: (hebr. kascher: »recht«, »tauglich«) den religiösen Reinheitsgesetzen entsprechend, die abgesehen von dem Verbot, bestimmte Tiere zu essen, auch eine strikte Trennung von milchigen und fleischigen Lebensmitteln vorschreiben

Mohammed (auch Muhammad): (arab.: »der Gepriesene«) geboren um 570 in Mekka, gestorben am 8. Juni 632 in Medina. Verkünder des Islam und im Selbstverständnis letzter der Propheten, der die Religion Abrahams wiederherstellte, wie es vor ihm bereits Mose und Jesus versucht hatten

Muezzin: Gebetsrufer, der die Muslime fünfmal täglich vom Minarett herab zum Gebet auffordert

Rabbi: (hebr.: »mein Lehrer«), Leiter des Gottesdienstes und der Gemeinde, auch Titel für hervorragende Gelehrte. Wichtig neben der religiösen Belehrung ist auch die richterliche Tätigkeit in religiösen Fragen und in Sachen des Familien- und Erbrechts.

Schiwa: (hebr.: »sieben«) die sieben strengen Trauertage nach der Bestattung. Dabei sitzen die Trauernden unbeschuht auf niedrigen Schemeln und empfangen die Trauergäste, die ihnen Trost zusprechen und mit ihnen beten.

Sch'ma Israel: (hebr.: »Höre, Israel«), Bekenntnis der Einzigkeit Gottes, benannt nach den Anfangsworten des Gebets;

wird im täglichen Morgen- und Abendgottesdienst gelesen, ist auch das letzte Bekenntnis in der Todesstunde.

Stephanus: einer der sieben Helfer der Apostel in der Jerusalemer Urgemeinde; laut Apostelgeschichte 7,54-60 der erste christliche Märtyrer

Sunniten: religiöse Hauptrichtung innerhalb des Islam. Die Sunniten verstehen sich als die islamische Orthodoxie.

Sure: Abschnitt des Koran, der aus 114 Suren besteht

Talmud: (hebr.: »Studium, Belehrung«) neben der Bibel das Hauptwerk des Judentums, entstanden aus vielhundertjähriger mündlicher Überlieferung. Es gibt zwei Fassungen, den kürzeren und älteren jerusalemischen Talmud (Jeruschalmi) und den jüngeren babylonischen Talmud (Bawli). Letzterer ist Kanon und repräsentiert den Talmud schlechthin.

Templer, Tempelritter: Angehörige des Templerordens, gegründet von Hugo von Payens 1119 in Jerusalem, unter dem Namen *Pauperes Commilitones Christi Templique Salomonis* (Arme Ritter Christi vom Tempel Salomons). Der Orden hatte ursprünglich den Zweck, den Schutz der christlichen Pilger und der heiligen Stätten zu gewährleisten. Erkennungszeichen der Tempelritter war ein weißer Mantel mit einem roten Kreuz auf dem Rücken.

Via Dolorosa: (lat.: »Leidensweg«) nach der Überlieferung jene Straße in Jerusalem, die zur Zeit des Todes von Jesus vom Amtssitz des römischen Statthalters Pontius Pilatus zur Hinrichtungsstätte am Hügel Golgatha führte. Diesen Weg musste Jesus vor seiner Kreuzigung zurücklegen.

Wesir: (arab.: »Träger, Stütze«), seit den Abbasiden (um 750) leitender Minister in islamischen Staaten

Mirjam Pressler, geboren 1940, lebt in Landshut. Ihre Kinder- und Jugendbücher wurden vielfach ausgezeichnet, darunter die Romane *Wenn das Glück kommt, muss man ihm einen Stuhl hinstellen, Malka Mai, Shylocks Tochter, Golem stiller Bruder, Ein Buch für Hanna* und, zuletzt, *Wer morgens lacht.* Außerdem veröffentlichte sie bei Beltz & Gelberg *Ich sehne mich so,* die Lebensgeschichte der Anne Frank.
Für ihr literarisches Gesamtwerk wurde Mirjam Pressler mit der Carl-Zuckmayer-Medaille, dem Deutschen Bücherpreis, der Corine und der Buber-Rosenzweig-Medaille ausgezeichnet.